EDIÇÕES BESTBOLSO

O inimigo secreto

Agatha Mary Clarissa Miller (1890-1976) nasceu em Devonshire, Inglaterra. Filha de um americano e de uma inglesa, foi educada dentro das tradições britânicas severamente cultuadas por sua mãe. Adotou o sobrenome do primeiro marido, o coronel Archibald Christie, com quem se casou em 1914, pouco antes da Primeira Guerra Mundial. Embora já tivesse se aventurado na literatura, a escritora desenvolveu sua primeira história policial aos 26 anos, estimulada pela irmã Madge. Com a publicação de *O misterioso caso de Styles*, em 1917, nascia a consagrada autora de romances policiais Agatha Christie.

Com mais de oitenta livros publicados, Agatha Christie criou personagens marcantes como Hercule Poirot, Miss Marple e o casal Tommy e Tuppence Beresford. Suas obras foram traduzidas para quase todas as línguas, e algumas foram adaptadas para o cinema. Em 1971, Agatha Christie recebeu o título de Dama da Ordem do Império britânico.

Agatha Christie

O inimigo secreto

Tradução de
A. B. PINHEIRO DE LEMOS

CIP-Brasil. Catalogação-na-fonte
Sindicato Nacional dos Editores de Livros, RJ.

C479i Christie, Agatha, 1890-1976
O inimigo secreto / Agatha Christie; tradução de A. B. Pinheiro de Lemos. – Rio de Janeiro: BestBolso, 2009.

Tradução de: The Secret Adversary
ISBN 978-85-7799-073-3

1. Ficção policial inglesa. I. Lemos, A. B. Pinheiro de (Alfredo Barcellos Pinheiro de), 1938-2008. II. Título.

08-5443

CDD: 823
CDU: 821.111-3

O inimigo secreto, de autoria de Agatha Christie.
Título número 096 das Edições BestBolso.
Primeira edição impressa em fevereiro de 2009.

Título original inglês:
THE SECRET ADVERSARY

The Secret Adversary © 1950 by Agatha Christie Limited, a Chorion company. Translation intitled *O inimigo secreto* © 1996 by Agatha Christie Limited, a Chorion company. All rights reserved.

O inimigo secreto é uma obra de ficção. Nomes, personagens, fatos e lugares são frutos da imaginação da autora ou usados de modo fictício. Qualquer semelhança com fatos reais ou qualquer pessoa, viva ou morta, é mera coincidência.

www.edicoesbestbolso.com.br

Ilustração e design de capa: Tita Nigrí

Todos os direitos reservados. Proibida a reprodução, no todo ou em parte, sem autorização prévia por escrito da editora, sejam quais forem os meios empregados.

Direitos exclusivos de publicação em língua portuguesa para o Brasil em formato bolso adquiridos pelas Edições BestBolso um selo da Editora Best Seller Ltda.
Rua Argentina 171 – 20921-380 – Rio de Janeiro, RJ – Tel.: 2585-2000.

Impresso no Brasil

ISBN 978-85-7799-073-3

Para todos aqueles que levam
vidas monótonas
na esperança de que possam experimentar
por alguns momentos
os prazeres e perigos da aventura

Prólogo

Eram 14 horas de 7 de maio de 1915. O *Lusitania* fora atingido por dois torpedos e estava afundando rapidamente, enquanto os botes eram lançados ao mar, o mais depressa possível. Mulheres e crianças formavam filas à espera do momento de embarcarem nos botes, algumas se agarrando com desespero a seus maridos e pais. Muitas mulheres apertavam os filhos contra o peito. Uma moça estava sozinha, um pouco afastada dos demais. Era bastante jovem, não devia ter mais que 18 anos. Parecia não estar com medo, os olhos graves e resolutos encontravam-se fixos em algo à sua frente.

– Com licença...

Uma voz masculina ao seu lado a fez estremecer e se virar. Várias vezes ela observara o dono daquela voz, entre os passageiros da primeira classe. Havia uma aura de mistério a envolvê-lo que despertara sua imaginação. Ele não falava com ninguém, e se, por acaso, alguém lhe dirigia a palavra, apressava-se em repelir a intrusão. Além disso, tinha o estranho hábito de olhar para trás, por cima do ombro, um gesto sempre rápido e desconfiado.

Percebeu que o homem estava bastante nervoso. Havia gotas de suor em sua testa, e era evidente que estava terrivelmente apavorado. Mas, até então, não era a impressão de ser o tipo de homem que teria receio de enfrentar a morte.

– Pois não?

Os olhos dela se encontraram com os dele, inquisitivos. O homem continuou a fitá-la em silêncio por algum tempo, em uma indecisão desesperadora. Por fim, murmurou para si mesmo:

— Tem que ser assim! Não há outro jeito!

Erguendo a voz, perguntou abruptamente:

— Você é norte-americana?

— Sim.

— É patriota?

A moça corou.

— Acho que não tem o direito de fazer tal pergunta! Claro que sou!

— Não se ofenda. Não o faria, se soubesse o quanto está em jogo. Mas tenho que confiar em alguém... e só pode ser em uma mulher.

— Por quê?

— Porque as mulheres e as crianças vão na frente.

O homem olhou ao redor e baixou a voz:

— Estou levando alguns documentos... documentos de importância vital. Podem ser um fator decisivo para os aliados na guerra. Está entendendo agora? É preciso salvar esses documentos de qualquer maneira. E haverá mais chance com você do que comigo. Pode levá-los?

A moça estendeu a mão.

— Espere... tenho que avisá-la. Pode haver um grande risco... se por acaso fui seguido. Tenho a impressão de que isso não aconteceu, mas nunca se pode ter certeza. Pode haver um grande perigo. Tem coragem o bastante para aceitar a missão mesmo assim?

A moça sorriu.

— Não me sinto assustada com a possibilidade de perigo. Pelo contrário, sinto-me muito orgulhosa por ter sido escolhida. O que devo fazer com esses papéis depois?

— Terá que ler diariamente o *Times*. Porei um anúncio na coluna de classificados pessoais, começando por "Companheiro de Viagem". Se o anúncio ainda não tiver aparecido depois de três dias saberá que não consegui me salvar. Nesse caso, deverá levar os documentos à Embaixada norte-americana e entregá-los pessoalmente ao embaixador. Entendeu?
— Perfeitamente.
— Pois então prepare-se... vou me despedir de você.
O homem apertou a mão dela e disse, em voz mais alta:
— Adeus... e boa sorte!
A mão da jovem segurou o pequeno pacote impermeável que estava na palma da mão do homem.
O *Lusitania*, abruptamente, inclinou-se mais para boreste. Em resposta a uma ordem rápida e brusca, a moça adiantou-se para tomar seu lugar no bote que ia ser baixado.

1
Jovens Aventureiros Ltda.

— Tommy, velho companheiro!

– Tuppence, velha amiga!

Os dois jovens se cumprimentaram afetuosamente, bloqueando por alguns instantes a saída do metrô na Dover Street. O adjetivo "velho" era enganador. As idades de ambos, somadas, com certeza não dariam mais que 45 anos.

– Há séculos que não a vejo! – gritou o rapaz. – Por onde tem andado? Vamos comer alguma coisa! Acho bom sairmos logo daqui, pois já estamos nos tornando impopulares bloqueando o caminho desse jeito!

A moça concordou e os dois começaram a descer a Dover Street, na direção de Piccadily.

– Para aonde vamos? – perguntou Tommy.

A ansiedade quase imperceptível na voz dele não escapou aos ouvidos atentos da Srta. Prudence Cowley, conhecida pelos amigos íntimos, por alguma razão misteriosa, como "Tuppence". Ela reagiu imediatamente:

– Tommy, você está duro!

– De jeito nenhum! – respondeu Tommy, em tom nada convincente. – Pelo contrário, estou nadando em ouro!

– Você sempre foi um péssimo mentiroso, Tommy, embora uma vez tenha conseguido convencer a irmã Greenbank de que o médico lhe receitara cerveja como tônico, mas esquecera de deixar a ordem por escrito. Está lembrado?

Tommy riu.

— Claro que me lembro! A velha jararaca ficou furiosa quando descobriu! Até que a madre Greenbank não era má pessoa. Ah, e o velho hospital... foi desativado como todo o resto?

Tuppence suspirou.

— Foi. Você também?

Tommy assentiu.

— Há dois meses.

— E a gratificação de baixa?

— Gastei.

— Oh, Tommy!

— Não, velha amiga, não gastei tudo. Infelizmente, não tive tanta sorte. O custo de vida nos dias de hoje, a vida mais simples e frugal possível, posso assegurar-lhe, se é que ainda não sabe...

Tuppence interrompeu-o.

— Meu caro rapaz, não há nada que eu não saiba a respeito do custo de vida. Pronto, chegamos ao Lyons'. Vamos combinar o seguinte: cada um paga a própria despesa.

E Tuppence subiu a escada na frente. O lugar estava cheio e os dois foram andando em ziguezague, ouvindo trechos de conversas enquanto procuravam uma mesa:

— E então ela se sentou e começou a chorar, quando eu disse a ela que não poderia ficar com o apartamento...

— Foi uma barganha, minha cara! Era exatamente igual à que Mabel Lewis trouxe de Paris...

Tommy murmurou para Tuppence:

— Ouvem-se os fragmentos das conversas mais esquisitas atualmente. Pouco antes de nos encontrarmos, passei por dois homens e eles estavam conversando sobre uma tal de Jane Finn. Já ouviu esse nome?

Nesse momento, duas senhoras idosas se levantaram e recolheram seus embrulhos. Mais que depressa, Tuppence refestelou-se numa das cadeiras vagas.

Tommy pediu chá e bolinhos. Tuppence pediu chá e torradas com manteiga.

— E não se esqueça de trazer o chá em bules separados — acrescentou ela, com um tom autoritário.

Tommy sentou-se em frente a ela. A cabeça descoberta deixava expostos os cabelos ruivos, lustrosos e penteados para trás. O rosto não era bonito, um tanto indefinido, mas sem dúvida o rosto de um cavalheiro e desportista. O terno marrom era de boa qualidade, mas estava muito gasto.

Formavam um casal moderno. Não se podia dizer que Tuppence fosse uma beldade, mas havia personalidade e charme nas feições delicadas — o queixo um pouco grande e decidido; os olhos castanhos atentos sob as sobrancelhas pretas e retas. Usava um pequeno chapéu verde sobre os cabelos pretos bem curtos. A saia muito curta e um tanto puída deixava à mostra os tornozelos graciosos. Sua aparência demonstrava uma esforçada tentativa de parecer elegante.

O chá finalmente chegou. Tuppence emergiu de seus pensamentos e o serviu. Depois de dar uma mordida grande num bolinho, Tommy disse:

— E agora vamos colocar a conversa em dia. Afinal, não a vejo desde aquela época no hospital, em 1916.

— É verdade.

Tuppence deu uma mordida generosa na torrada com manteiga antes de começar o relato:

— Biografia resumida da Srta. Prudence Cowley, quinta filha do arquidiácono Cowley, de Little Missendell, Suffolk. A Srta. Cowley renunciou às delícias (e às tarefas enfadonhas e cansativas) da vida do lar no início da guerra e veio para Londres, onde começou a trabalhar num hospital para oficiais. Primeiro mês: lavava até 648 pratos por dia. Segundo mês: promovida a enxugar os referidos pratos. Terceiro mês: promovida a descascar batatas. Quarto mês: promovida a cortar pão e passar manteiga. Quinto mês: promovida ao andar superior como faxineira, armada de balde e esfregão. Sexto mês: promovida à uma mesa da recepção. Sétimo mês: aparência tão simpática e maneiras tão bem-educadas que é promovida a servir às irmãs. Oitavo mês: pequeno insucesso numa carreira vertiginosa. A irmã Bond comeu o ovo da irmã Westhaven! Grande confusão! A culpa é da servidora. A desatenção numa questão de importância tão vital não pode deixar de ser asperamente repreendida. Retorno ao balde e esfregão! Ah, a queda dos poderosos! Nono mês: promovida a varrer as enfermarias, oportunidade em que encontro um amigo de infância na pessoa do tenente Thomas Beresford (Tommy agradece a menção!), a quem não via há cinco longos anos. O reencontro foi comovente! Décimo mês: censurada por ir ao cinema na companhia de um paciente, a saber, o referido tenente Thomas Beresford. Décimo primeiro e décimo segundo meses: as funções de faxineira retomadas com pleno sucesso. No fim do ano, deixa o hospital depois de uma carreira gloriosa. Em seguida, a talentosa Srta. Cowley torna-se sucessivamente motorista de um furgão de entregas, de um caminhão e de um general. A última função foi a mais agradável. Tratava-se de um general bastante jovem.

— Como ele era? — indagou Tommy. — É simplesmente irritante a maneira como esses figurões vivem indo do Ministério da Guerra para o Savoy e do Savoy para o Ministério da Guerra!

— Já esqueci o nome dele — confessou Tuppence. — Voltando à história, esse foi o ponto mais alto de minha carreira.

Em seguida, fui trabalhar numa repartição pública. Promovemos diversos chás bastante agradáveis. Eu pretendia arrematar minha carreira sendo ainda uma trabalhadora rural, carteira, e motorista de ônibus... mas o armistício atrapalhou-me os planos. Agarrei-me à repartição com a persistência de um marisco, mas acabei sendo arrancada. Desde então, tenho procurado em vão por um emprego. E agora é a sua vez, Tommy.

— Não há tantas promoções assim na minha história. E a diversidade de funções também não é tão grande. Fui de novo para a França, como já sabe. Depois, mandaram-me para a Mesopotâmia, onde fui ferido pela segunda vez e acabei sendo internado num hospital lá mesmo. Em seguida fui para o Egito, onde ainda estava quando houve o armistício. Continuei usando a farda por mais algum tempo, até receber baixa. E faz dez longos e cansativos meses que venho procurando um emprego. Mas simplesmente não há vagas disponíveis. E mesmo que houvesse, ninguém me contrataria. O que sei fazer? O que entendo de negócios? Absolutamente nada!

Tuppence assentiu, sombriamente.

— Não pensou em ir para as colônias?

Tommy balançou a cabeça.

— Tenho certeza de que não gostaria das colônias... e também estou certo de que não gostariam de mim por lá.

— Parentes ricos?

Tommy tornou a balançar a cabeça.

— Nem mesmo uma tia-avó, Tommy?

— Tenho um tio que é relativamente próspero, mas ele não vale muita coisa.

— Por que não?

— Ele quis me adotar há bastante tempo. E eu recusei.

— Acho que estou me lembrando de ter ouvido essa história. Você recusou por causa de sua mãe...

Tommy corou.

— Isso mesmo. Teria sido um golpe terrível para mamãe. Como você deve estar lembrada, eu era a única pessoa que ela tinha. O velho tio a detestava... queria me afastar dela a qualquer custo.

— Sua mãe já morreu, não é mesmo? – indagou Tuppence de maneira gentil.

Tommy assentiu. Os olhos castanhos de Tuppence ficaram um tanto enevoados.

— Eu sempre achei que você era maravilhoso, Tommy...

— Vamos mudar de assunto! Bem, agora já sabe qual é a minha situação. Estou simplesmente desesperado.

— Também estou. Tenho resistido ao máximo. Já fiz quase tudo, fui atrás dos mais diversos anúncios de empregos, tentei o possível e o impossível. Tenho economizado, apertado o cinto, procurado agüentar firme, mas de nada adianta. Terei mesmo que voltar para casa.

— E você não quer?

— Claro que não quero! Não há por que ser sentimental, não é mesmo? Papai é um homem maravilhoso, gosto muito dele. Mas não faz idéia de como ele sofre por causa do meu comportamento. Ele tem aquele velho pensamento vitoriano de que usar saia curta e fumar são coisas imorais. Pode imaginar o desgosto que eu lhe causava. E tenho certeza de que ele soltou um suspiro de alívio quando a guerra me levou. Somos sete filhos. Além de fazer todo o trabalho da casa, eu ainda tinha que comparecer às reuniões promovidas por mamãe. Eu me revoltava contra isso, era a ovelha negra da família. Não quero voltar, mas... oh, Tommy, o que mais posso fazer?

Tommy moveu a cabeça, com tristeza. Houve um silêncio e depois Tuppence explodiu:

— Dinheiro, dinheiro, dinheiro! Penso em dinheiro de manhã, de tarde e de noite! Talvez seja uma mercenária por causa disso, mas é a realidade!

— O mesmo acontece comigo — murmurou Tommy, emocionado.

— Tenho pensado em todos os meios possíveis de se conseguir dinheiro, Tommy. E cheguei à conclusão de que só existem três meios possíveis: herdar, casar ou ganhá-lo. A primeira hipótese está excluída. Não tenho nenhum parente rico e idoso. Todos os meus parentes idosos estão em asilos para indigentes. Sempre ajudo velhas senhoras a atravessar a rua e carrego embrulhos para cavalheiros idosos, na esperança de encontrar um milionário excêntrico. Mas nenhum deles jamais perguntou o meu nome... e muitos nem sequer dizem obrigado!

Houve uma nova pausa.

— Claro que o casamento é a melhor opção, Tommy. Tomei a decisão de me casar por dinheiro quando ainda era muito jovem. Qualquer moça que pense um pouco mais toma a mesma decisão. Como você sabe, não sou sentimental.

Tuppence fez outra pausa antes de acrescentar, bruscamente:

— Ninguém pode dizer que eu sou sentimental!

— Claro que não! — concordou Tommy, apressadamente. — Ninguém jamais iria relacioná-la com sentimentos.

— Não é uma declaração das mais educadas, Tommy. Mas tenho certeza de que suas intenções foram boas. Seja como for, estou pronta e disposta... mas jamais conheci um homem rico. Todos os rapazes que conheço são tão pobres quanto eu.

— E o tal general?

— Acho que ele é dono de uma loja de bicicletas em tempos de paz. Ei, mas esta pode ser a solução para você! Por que não se casa com uma moça rica?

— Estou com o mesmo problema, não conheço nenhuma.

— Isso não importa. Sempre pode dar um jeito de conhecer. O que não acontece comigo. Se eu visse um homem sair do Ritz vestindo casaco de peles, não poderia abordá-lo e dizer: "Estou vendo que é um homem rico. Gostaria de conhecê-lo."

— Está sugerindo que eu faça isso com uma mulher vestida luxuosamente?

— Não seja tolo, Tommy. Basta tropeçar no pé dela, pegar o lenço que ela deixou cair ou algo assim. Ela ficará lisonjeada se achar que você deseja conhecê-la e dará um jeito de se aproximar.

— Está superestimando os meus encantos viris, Tuppence.

— No meu caso, Tommy, o milionário visado sairia correndo como se estivesse querendo salvar a própria vida. Por tudo isso, o casamento é um caminho cheio de dificuldades. Resta a terceira hipótese, que é ganhar dinheiro.

— Já tentamos isso e fracassamos, Tuppence.

— É verdade que já tentamos, mas pelos meios ortodoxos. Podemos tentar agora pelos caminhos não-ortodoxos, Tommy. Podemos nos tornar aventureiros.

— Grande idéia! – exclamou Tommy, animado. – Como vamos começar?

— Esse é o problema. Se nos tornássemos conhecidos, as pessoas poderiam nos contratar para cometer crimes por elas.

— Uma idéia simplesmente maravilhosa, Tuppence, sobretudo quando parte da filha de um clérigo!

— Moralmente, a culpa seria dos outros, não minha. Você deve admitir que há muita diferença entre roubar um colar de diamantes para si mesmo e ser contratado para roubá-lo.

— Não haveria a menor diferença se você fosse pega.

— Talvez não. Mas acontece que eu jamais seria pega. Sou inteligente demais para deixar que me peguem.

— A modéstia sempre foi o seu maior pecado, Tuppence.

— Não deboche de mim, Tommy. O que me diz da idéia? Concorda em formarmos uma sociedade comercial?

— Uma companhia para roubar colares de diamantes?

— Isso foi apenas um exemplo. Vamos fazer... como é mesmo que se chama isso em escrituração mercantil?

— Não tenho a menor idéia.

— Pois eu já trabalhei nisso. Mas sempre me confundia, anotando os créditos na coluna dos débitos e vice-versa... até que me despediram. Ah, estou lembrando agora! Um empreendimento conjunto! Sempre achei que era uma expressão romântica demais para estar ligada a números enfadonhos. É algo que possui um sabor elisabetano, faz a gente pensar em galeões e dobrões de ouro. Um empreendimento conjunto!

— E poderíamos operar com o nome de Jovens Aventureiros Ltda.? É nisso que está pensando, Tuppence?

— Pode estar achando engraçado, mas sinto que há um grande potencial no que estou propondo.

— E como pretende entrar em contato com os possíveis clientes?

— Por meio de anúncios. Tem um pedaço de papel e um lápis? Os homens em geral carregam essas coisas, assim como as mulheres sempre têm grampos.

Tommy tirou do bolso um caderninho de anotações verde, já bastante usado, e Tuppence começou a escrever, falando em voz alta:

— Jovem oficial, duas vezes ferido na guerra...
— Não!
— Seja feita a sua vontade, meu caro rapaz. Mas posso assegurar-lhe de que esse tipo de coisa poderia comover uma velha solteirona e despertar nela o desejo de adotá-lo. Assim, não haveria a menor necessidade de você se tornar um jovem aventureiro.
— Não quero ser adotado.
— Esqueci que você tem preconceito contra isso. Estava apenas implicando, Tommy. Os jornais estão repletos desses anúncios. Mas escute só isso... "Alugue dois jovens aventureiros. Dispostos a fazer qualquer coisa, a ir a qualquer lugar. O pagamento deve ser bom." É melhor deixarmos isso bem claro desde o início. E podemos acrescentar: "Não recusamos ofertas razoáveis"... como apartamentos e móveis.
— Eu diria que qualquer oferta em resposta a tal anúncio não poderia ter nada de razoável.
— É isso, Tommy! Você é um gênio! Fica até melhor e mais chique. "Não recusamos nem mesmo uma oferta absurda... desde que o pagamento seja bom." O que acha agora?
— Eu não mencionaria o pagamento outra vez. Fica parecendo que estamos um pouco ansiosos.
— Não pode parecer tão ansioso quanto me sinto! Mas talvez você esteja certo. Vou ler de novo, desde o início. "Alugue dois jovens aventureiros. Dispostos a fazer qualquer coisa, a ir a qualquer lugar. O pagamento deve ser bom. Não recusamos nem mesmo uma oferta absurda." O que acharia de um anúncio assim, se o lesse?
— Ficaria com a impressão de que é um embuste ou então fora escrito por algum lunático.

– Não é tão doido quanto um anúncio que li esta manhã, que começava com "Petúnia" e era assinado por "Namorado".

Tuppence arrancou a folha e entregou-a a Tommy.

– Aqui está, Tommy. Acho melhor publicar no *Times*. Respostas para a caixa postal número tal. Deve custar em torno de 5 *shillings*. Tome meia coroa para pagar a minha parte.

Tommy segurava o papel, pensativo, o rosto cada vez mais vermelho. Por fim, murmurou:

– Vamos realmente tentar, Tuppence? Só para nos divertimos?

– Tommy, você é maravilhoso! Sabia que concordaria! Vamos fazer um brinde ao nosso sucesso!

Tuppence despejou o resto de chá, já frio, nas duas xícaras.

– Ao nosso empreendimento conjunto! Que seja próspero!

– Aos Jovens Aventureiros Ltda.! – completou Tommy.

Os dois largaram as xícaras e riram, um tanto constrangidos. Tuppence levantou-se.

– Tenho que voltar à minha suíte real na pensão.

– E acho que também está na hora de eu ir para o Ritz – disse Tommy, sorrindo. – Onde voltaremos a nos encontrar? E quando?

– Amanhã, ao meio-dia. Na estação do metrô em Piccadilly. Está bom para você?

– Posso fazer o que bem quiser com o meu tempo – acrescentou o Sr. Beresford, em tom magnânimo.

– Então até amanhã.

– Até amanhã, velha amiga.

Os dois jovens se separaram e seguiram em direções opostas. A pensão de Tuppence ficava no bairro de Southern

Belgravia. Por razões de economia, ela não pegou um ônibus, preferiu ir a pé.

Estava no meio do St. James's Park quando ouviu uma voz masculina às suas costas, fazendo-a estremecer.

— Com licença... posso falar com você por um momento?

2
A oferta do Sr. Whittington

Tuppence virou-se abruptamente, mas não chegou a pronunciar as palavras que estavam na ponta de sua língua. É que a aparência e a atitude do homem não confirmavam sua primeira e mais natural suposição. Como se lesse os pensamentos dela, o homem se apressou em dizer:

— Posso lhe garantir que não tenho quaisquer pretensões desrespeitosas.

Tuppence acreditou. Embora instintivamente não gostasse e desconfiasse do homem, estava inclinada a pelo menos absolvê-lo da desconfiança inicial. Era um homem grande, a barba raspada, um queixo pronunciado. Os olhos eram pequenos e astutos, remexendo-se constrangidos sob o olhar franco e direto de Tuppence.

— O que deseja?

O homem sorriu.

— Por acaso ouvi parte de sua conversa com aquele jovem cavalheiro no Lyons'.

— O que exatamente?

— Nada... a não ser que acho que poderia ser útil a você.

Uma indagação súbita ocorreu a Tuppence:
— Seguiu-me até aqui?
— Tomei essa liberdade.
— E de que maneira acha que poderia ser útil a mim?
O homem tirou um cartão de visita do bolso e entregou-o a Tuppence, com uma reverência.
Tuppence pegou o cartão e examinou-o com atenção. O nome era "Edward Whittington" e abaixo estavam as palavras "Esthonia Glassware Co." e o endereço de um escritório no Centro. O Sr. Whittington voltou a falar:
— Se me procurar amanhã, às 11 horas, eu lhe apresentarei minha proposta em detalhes.
— Às 11 horas? — murmurou Tuppence, com desconfiança.
— Às 11 horas.
Tuppence tomou uma decisão.
— Está certo. Estarei lá na hora marcada.
— Obrigado... e boa noite.
Ele levantou o chapéu com um floreio e afastou-se. Tuppence continuou parada por mais um momento, a olhá-lo. Depois deu de ombros, num gesto curioso, mais parecido com o de um *terrier* a se sacudir.
— As aventuras já começaram — murmurou ela sozinha. — O que será que ele quer que eu faça? Há algo em sua pessoa que não me agrada, Sr. Whittington. Mas, por outro lado, não me provoca o menor medo. E como eu já disse antes, e com certeza voltarei a dizer, a pequena Tuppence sabe cuidar de si mesma, obrigada!
E com um aceno curto e brusco, ela seguiu o seu caminho rapidamente. Mas, depois de pensar mais um pouco, desviou-se do percurso habitual e entrou em uma agência dos correios. Chegando ali, pensou mais um pouco, com um formulário de telegrama nas mãos. A idéia de uma

despesa de 5 *shillings* desnecessária acabou fazendo com que se decidisse por uma despesa de 9 *pence*.

Ignorando a pena grossa e pontuda que um governo beneficente oferecia, Tuppence tirou da bolsa o lápis de Tommy que ficara com ela e escreveu rapidamente: "Não ponha o anúncio. Explicarei amanhã." Enviou o telegrama para o clube de Tommy, de onde ele teria que sair dentro de um mês, a não ser que um inesperado golpe de sorte permitisse renovar a estada.

— Talvez ele receba o telegrama a tempo — murmurou Tuppence. — De qualquer forma, vale a pena tentar.

Depois de entregar o telegrama no balcão, Tuppence seguiu para a pensão onde morava, passando antes por uma padaria para comprar três pães doces frescos.

Mais tarde, acomodada em seu pequeno cubículo no alto da casa, comendo os pães, Tuppence pôs-se a pensar no futuro. O que seria Esthonia Glassware Co., e por que estaria precisando dos serviços dela? Tuppence sentiu uma emoção agradável. O que quer que fosse, o retorno à casa de seu pai voltara a um segundo plano remoto. O amanhã apresentava mais uma vez muitas possibilidades.

Muito tempo se passou antes que Tuppence conseguisse dormir naquela noite. E quando por fim adormeceu, sonhou que o Sr. Whittington a contratava para lavar os produtos de vidro de sua firma, que tinham uma semelhança extraordinária com os pratos do hospital.

Faltavam cinco minutos para 11 horas quando Tuppence chegou ao quarteirão onde ficava o escritório da Esthonia Glassware Co. Se chegasse antes da hora, daria a impressão de que estava muito ansiosa. Por isso, Tuppence resolveu ir até o fim do quarteirão e voltar. E assim o fez. Pontualmente, às 11 horas, ela entrou no prédio. O escritório da

Esthonia ficava no último andar. Havia um elevador, mas Tuppence preferiu subir pela escada.

Estava um pouco ofegante quando parou diante da porta de vidro onde estava pintado o letreiro "Esthonia Glassware Co.".

Tuppence bateu. Uma voz mandou-a entrar. Ela abriu a porta e se viu em uma pequena ante-sala, um tanto suja.

Um escriturário de meia-idade levantou-se de um banco alto, diante de uma mesa junto à janela, e aproximou-se dela com uma expressão inquisitiva.

— Tenho uma reunião marcada com o Sr. Whittington — informou Tuppence.

— Por aqui, por favor.

Ele foi até uma porta divisória onde estava escrita a palavra "Privativo". Bateu e abriu-a, dando um passo para o lado, a fim de deixar Tuppence passar.

O Sr. Whittington estava sentado atrás de uma escrivaninha grande, coberta de papéis. Tuppence sentiu que seu julgamento anterior se confirmava. Não havia a menor dúvida de que havia algo errado com o Sr. Whittington. A combinação de prosperidade sagaz e olhos astutos não era nada agradável.

Ele levantou a cabeça e assentiu.

— Acabou vindo, hein? Isso é ótimo. Sente-se, por favor.

Tuppence se sentou na cadeira diante dele. Parecia particularmente pequena e recatada naquela manhã. Ficou sentada olhando timidamente para baixo enquanto o Sr. Whittington remexia nos papéis. Por fim, ele os empurrou para o lado e se inclinou sobre a escrivaninha.

— E agora, minha cara jovem, vamos tratar de negócios.

O rosto largo se entreabriu num sorriso, antes que ele acrescentasse:

— Está querendo trabalhar? Pois tenho um trabalho a lhe oferecer. O que me diz de um pagamento agora de 100 libras e todas as despesas pagas?

O Sr. Whittington recostou-se na cadeira, enfiando os polegares nas aberturas laterais do colete. Tuppence fitou-o com uma expressão cautelosa.

— E qual é a natureza do trabalho?

— É muito simples. Terá apenas que fazer uma viagem curta e agradável. Nada mais.

— Para onde?

O Sr. Whittington tornou a sorrir.

— Paris.

— Oh! – exclamou Tuppence.

E pensou: "É claro que papai teria um ataque se soubesse! Mas não posso imaginar o Sr. Whittington assumindo o papel de um libertino enganador."

— O que poderia ser mais maravilhoso, minha cara jovem? Não seria ótimo fazer o tempo voltar alguns anos... bem poucos, tenho certeza... e entrar para um daqueles encantadores *pensionnats de jeunes filles* que abundam em Paris...

Tuppence interrompeu-o:

— Um *pensionnat*?

— Exatamente. O da senhora Colombier na avenida de Neuilly.

Tuppence conhecia o pensionato. Não podia haver nada mais seleto. Diversas amigas norte-americanas tinham ido para lá. Ela ficou ainda mais estarrecida.

— Quer que eu vá para o pensionato da senhora Colombier? Por quanto tempo?

— Isso vai depender de uma série de fatores. Possivelmente três meses.

— E isso é tudo? Não há nenhuma outra condição?

— Absolutamente nenhuma. É claro que terá que se apresentar como minha pupila e não poderá manter qualquer contato com seus amigos. Devo exigir, pelo menos por enquanto, sigilo total. Por falar nisso, é inglesa, não é mesmo?

— Sou, sim.

— No entanto, fala com um ligeiro sotaque norte-americano.

— Minha colega no hospital era norte-americana, e peguei esse sotaque dela. Mas não vai demorar muito para que o perca.

— Acho até bom. Pode ser bem mais simples se passar por norte-americana. Seria mais difícil forjar e sustentar os detalhes de sua vida anterior na Inglaterra. É isso mesmo, acho que é bem melhor passar por norte-americana. E depois...

— Um momento, por favor, Sr. Whittington. Parece considerar como certo que já aceitei sua oferta.

Whittington ficou surpreso.

— Mas não pode estar pensando em recusar! Posso lhe assegurar que o pensionato da senhora Colombier é de alta classe e inteiramente ortodoxo. E os termos são os mais liberais possíveis.

— É justamente esse o problema. São liberais e generosos até demais, Sr. Whittington. Não posso entender por que valho tanto dinheiro.

— Não sabe? – perguntou Whittington, com suavidade. – Pois vou contar a você. Não resta a menor dúvida de que eu poderia conseguir outra pessoa por muito menos. Mas estou disposto a pagar mais por uma jovem com inteligência e presença de espírito suficiente para desempenhar bem o seu papel, além de possuir a discrição necessária para não fazer muitas perguntas.

Tuppence sorriu. Achou que Whittington havia marcado um ponto.

— Há ainda um outro problema. Até agora, não houve qualquer menção ao Sr. Beresford. Onde é que ele entra nisso?

— Sr. Beresford?

— Meu sócio — afirmou Tuppence, com toda dignidade. — Viu-nos juntos ontem.

— Ah, sim! Infelizmente, não estou precisando dos serviços dele.

— Nesse caso, não há mais o que falar. Não podemos fechar o negócio.

Tuppence se levantou e acrescentou:

— Terá que contratar a ambos ou nada feito. Lamento muito, mas é assim que trabalhamos. Bom dia, Sr. Whittington.

— Espere um instante! Vamos ver se é possível dar um jeito de resolver o impasse. Sente-se novamente, senhorita...

Ele fez uma pausa, esperando que Tuppence dissesse seu nome. A consciência dela sentiu uma pontada de remorso ao recordar o arquidiácono, e resolveu dar o primeiro nome que lhe passou pela cabeça:

— Jane Finn.

E ficou boquiaberta ao perceber o efeito dessas duas palavras. Toda cordialidade desapareceu do rosto de Whittington. Ficou roxo de raiva, as veias nas têmporas saltaram. E por trás disso tudo havia uma inconfundível reação de incredulidade e desalento. Ele se inclinou para a frente e disse, furioso:

— Estava zombando de mim desde o início, hein?

Tuppence ficou inteiramente aturdida, mas não perdeu o controle. Não entendia a reação de Whittington, mas possuía uma inteligência ágil e concluiu no mesmo instante que era fundamental "aderir ao jogo", na sua expressão.

— Estava brincando comigo de gato e rato o tempo todo, não é mesmo? – continuou Whittington. – Sabia desde o início para que eu queria contratá-la, mas achou melhor representar a comédia, não é mesmo?

Ele estava um pouco mais controlado agora. O vermelho praticamente desaparecera de seu rosto. Ele fitou Tuppence atentamente e indagou:

— Quem andou dando com a língua nos dentes? Rita?

Tuppence sacudiu a cabeça. Não sabia por quanto tempo conseguiria manter a ilusão, mas compreendeu que era importante não incriminar uma Rita desconhecida.

— Não, não foi ela – respondeu Tuppence, com toda sinceridade. – Rita nada sabe a meu respeito.

Os olhos de Whittington continuavam cravados em Tuppence como verrumas.

— O quanto você sabe?

— Muito pouco, para ser franca – respondeu Tuppence.

Ficou satisfeita ao perceber que o desconforto de Whittington aumentou com tal resposta, ao invés de diminuir. Se tivesse se gabado de saber muito, ele certamente teria ficado desconfiado.

— De qualquer maneira, sabia o bastante para vir até aqui e me dizer esse nome.

— Talvez seja o meu nome verdadeiro.

— Acha possível que possam existir duas moças com um nome desses?

— Ou posso ter ouvido esse nome por acaso e foi o primeiro que me passou pela cabeça – acrescentou Tuppence, inebriada com o sucesso de sua sinceridade.

Whittington deu um murro na mesa.

— Chega de conversa fiada! O quanto você sabe? E quanto está querendo?

As últimas quatro palavras atraíram Tuppence, sobretudo depois de um minguado desjejum e de jantar pão doce na noite anterior. O papel que estava representando naquele momento era mais de embusteira que de aventureira, mas não havia como negar suas amplas possibilidades. Ela se sentou e sorriu, com o ar de alguém que tinha a situação totalmente sob controle.

— Meu caro Sr. Whittington, vamos pôr as cartas na mesa. E espero que ninguém se irrite por isso. Ouviu-me dizer ontem que estava disposta a viver de expedientes e me parece que acabo de provar que sou perfeitamente capaz. Admito que tenho conhecimento de um certo nome, mas talvez meu conhecimento pare por aí.

— É possível que sim... e também que não.

— Insiste em me julgar erroneamente... — murmurou Tuppence, deixando escapar um suspiro.

Whittington continuava furioso:

— Como eu disse antes, chega de conversa fiada! Vamos ser mais objetivos. Não tente bancar a inocente para cima de mim. Sabe muito mais do que está disposta a admitir.

Tuppence fez uma pausa para admirar a própria habilidade e depois disse em tom suave:

— Eu não gostaria de contradizê-lo, Sr. Whittington.

— Sendo assim, vamos logo à pergunta habitual: quanto?

Tuppence estava em um dilema. Até aquele momento, conseguira enganar Whittington com pleno sucesso. Mas enunciar uma soma impossível poderia despertar suspeitas. Ela teve uma idéia repentina.

— Não poderíamos acertar alguma coisa agora e mais tarde voltarmos a discutir o assunto com mais profundidade?

Whittington franziu o rosto, de modo ameaçador.

— Chantagem, hein?

Tuppence sorriu gentilmente.

— Oh, não! Não poderíamos dizer que se trata de um pagamento antecipado por serviços a serem prestados?

Whittington resmungou. E Tuppence acrescentou, ainda de maneira gentil:

— Como já deve ter percebido, gosto muito de dinheiro...

— Você é o cúmulo! — grunhiu Whittington, num tom involuntário de admiração. — Pegou-me direitinho! Pensei que fosse uma garota tola, com inteligência suficiente apenas para servir aos meus propósitos.

— A vida é cheia de surpresas, Sr. Whittington.

— De qualquer maneira, o fato é que alguém andou falando. Disse que não foi Rita. Quem foi então?

Nesse momento, houve uma batida discreta na porta. Whittington gritou:

— Entre!

O escriturário entrou na sala e pôs um pedaço de papel em cima da escrivaninha.

— Acaba de chegar esse recado telefônico, senhor.

Whittington leu-o rapidamente, franzindo o rosto.

— Está certo, Brown. Pode se retirar.

O homem retirou-se, fechando a porta ao sair da sala. Whittington virou-se novamente para Tuppence:

— Volte amanhã, na mesma hora. Estou muito ocupado agora. Aqui estão 50 libras para começar.

Ele tirou algumas notas da carteira e empurrou-as por cima da mesa na direção de Tuppence. Levantou-se em seguida, obviamente impaciente para que ela fosse logo embora.

Tuppence contou o dinheiro, adotando uma atitude profissional, guardou-o na bolsa e só depois se levantou, dizendo polidamente:

— Muito bom dia, Sr. Whittington. Creio que a despedida certa, nas circunstâncias, é *au revoir*.

— Exatamente! *Au revoir!*

Whittington parecia agora quase cordial novamente, uma reviravolta que provocou uma ligeira apreensão em Tuppence. E que aumentou ainda mais quando ele repetiu:

— *Au revoir*, minha esperta e encantadora jovem!

Tuppence desceu a escada rapidamente, dominada por uma intensa exaltação. Um relógio próximo indicava que faltavam cinco minutos para o meio-dia.

— Vamos fazer uma surpresa para Tommy! — murmurou ela para si mesma, fazendo sinal para um táxi.

O táxi parou diante da entrada da estação do metrô. Tommy já estava ali, esperando. Os olhos dele estavam arregalados quando correu para ajudar Tuppence a saltar do táxi. Ela lhe sorriu afetuosamente e disse com a voz ligeiramente afetada:

— Pode pagar a corrida, velho amigo? Minha nota de menor valor é de 5 libras!

3
Um revés

O momento não foi tão triunfante como deveria ter sido. Em primeiro lugar, porque os recursos disponíveis nos bolsos de Tommy eram um tanto limitados. Por fim, conseguiu reunir o bastante para pagar a despesa; o motorista ficou com a mão cheia de uma grande variedade de moedas e indagou, em tom relativamente áspero, o que o cavalheiro pensou que havia entregado a ele.

— Acho que deu dinheiro demais, Tommy — comentou Tuppence, com ar inocente. — Creio que ele está querendo devolver o excesso.

Foi provavelmente esse comentário que levou o motorista a se afastar rapidamente. O Sr. Beresford pôde finalmente dizer o que estava pensando:

— Mas por que diabo você pegou um táxi?

— Fiquei com medo de chegar atrasada e deixá-lo esperando — Tuppence respondeu gentilmente.

— Ficou com medo de chegar atrasada? Oh, Deus, eu desisto!

Arregalando os olhos, Tuppence acrescentou.

— E para dizer a verdade, não tenho realmente nada menor que uma nota de 5 libras.

— Representou o papel muito bem, minha cara, mas o sujeito não se deixou enganar.

— Tem razão, ele não acreditou. É o que existe de mais curioso quando se diz a verdade: ninguém acredita. Descobri isso esta manhã. Agora vamos almoçar. O que me diz do Savoy?

Tommy sorriu.

— Não prefere o Ritz?

— Pensando melhor, sugiro o Piccadilly. Fica perto e não precisaremos tomar um táxi. Vamos.

— Isso é um novo tipo de humor ou será que ficou realmente de miolo mole?

— A última suposição é a correta. Recebi tanto dinheiro que o choque foi demais para mim. Para essa forma particular de distúrbio mental, um médico confiável recomenda quantidades ilimitadas de *hors d'ouvre,* lagosta *à l'américaine,* galinha Newberg e *Pêche Melba*! Se é assim, vamos a elas!

— Tuppence, minha cara, o que deu em você?

— Oh, incrédulo! – exclamou Tuppence, abrindo a bolsa. – Veja isto e isto e mais isto!

— Santo Deus! Tuppence, não me acene tão sedutoramente com essas notas de uma libra!

— Não são notas de uma libra. São cinco vezes melhores e esta aqui é dez vezes melhor!

Tommy suspirou.

— Devo ter bebido sem saber. Estou sonhando, Tuppence, ou você realmente dispõe de uma grande quantidade de notas de 5 libras, acenando-as de maneira tão perigosa?

— Continuas a não crer, apesar de tudo, Ó Rei! E agora, vamos almoçar ou não?

— Irei com você a qualquer lugar. Mas o que andou fazendo? Por acaso assaltou um banco?

— Tudo a seu tempo, Tommy. Mas que lugar horrível é Piccadilly Circus! Lá vem um ônibus em nossa direção. Não seria horrível se atropelasse as notas de 5 libras?

Ao chegarem em segurança à calçada do outro lado, Tommy indagou:

— Vamos para o restaurante de grelhados?

— O outro restaurante é mais caro – opôs-se Tuppence.

— Isso não passa de uma extravagância injustificada. Vamos lá para baixo.

— Tem certeza de que lá posso conseguir tudo o que desejo?

— Está se referindo ao *menu* de que falava há pouco? Claro que pode... ou pelo menos o que estiver ao seu gosto.

Depois que estavam sentados, cercados pelos muitos *hors d'ouvre* dos sonhos de Tuppence, Tommy não pôde mais conter a curiosidade acumulada:

— E agora me conte tudo, Tuppence!

E a Srta. Prudence Cowley contou tudo. E arrematou:

— O mais curioso é que realmente inventei o nome de Jane Finn. Não quis dar o meu próprio nome por causa de meu pobre pai, prevendo a possibilidade de me envolver em algum problema.

— Pode ter pensado assim, mas o fato é que não inventou esse nome.

— Como assim?

— Fui eu que lhe disse o nome. Não está lembrando? Falei ontem que tinha ouvido duas pessoas conversando sobre uma mulher chamada Jane Finn. Foi isso que a fez pensar nesse nome.

— É mesmo! Estou lembrando agora. Que coisa extraordinária!

Tuppence se calou e ficou em silêncio por um longo momento. Despertou bruscamente:

— Tommy!

— O que é?

— Como eram os dois homens por quem você passou?

Tommy franziu o rosto, fazendo um esforço para se recordar.

— Um deles era alto e um tanto gordo. Tinha a barba raspada e os cabelos eram pretos.

— É ele! Whittington é assim mesmo! E como era o outro homem?

— Não consigo me lembrar. A verdade é que não reparei nele. Foi o outro homem, o esquisito, que me chamou a atenção.

— E ainda há quem diga que coincidências não existem!

Tuppence atacou alegremente o *Pêche Melba*. Mas Tommy estava sério:

— Tuppence, minha velha, aonde será que tudo isso vai nos levar?

— A mais dinheiro.

— Sei disso. Acho que você está com uma idéia fixa e não consegue pensar em mais nada. O que estou querendo saber é qual será o próximo passo. Como pretende manter as aparências?

— Oh! — exclamou Tuppence, largando a colher. — Tem toda razão, Tommy. É um problema e tanto.

— Afinal, Tuppence, você não pode continuar blefando indefinidamente. Mais cedo ou mais tarde, acabaria cometendo um deslize qualquer. E também não vamos esquecer que chantagem dá cadeia.

— Não diga bobagem, Tommy. Chantagem é dizer que se vai contar uma coisa a menos que se receba dinheiro. Mas eu não posso contar coisa alguma, simplesmente porque não sei de nada.

— Hum... — murmurou Tommy, ainda em dúvida. — Seja como for, o que vamos fazer agora? Whittington estava com pressa esta manhã e tratou de se livrar de você rapidamente. Mas da próxima vez ele vai querer saber mais alguma coisa antes de se desfazer de seu dinheiro. Vai querer descobrir o quanto você sabe, onde obteve as informações e uma porção de outras coisas. Você não terá qualquer possibilidade de se sair bem no encontro. O que vai fazer?

Tuppence franziu a testa.

— Temos que pensar, Tommy. Peça um café turco. É estimulante para o cérebro. Oh, Deus, como eu comi!

— Você comeu como um porco. E eu também, diga-se de passagem. A única diferença é que minha escolha dos pratos foi mais sábia. Dois cafés, por favor. O pedido foi para o garçom que se aproximara. Um turco, outro francês.

Tuppence tomou o café devagar, com uma expressão pensativa, censurando Tommy quando ele falou.

— Fique quieto. Estou pensando.

— Cruz-credo! – exclamou Tommy, caindo em seguida no mais absoluto silêncio.

— Pronto! – gritou Tuppence de repente. – Já tenho um plano. Obviamente, precisamos descobrir mais alguma coisa a respeito desse caso.

Tommy bateu palmas.

— Não deboche, Tommy. Só podemos descobrir alguma coisa por intermédio de Whittington. Temos que saber onde ele mora, o que faz, coisas desse tipo. Em suma: temos que investigá-lo. Eu não posso fazer isso, porque ele já me conhece. Mas ele o viu rapidamente, no Lyons'. Provavelmente não irá reconhecê-lo. Afinal, um homem jovem é igual a qualquer outro.

— Repudio categoricamente o comentário. Tenho certeza de que minhas feições simpáticas e aparência distinta me destacariam em meio a qualquer multidão.

Tuppence não ligou para a reação e prosseguiu calmamente:

— Meu plano é simples. Irei sozinha até lá amanhã. Tratarei de me esquivar das perguntas de Whittington, como fiz hoje. Não tem importância se não conseguir mais dinheiro. Cinqüenta libras são suficientes para nos sustentamos por alguns dias.

— Ou até mais.

— Você ficará esperando do lado de fora, Tommy. Quando eu sair, não falarei com você, pois ele poderá estar observando. Mas ficarei esperando a alguma distância. Assim que Whittington sair do prédio, deixarei o lenço cair ou darei algum outro sinal. E você parte imediatamente.

— Partir? Para onde?

— Atrás dele, é claro, seu tolo! O que acha da idéia?

— É o tipo de coisa sobre a qual a gente costuma ler nos livros. Mas sinto que, na vida real, a pessoa vai ficar com a sensação de estar bancando a idiota, parada na rua durante horas a fio, sem ter nada para fazer. E quem estiver observando vai começar a imaginar coisas.

— Não numa cidade grande como Londres. Todo mundo está sempre apressado. Provavelmente ninguém irá sequer notá-lo.

— É a segunda vez que faz esse comentário. Mas não importa, eu a perdôo por isso. Seja como for, até que será divertido. O que está pensando em fazer esta tarde?

— Eu tinha pensado em chapéus! Ou talvez meias de sedas! Ou talvez...

— Ei, vá com calma! Há um limite para o que se pode fazer com 50 libras. Mas, de qualquer maneira, podemos jantar e ir a um show qualquer esta noite.

— Isso seria maravilhoso!

A tarde se passou de maneira agradável. A noite foi mais agradável ainda. Mas, ao fim do dia, duas das notas de 5 libras estavam irremediavelmente perdidas.

Encontraram-se na manhã seguinte e foram para o Centro. Tommy ficou na calçada do outro lado e Tuppence entrou no prédio.

Tommy caminhou devagar até a esquina e voltou. Quando estava passando pelo prédio, Tuppence atravessou a rua correndo.

— Tommy!
— O que aconteceu?
— O escritório está fechado. Ninguém atende.
— Estranho...
— Vamos juntos até lá para tentar de novo.

Tommy a seguiu. Ao chegarem ao terceiro andar, um rapaz saiu de outro escritório. Ele hesitou por um momento, depois dirigiu-se a Tuppence:

— Estão procurando a Esthonia Glassware?

— Estamos, sim.

— O escritório foi fechado ontem à tarde. Disseram que a companhia está liquidada. Para dizer a verdade, eu nunca tinha ouvido falar dela antes.

— Obrigada — balbuciou Tuppence. — Por acaso sabe o endereço do Sr. Whittington?

— Não, não sei. Eles foram embora repentinamente.

— Muito obrigado — Tommy agradeceu. — Vamos embora, Tuppence.

Desceram para a rua e pararam, olhando um para o outro, inteiramente aturdidos.

— Com isso, está tudo acabado — comentou Tommy por fim.

— E eu nem desconfiei! — lamuriou-se Tuppence.

— Vamos, companheira, anime-se! Não podemos fazer mais nada.

— É o que pensa?

Tuppence respirou fundo e ergueu o queixo delicado num gesto de desafio.

— Acha mesmo que é o fim de tudo? Pois eu lhe digo que está redondamente enganado! É apenas o começo!

— O começo do quê?

— Da nossa aventura! Será que não percebe, Tommy? Se eles estão assustados a ponto de fugir desse jeito, isso mostra que há muito mais do que imaginamos nessa história de Jane Finn! Vamos ter de ir a fundo. Bancaremos os detetives e descobriremos tudo!

— Ótima idéia, Tuppence. Mas acontece que não restou ninguém para investigarmos.

— Tem razão. É por isso que vamos começar tudo de novo. Empreste-me seu lápis. Obrigada. Espere um pouco... e não me interrompa. Pronto, aí está!

Tuppence devolveu o lápis e contemplou o que acabara de escrever com uma expressão de satisfação.
— O que é isso, Tuppence?
— Um anúncio.
— Está pensando em publicar aquele anúncio?
— Não. Este é diferente.
Tuppence entregou o papel a Tommy. Ele leu as palavras em voz alta:
— PROCURA-SE qualquer informação a respeito de Jane Finn. Cartas para J. A.

4
Quem é Jane Finn?

O dia seguinte passou lentamente. Foi necessário reduzir as despesas. Administradas com todo cuidado, 40 libras poderiam durar por bastante tempo. Por sorte, o tempo estava bom e "andar não custa nada", conforme determinou Tuppence. Um cinema de bairro proporcionou-lhes o divertimento noturno.

O dia da desilusão havia sido uma quarta-feira. Na quinta-feira, o anúncio foi publicado. Na sexta-feira, já se podia aguardar a entrega de cartas em resposta nos aposentos de Tommy.

Ele fizera a promessa solene de não abrir as cartas que porventura chegassem, levando-as ainda fechadas para a Galeria Nacional, onde se encontrariam às 10 horas.

Tuppence foi a primeira a chegar. Acomodou-se em uma cadeira de veludo vermelho e ficou olhando para os Turners com os olhos perdidos, até que avistou um vulto familiar entrando na sala.

— E então?

— E então... qual é o seu quadro predileto? – respondeu o Sr. Beresford, provocando-a.

— Não abuse de mim! Houve alguma resposta ao anúncio?

Tommy sacudiu a cabeça, com uma tristeza profunda e um tanto exagerada.

— Não queria desapontá-la, velha amiga, dizendo tudo de cara. Mas é terrível! Um bom dinheiro desperdiçado...

Ele suspirou, antes de acrescentar:

— Mas agora é tarde para arrependimentos. O anúncio foi publicado e... só chegaram duas respostas!

— Tommy, seu demônio! – disse Tuppence, quase gritando. – Dê-me logo as cartas! Como pôde ser tão desprezível?

— Modere a língua, Tuppence, modere a língua! Eles são muito exigentes com essas coisas na Galeria Nacional. Não se esqueça de que é um dos pontos altos do espetáculo que o governo quer exibir aos visitantes. Além disso, deve se lembrar, como já ressaltei antes, de que a filha de um clérigo...

— Eu deveria estar no palco! – arrematou Tuppence.

— Não era isso o que eu ia dizer. Mas se está certa de que desfrutou devidamente a reação de alegria após o desespero que lhe proporcionei de maneira tão generosa e gratuita, podemos agora tratar da correspondência, como dizem os magnatas.

Tuppence arrancou os dois envelopes de Tommy, sem a menor cerimônia, e examinou-os com cuidado.

— Este tem um papel mais grosso, aparentemente mais caro. Vamos deixá-lo para depois e abrir o outro primeiro.

— Tem toda razão. Um, dois, três e... lá vai!

O pequeno polegar de Tuppence rasgou o envelope e ela tirou o bilhete.

Prezado senhor

Em relação ao seu anúncio no jornal desta manhã, creio que posso lhe ser útil em alguma coisa. Talvez possa fazer a fineza de procurar-me no endereço acima, amanhã às 11 horas.

Atenciosamente,

A. Carter

— Carshalton Gardens, 27 — mencionou Tuppence referindo-se ao endereço. — Fica no caminho para Gloucester Road. Podemos chegar lá a tempo, se formos de metrô.

— Já elaborei o plano de campanha, Tuppence. É a minha vez de assumir a ofensiva. Levado à presença do Sr. Carter, ele e eu nos desejamos bom-dia, respeitosamente, como manda o figurino. Depois, ele me diz: "Por favor, sente-se, senhor?" Ao que eu prontamente respondo, num tom repleto de insinuações: "Edward Whittington." O Sr. Carter fica com o rosto roxo e balbucia: "Quanto?" Embolsando as 50 libras, vou me encontrar com você, que estará esperando na rua. Seguimos para o endereço seguinte e repetimos a performance.

— Não seja tolo, Tommy! Vamos ver a outra carta... Ei, esta é do Ritz!

— Cem libras em vez de 50!

— Vou lê-la...

Prezado senhor,

Li seu anúncio. Agradeceria se pudesse procurar-me por volta da hora do almoço.

Atenciosamente,

Julius P. Hersheimmer

– Ah! – exclamou Tommy. – Será que estou sentindo o cheiro de um alemão? Ou será apenas um milionário norte-americano com uma genealogia infeliz? Seja como for, vamos procurá-lo na hora do almoço. É uma ocasião das mais propícias... freqüentemente acaba em comida grátis para dois.

Tuppence assentiu.

– E agora vamos encontrar o Carter. Temos que nos apressar.

Carshalton Terrace era uma fileira irrepreensível do que Tuppence chamava de "casas de aparência distinta e feminina". Tocaram a campainha da casa 27 e a porta foi aberta por uma criada de uniforme impecável. Parecia tão respeitável que Tuppence se sentiu desolada. Tommy pediu para falar com o Sr. Carter e a criada os levou a um gabinete no andar térreo, onde deixou-os. Não chegou a se passar um minuto antes que a porta fosse novamente aberta, dando passagem a um homem alto, com um rosto magro como o de um gavião e uma expressão de cansaço.

– Sr. J. A.? – indagou ele, sorrindo, um sorriso realmente simpático. – Sentem-se, por favor.

Tommy e Tuppence se sentaram. O Sr. Carter sentou-se em uma cadeira diante de Tuppence e sorriu-lhe, encorajadoramente. Havia algo no sorriso dele que fez Tuppence se sentir despojada de seu desembaraço habitual.

Como ele não parecia disposto a iniciar a conversa, Tuppence foi obrigada a fazê-lo:

– Queremos saber... isto é, poderia nos fazer a gentileza de dizer tudo o que sabe a respeito de Jane Finn?

– Jane Finn? Hum...

O Sr. Carter fez uma longa pausa, parecendo refletir, antes de acrescentar:

— A questão deve ser posta em outros termos: o que *vocês* sabem a respeito dela?

Tuppence empertigou-se.

— Não vejo o que isso tem a ver com o caso.

— Não? Mas tem... e tem muito.

Ele sorriu outra vez, com seu jeito cansado, e continuou, em tom pensativo:

— Voltemos ao princípio. O que vocês sabem a respeito de Jane Finn?

Tuppence ficou calada, e o Sr. Carter insistiu:

— Ora, vocês devem saber de alguma coisa para terem feito aquele anúncio, não é mesmo?

Ele se inclinou um pouco para a frente, a voz cansada tornando-se persuasiva:

— Suponhamos que me contassem...

Havia algo de magnético na personalidade do Sr. Carter, e Tuppence deu a impressão de que estava fazendo um tremendo esforço para se libertar da atração quando disse:

— Não podemos contar nada, não é mesmo, Tommy?

Mas, para surpresa dela, Tommy não a apoiou. Os olhos dele estavam fixos no Sr. Carter. Quando falou, havia em sua voz um tom insólito de deferência:

— Creio que o pouco que sabemos de nada lhe adiantará, senhor. Mesmo assim, contaremos tudo.

— Tommy! – gritou Tuppence, espantada.

O Sr. Carter virou-se na cadeira. Seus olhos fizeram uma pergunta. Tommy assentiu.

— Eu o reconheci imediatamente, senhor. Vi-o na França, quando estava trabalhando no serviço secreto. Assim que entrou na sala percebi que era...

O Sr. Carter ergueu a mão.

— Nada de nomes, por favor. Aqui sou conhecido como Sr. Carter. Esta casa é de minha prima, por falar nisso. Ela me empresta às vezes, quando é necessário ter um encontro que não pode ser realizado pelos meios oficiais. E agora...

Ele fez uma breve pausa, olhando de um para o outro, antes de arrematar:

— ...quem vai me contar a história?
— Conte você, Tuppence. A história é sua.
— Muito bem, minha jovem, estou ouvindo...

E Tuppence, obedientemente, contou toda a história, da criação da Jovens Aventureiros Ltda. em diante.

O Sr. Carter escutou em silêncio, retomando a atitude de cansaço. De vez em quando passava a mão pelos lábios, como se quisesse ocultar um sorriso. Quando Tuppence acabou, ele assentiu gravemente e comentou:

— Não é muito... mas é sugestivo. E muito sugestivo. Se me permitem dizê-lo, formam um jovem casal bastante curioso. Não sei... talvez possam ter sucesso onde outros fracassaram... acredito na sorte... sempre acreditei...

Ele parou de falar por um momento, pensativo.

— O que me dizem da idéia? Estão à procura de aventuras, não é mesmo? Não gostariam de trabalhar para mim? Não será nada oficial. Aceitariam a missão com todas as despesas pagas e uma modesta recompensa ao final?

Tuppence fitou-o em silêncio, os lábios entreabertos, os olhos se arregalando cada vez mais. Por fim balbuciou:

— O que teremos de fazer?

O Sr. Carter sorriu.

— Devem apenas continuar o que estão fazendo agora. *Encontrem Jane Finn.*

— Mas... *quem* é Jane Finn?

O Sr. Carter assentiu gravemente.

— Acho que vocês têm o direito de saber.

Ele se recostou na cadeira, cruzou as pernas, uniu as pontas dos dedos e começou a falar, em um tom baixo e monótono:

— A diplomacia secreta é algo que não lhes diz respeito. E, diga-se de passagem, é sempre uma péssima política. Basta que saibam que, no início de 1915, foi elaborado um certo documento. Era o esboço de um acordo secreto... ou um tratado, chamem como acharem melhor. Foi examinado por representantes dos países envolvidos e preparada a redação final para a assinatura nos Estados Unidos, que na ocasião era um país neutro. Esse documento foi enviado para a Inglaterra por um mensageiro especial, escolhido especificamente para essa missão. Era um sujeito ainda jovem, chamado Danvers. Imaginava-se que as negociações tinham sido conduzidas no mais absoluto sigilo, a tal ponto que nada havia vazado. Esse tipo de esperança sempre leva à decepção. Há sempre alguém que fala.

Carter continuou:

— Danvers embarcou para a Inglaterra no *Lusitania*. Levava os documentos preciosos num pequeno pacote feito com um oleado, que sempre carregava no próprio corpo. Foi justamente nessa travessia que o *Lusitania* foi torpedeado e afundou. Danvers estava na relação dos desaparecidos. Seu corpo acabou aparecendo em uma praia e foi identificado sem a menor sombra de dúvida. Mas o pequeno pacote havia sumido.

Tuppence e Tommy ouviam atentamente. O homem continuou:

— Será que haviam tirado o pacote de Danvers ou ele mesmo o entregara à guarda de outra pessoa? Houve alguns incidentes que acentuaram as possibilidades dessa segunda teoria. Depois que o torpedo atingiu o navio, nos rápidos momentos em que os botes foram baixados, viram Danvers falando com uma jovem norte-americana. Ninguém o viu entregar qualquer coisa a ela, mas isso pode ter acontecido.

Parece-me bem provável que ele tenha entregado os documentos a essa jovem, achando que ela, como mulher, teria mais chances de levá-los em segurança até a praia. Mas se isso realmente aconteceu, onde está a moça e o que fez com os documentos? Segundo informações que recebemos posteriormente dos Estados Unidos, parece que Danvers foi seguido ao sair de lá. Será que a moça estava trabalhando para os inimigos? Ou será que ela, por sua vez, foi seguida e enganada, ou até mesmo forçada a entregar os documentos? Entramos em ação na tentativa de descobri-la. O que, inesperadamente, revelou-se uma tarefa das mais difíceis. Seu nome era Jane Finn e constava na relação dos sobreviventes. Mas a moça parecia ter desaparecido de vez. As investigações sobre seus antecedentes não ajudaram muito. Era uma órfã e estudara em uma pequena escola do Oeste norte-americano como pupila de um dos professores. O passaporte tinha o visto para Paris, onde se juntaria à equipe de um hospital. Oferecera seus serviços voluntariamente e, depois de uma pequena troca de correspondências, fora aceita. Verificando que seu nome constava da relação dos sobreviventes, a direção do hospital ficou naturalmente surpresa quando ela não apareceu para assumir o emprego. Também não recebeu qualquer notícia dela.

O Sr. Carter prosseguiu com a explicação.

— Foram feitos todos os esforços para localizar a moça... mas tudo em vão. Ainda conseguimos descobrir seu percurso pela Irlanda, mas não encontramos nenhuma outra pista depois que ela pôs os pés na Inglaterra. Não foi tirado qualquer proveito dos documentos, o que poderia facilmente acontecer. Assim, chegamos à conclusão de que, no fim das contas, Danvers os destruíra. A guerra entrou em outro estágio e o aspecto diplomático também mudou.

O tratado não voltou a ser cogitado. Os rumores de sua existência foram categoricamente negados. O desaparecimento de Jane Finn foi esquecido e não se comentou mais o caso.

O Sr. Carter fez uma pausa e Tuppence aproveitou para indagar, impacientemente:

— Mas por que o assunto voltou à tona? Afinal, a guerra já acabou.

O Sr. Carter mostrou-se alerta de súbito.

— Porque parece que os documentos não foram realmente destruídos e podem ser ressuscitados hoje com um significado novo e perigoso.

Tuppence ficou surpresa. O Sr. Carter assentiu.

— É isso mesmo. Há cinco anos, aquele esboço de tratado era uma arma em nossas mãos; hoje, é uma arma contra nós. Foi um erro gigantesco. Se os termos fossem divulgados, seria um desastre de proporções incalculáveis... Poderia inclusive provocar outra guerra... e dessa vez não seria com a Alemanha! É uma possibilidade extrema e, pessoalmente, não creio que possa acontecer. Mas o fato é que o documento compromete vários dos nossos estadistas, e não podemos nos dar ao luxo de vê-los desacreditados neste momento. Seria uma grande vitória para o Partido Trabalhista. E um governo trabalhista na atual conjuntura seria, em minha opinião, uma grave ameaça ao comércio britânico. Mas, no fundo, esse seria o menor dos males.

Ele fez nova pausa e depois indagou, de forma calma:

— Por acaso já ouviram dizer ou já leram sobre os rumores de que existe uma influência bolchevista em ação por trás da atual inquietação trabalhista?

Tuppence assentiu.

— Pois saibam que é verdade. O ouro bolchevista está sendo despejado neste país com o propósito específico de promover uma revolução. E existe um determinado homem, alguém cujo verdadeiro nome nos é desconhecido, que está agindo nos bastidores para alcançar os próprios interesses. Os bolchevistas estão por trás da inquietação... mas esse homem *está por trás dos bolchevistas.* Quem é ele? Não sabemos. Sempre é tratado pelo título modesto e despretensioso de "Sr. Brown". Mas uma coisa é certa: é o maior mestre do crime da nossa era. Controla uma organização maravilhosa. A maior parte da propaganda de paz, durante a guerra, foi inspirada e financiada por ele. Seus agentes estão em toda parte.

— É um alemão naturalizado? — indagou Tommy.

— Ao contrário, tenho todos os motivos para crer que se trata de um inglês. Foi a favor dos alemães, assim como teria sido a favor dos bôeres. Não sabemos o que ele está buscando... provavelmente o poder supremo para si mesmo, de um tipo sem precedentes na História. Não temos qualquer pista de sua verdadeira personalidade. Pelo que sabemos, até mesmo seus partidários a ignoram. Nas ocasiões em que nos deparamos com suas pegadas, ele sempre desempenhou um papel secundário. Outra pessoa acabou assumindo o papel de chefe. Mas, depois, sempre descobríamos que o suposto chefe não passava de uma figura insignificante, um simples criado ou um mero escriturário, de papel trocado, que se deixou prender, enquanto o esquivo Sr. Brown nos escapava mais uma vez.

— Oh! — exclamou Tuppence, abruptamente. — Será que...?

— O que está pensando?

— Estou me recordando do encontro no escritório do Sr. Whittington. Ele chamou o escriturário que o atendia de Brown. Será que...?

Carter assentiu, pensativo.

— É bem provável. Um dos detalhes curiosos é o fato de o nome ser sempre mencionado. Provavelmente uma idiossincrasia de gênio. Pode descrever esse suposto escriturário?

— Não cheguei realmente a reparar nele. Era um homem comum... igual a qualquer outro.

O Sr. Carter soltou um suspiro de cansaço.

— É a invariável descrição do Sr. Brown. Ele levou uma mensagem telefônica para o homem que se disse chamar Whittington, não? Por acaso notou algum aparelho telefônico na ante-sala?

Tuppence pensou um pouco.

— Acho que não havia telefone algum.

— Era o que eu já imaginava. A mensagem foi um meio de o Sr. Brown dar uma ordem a seu subordinado. É claro que ele ouviu toda a conversa. Foi depois da interrupção que Whittington entregou a você as 50 libras e pediu que voltasse na manhã seguinte?

Tuppence assentiu.

— Não resta a menor dúvida de que era o Sr. Brown!

O Sr. Carter fez nova pausa.

— Estão vendo o tipo de homem que terão de enfrentar, não é mesmo? Possivelmente é o melhor cérebro criminoso desta era. A idéia não me agrada de maneira alguma. Vocês dois são muito jovens. Eu não gostaria que algo acontecesse a vocês.

— E não vai acontecer – declarou Tuppence, com toda segurança.

— Eu cuidarei dela, senhor – completou Tommy.

— E *eu* tomarei conta de *você* – reagiu Tuppence, ressentida com aquela manifestação de superioridade masculina.

— Bem, então que um cuide do outro – comentou o Sr. Carter, sorrindo. – E agora vamos voltar aos negócios. Há algo de misterioso a respeito desse documento que ainda não conseguimos definir. Já fomos ameaçados com a sua divulgação, em termos claros e inequívocos. Os elementos revolucionários praticamente declararam que o tratado está em suas mãos e que pretendem revelá-lo na ocasião oportuna. Por outro lado, é evidente que eles desconhecem vários itens do documento. O governo acha que eles estão simplesmente blefando. E, certo ou errado, o governo tem mantido a política de negar sistematicamente a existência do documento. Eu tenho minhas dúvidas. Já houve insinuações e alusões indiscretas que parecem indicar que a ameaça é real. A impressão é de que eles se apoderaram do documento incriminador, mas não podem lê-lo porque está em código. Contudo, sabemos que o esboço do tratado não está em código, o que não seria natural. Assim, essa possibilidade está eliminada. Mas a verdade é que há algo muito estranho nessa história. É claro que Jane Finn pode estar morta, pelo que sabemos. Mas não creio nisso. O mais estranho é que *eles estão tentando obter de nós informações sobre a moça.*

– Hein?

– É isso mesmo. Ocorreram um ou dois fatos que nos fazem crer nessa possibilidade. E sua história, minha jovem, parece confirmar a suposição. Eles sabem que estamos procurando por Jane Finn. E podem apresentar uma Jane Finn falsa... num *pensionnat* em Paris, por exemplo.

Tuppence deixou escapar uma exclamação de espanto e o Sr. Carter sorriu.

– Ninguém sabe exatamente como ela é e, assim, não haveria qualquer dificuldade. Ela se apresentaria com uma história forjada e tentaria arrancar o máximo de informações de nós. Percebe agora qual é o plano?

– Quer dizer que está pensando...

Tuppence fez uma pausa para absorver plenamente a suposição, antes de concluir:

— ...que era para assumir o papel de Jane Finn que eles queriam que eu fosse para Paris?

O Sr. Carter tornou a sorrir, com uma expressão mais cansada do que nunca.

— A verdade é que acredito em coincidências.

5
Julius P. Hersheimmer

— Parece que isso estava realmente fadado a acontecer – murmurou Tuppence, recuperando-se do choque.

Carter concordou.

— Compreendo o que está querendo dizer. Também sou supersticioso. Acredito na sorte e em todas essas coisas. O destino parece ter escolhido vocês para se envolverem nessa história.

Tommy não conteve a risada.

— Mas que coisa! Não é de admirar que Whittington tenha sumido depois que Tuppence deu aquele nome. Eu teria feito a mesma coisa. Mas acho que já tomamos demais o seu tempo, senhor. Tem mais alguma informação a nos dar antes de irmos embora?

— Creio que não. Meus agentes, trabalhando por meio de métodos óbvios, fracassaram. Vocês se lançarão na missão com criatividade e a mente aberta. Não se sintam desanimados se também não tiverem sucesso. Por um lado, é bem provável que a situação seja agora precipitada.

Tuppence franziu o rosto, sem compreender.

— Quando você teve aquele encontro com Whittington, eles dispunham de bastante tempo. Tenho informações de que o grande golpe estava planejado para o início do novo ano. Mas o governo está cogitando adotar providências legislativas para cuidar de forma eficaz da ameaça de greve. Não levará tempo até eles saberem disso, se é que já não sabem. É possível que isso leve as coisas a um ponto crítico. Realmente espero que isso aconteça. Quanto menos tempo eles tiverem para amadurecer seus planos, melhor será. Estou querendo apenas alertá-los de que não dispõem de muito tempo e que não devem ficar abatidos se falharem. Seja como for, não é uma missão das mais fáceis. Isso é tudo.

Tuppence levantou-se.

— Acho que devemos ser profissionais. O que exatamente podemos esperar da sua parte, Sr. Carter?

Os lábios do Sr. Carter se contraíram ligeiramente antes da resposta sucinta:

— Recursos dentro dos limites razoáveis, informações detalhadas sobre qualquer questão e *nenhum reconhecimento oficial*. Se por acaso se meterem em alguma encrenca com a polícia, não poderei ajudá-los oficialmente. Estarão por conta própria.

Tuppence assentiu, séria.

— Compreendo sua posição. Escreverei uma lista das coisas que desejo saber, assim que tiver algum tempo para pensar. E agora... a respeito do dinheiro...

— Pode falar sem receio, Srta. Tuppence. Quer dizer o quanto estão precisando neste momento?

— Na verdade, não. No momento dispomos de dinheiro suficiente. Mas quando quisermos mais...

— Estarei esperando para atendê-los.

— Sei disso, mas... Não quero ser grosseira em relação ao governo, mas todo mundo sabe que é um inferno quando se quer arrancar alguma coisa dele. E se tivermos que preencher um formulário azul, enviarmos pelos canais competentes e depois esperarmos três meses para recebermos um formulário verde e assim por diante... não vai adiantar de nada, não é mesmo?

O Sr. Carter riu, divertido.

— Não precisa se preocupar, Srta. Tuppence. Basta enviar um pedido pessoal para mim, neste endereço. Receberá o dinheiro no endereço que a senhorita informar no envelope. Quanto ao salário, o que me diz de combinarmos 300 libras por ano? Com uma soma igual para o Sr. Beresford, é claro.

Tuppence ficou radiante.

— Maravilhoso! É muita generosidade, Sr. Carter. E eu adoro dinheiro! Manterei um registro impecável de nossas despesas... uma coluna de crédito e outra de débito, com o balanço no lado direito e uma linha vermelha separando os totais, no fim da página! Sei fazer essas coisas direitinho quando penso um pouco.

— Tenho certeza de que sabe, Srta. Tuppence. E agora, adeus... e boa sorte para ambos.

O Sr. Carter apertou as mãos dos dois. Um minuto depois, eles estavam descendo a escada do Carshalton Terrace, 27, com as cabeças a mil.

— Tommy, quero que me responda imediatamente, quem é o "Sr. Carter"?

Tommy murmurou um nome no ouvido dela.

— Oh! — exclamou Tuppence, impressionada.

— E posso lhe assegurar, velha amiga, que é ele quem realmente manda!

— Oh! — repetiu Tuppence.

Depois de uma breve pausa, ela acrescentou, pensativa:

— Achei-o simpático. Você também não achou? Ele parece muito cansado e entediado, mas a gente sente que, por baixo, é como aço, alerta e pronto para entrar em ação a qualquer momento. Oh!

Tuppence deu um pulinho, antes de acrescentar:

— Quero que me belisque, Tommy. Por favor, me belisque. Não posso acreditar que seja verdade!

O Sr. Beresford atendeu ao pedido.

— Ah! Já chega, Tommy! É verdade, não estamos sonhando! Temos um emprego!

— E que emprego! O empreendimento conjunto começou de verdade!

— É mais respeitável do que eu imaginava que seria – comentou Tuppence, pensativa.

— Ainda bem que não tenho a mesma inclinação que você para o crime. Que horas são? Vamos almoçar e... Ei!

O mesmo pensamento ocorreu a ambos. Tommy expressou-o primeiro:

— Julius P. Hersheimmer!

— Não falamos ao Sr. Carter sobre o bilhete dele.

— Não havia muito o que contar... não enquanto não o conhecermos pessoalmente. É melhor pegarmos um táxi.

— Quem está querendo ser extravagante agora, Tommy?

— Não se esqueça de que temos todas as despesas pagas. Vamos, entre logo.

Os dois entraram no táxi que atendeu ao chamado de Tommy. Tuppence recostou-se comodamente no assento e comentou:

— De qualquer maneira, causaremos um efeito melhor se chegarmos de táxi. Tenho certeza de que os chantagistas nunca vão ao encontro de suas vítimas de ônibus.

— Já deixamos de ser chantagistas.

— Não tenho muita certeza se eu deixei mesmo — murmurou Tuppence.

Ao perguntarem pelo Sr. Hersheimmer, foram imediatamente conduzidos à suíte dele. Uma voz impaciente gritou "Entre!", em resposta à batida na porta do empregado do hotel. O rapaz abriu a porta e ficou de lado, para deixar Tommy e Tuppence passarem.

O Sr. Julius P. Hersheimmer era muito mais jovem do que Tommy e Tuppence haviam imaginado. Ela calculou que ele devia ter cerca de 35 anos. Era de estatura mediana e um corpo quase quadrado, combinando com o queixo. O rosto era belicoso, mas simpático. Ninguém poderia confundi-lo com outra coisa que não fosse um norte-americano, embora falasse quase sem sotaque.

— Receberam meu bilhete? Pois sentem-se e digam imediatamente tudo o que sabem a respeito de minha prima.

— Sua prima?

— Claro! Jane Finn!

— Ela é sua prima?

— Meu pai e a mãe dela eram irmãos — explicou o Sr. Hersheimmer, detalhadamente.

— Oh! — exclamou Tuppence. — Então sabe onde ela está?

— Não! — gritou o Sr. Hersheimmer batendo com o punho fechado na mesa. — Não sei de droga nenhuma! E vocês, não sabem?

— Anunciamos pedindo informações e não oferecendo — respondeu Tuppence em tom áspero.

— Sei disso. Consigo ler perfeitamente. Mas pensei que estivessem querendo saber a história sobre o passado dela e soubessem onde encontrá-la agora.

— Não nos importaríamos de ouvir a história sobre o passado dela — comentou Tuppence, cautelosamente.

Mas o Sr. Hersheimmer pareceu ficar repentinamente desconfiado.

– Ei, vamos com calma! Isso aqui não é a Sicília! Não vão me pedir resgate nem ameaçar cortar as orelhas dela se eu recusar! Estamos nas Ilhas Britânicas! Por isso, vamos deixar as brincadeiras de lado ou chamarei aquele imponente policial britânico que vejo lá em Piccadilly!

Tommy apressou-se em explicar:

– Não seqüestramos sua prima. Pelo contrário, estamos tentando encontrá-la. Fomos contratados para isso.

O Sr. Hersheimmer recostou-se na cadeira e disse em um tom lacônico:

– Conte-me tudo.

Tommy atendeu ao pedido, oferecendo uma versão prudente do desaparecimento de Jane Finn e da possibilidade de ela ter-se envolvido sem saber em "alguma confusão política". Referiu-se a Tuppence e a si mesmo como "investigadores particulares" contratados para encontrá-la. Por isso, acrescentou, agradeceriam todas as informações que o Sr. Hersheimmer pudesse fornecer a respeito de Jane Finn.

O Sr. Hersheimmer assentiu.

– Acho que está tudo certo. Desculpem se fui um pouco apressado, mas é que Londres me deixa nervoso. Só conhecia até agora a velha e pequena Nova York. Mas podem fazer suas perguntas que eu respondo.

Isso deixou os Jovens Aventureiros paralisados por um momento. Mas Tuppence se recuperou logo e, de forma audaz, aproveitou a oportunidade fazendo uso de lembranças colhidas nas histórias de detetives.

– Quando viu pela última vez a fale... isto é, a sua prima?

– Nunca a vi.

– Como? – indagou Tommy, atônito.

Hersheimmer virou-se para ele.

— E isso mesmo, meu caro senhor. Como já disse antes, meu pai e a mãe dela eram irmãos, assim como vocês dois podem ser...

Ele fez uma breve pausa, mas Tommy não corrigiu essa opinião a respeito do seu relacionamento com Tuppence.

— Mas nem sempre se deram muito bem. E quando minha tia tomou a decisão de casar com Amos Finn, que era um pobre professor no Oeste, meu pai ficou simplesmente furioso! Disse que se ganhasse muito dinheiro, como tudo indicava que aconteceria, ela não veria um só vintém. O resultado é que tia Jane foi para o Oeste e nunca mais ouvimos falar dela.

Hersheimmer fez outra pausa, respirando fundo como se estivesse tomando fôlego.

— E o velho realmente ganhou dinheiro que não acaba mais. Meteu-se com petróleo, andou mexendo com ferrovias. Posso garantir a vocês que ele foi um verdadeiro furacão em Wall Street! Então... no outono passado... ele morreu, e fiquei com todo o dinheiro. E não vão acreditar no que aconteceu. Fiquei com a consciência pesada! Havia uma pequena voz dentro de mim que vivia me dizendo: o que vai fazer por sua tia Jane que está lá no Oeste? Comecei a ficar cada vez mais preocupado. Calculei que Amos Finn não devia ter se saído muito bem na vida. Pelo que eu sabia, não era do tipo que ganharia muito dinheiro. Para resumir, contratei um homem para descobrir o paradeiro da tia Jane. Resultado, ela havia morrido e Amos Finn também. Mas tinham deixado uma filha, Jane, que estava a caminho de Paris, no *Lusitania,* quando o navio foi torpedeado. Ela se salvou, mas ninguém neste lado do Atlântico sabia dizer o paradeiro dela. Calculei que não estavam procurando com muito empenho e resolvi vir para Londres a fim de apressar as coisas. A primeira coisa que fiz foi telefonar para a

Scotland Yard e para o Almirantado. A recepção no Almirantado não foi das melhores. Mas o pessoal da Scotland Yard foi muito cortês. Disseram que iam investigar e, inclusive, mandaram um homem aqui esta manhã para buscar a fotografia dela. Vou seguir para Paris amanhã, só para ver o que a Prefecture de lá anda fazendo. Acho que se eu ficar indo de um lado para o outro, apertando todo mundo, vão acabar descobrindo onde está Jane Finn!

A energia do Sr. Hersheimmer era tremenda. Tommy e Tuppence se curvaram, permanecendo em silêncio. E ele arrematou:

— Mas agora me digam uma coisa, por que estão procurando minha prima? Ela desrespeitou alguma lei ou fez algo que ofendesse os britânicos? Uma moça norte-americana orgulhosa podia achar as leis e regulamentos de vocês na época da guerra um tanto irritantes e se rebelar. Se é esse o caso e se existe neste país alguma coisa parecida com suborno, é só me dizerem, que entro com o dinheiro que for preciso!

Tuppence tratou de tranqüilizá-lo.

— Isso é ótimo! Então podemos trabalhar juntos. Que tal almoçarmos? Preferem que eu mande trazer a comida para cá ou vamos descer para o restaurante?

Tuppence manifestou preferência por almoçarem no restaurante e Julius Hersheimmer acatou a decisão.

As ostras tinham acabado de dar lugar ao *Sole Colbert* quando o garçom entregou um cartão a Hersheimmer.

— Inspetor Japp. Scotland Yard, outra vez. E agora mandaram um homem diferente. O que esperam que eu diga que ainda não tenha contado ao primeiro sujeito? Só espero que não tenham perdido a fotografia. O laboratório do fotógrafo lá do Oeste pegou fogo e todos os negativos foram destruídos. É a única fotografia que existe da minha prima. Quem me deu foi o diretor do colégio em que ela estudou.

Um súbito temor invadiu Tuppence.

— Sabe... sabe o nome do homem que veio procurá-lo esta manhã?

— Claro que sei! Não, não sei... Espere um pouco. Estava no cartão... Ah, lembrei agora! Inspetor Brown. Um sujeitinho um tanto quieto, desse tipo que não chama a atenção de ninguém...

6
Uma estratégia

Pode-se baixar um véu, com proveito, sobre os acontecimentos da meia hora seguinte. Basta dizer que não se conhecia nenhum "inspetor Brown" na Scotland Yard. A fotografia de Jane Finn, que teria sido de extremo valor nas investigações da polícia para encontrá-la, estava perdida e sem qualquer possibilidade de recuperação. Mais uma vez o "Sr. Brown" triunfara.

O resultado imediato desse contratempo foi um *rapprochement* entre Julius Hersheimmer e os Jovens Aventureiros. Todas as barreiras desmoronaram, e Tommy e Tuppence ficaram com a impressão de que já conheciam o jovem norte-americano há muito tempo. Abandonaram a reticência discreta de "agentes particulares" e revelaram-lhe toda a história de seu empreendimento conjunto. Ao que o norte-americano comentou que se sentia "todo arrepiado".

Ao fim da narração, ele virou-se para Tuppence e comentou:

— Sempre pensei que as garotas inglesas fossem um tanto antiquadas. Podiam ser meigas, mas tinham pavor de dar uma volta sem estarem acompanhadas por um lacaio ou uma tia solteirona. Mas estou vendo agora que eu é que estou um pouco desatualizado!

A conseqüência dessas relações confidenciais foi que Tommy e Tuppence se instalaram no Ritz, a fim de, como disse Tuppence, ficarem em contato com o único parente vivo de Jane Finn.

— E vendo as coisas por esse ângulo — acrescentou ela, confidencialmente –, ninguém pode reclamar das despesas!

Ninguém o fez, o que foi o melhor de tudo.

— E agora vamos ao trabalho! — disse a jovem, na manhã seguinte à mudança para o Ritz.

O Sr. Beresford largou o *Daily Mail* que estava lendo e aplaudiu com um vigor de certo modo desnecessário. Foi polidamente solicitado por sua colega a não se comportar como um asno.

— Que droga, Tommy! Ternos que fazer alguma coisa pelo dinheiro que vamos receber!

Tommy suspirou.

— Tem toda razão. Receio que até mesmo o nosso velho e prezado governo não nos sustentará em plena ociosidade no Ritz para sempre.

— Portanto, como já disse, temos que *fazer* alguma coisa.

— Está certo, pode fazer — Tommy concordou, pegando o *Daily Mail*. — Não vou impedi-la.

— Sabe, Tommy, estive pensando...

Tuppence foi interrompida por um novo acesso de aplauso.

— É muito bom você ficar sentado aí bancando o engraçadinho, Tommy. Mas não lhe faria mal algum se pusesse o seu cérebro para pensar um pouco!

— É meu sindicato, Tuppence, meu sindicato! Ele não me permite começar a trabalhar antes das 11 horas.

— Está querendo que eu jogue alguma coisa em você, Tommy? É absolutamente indispensável que comecemos a formular uma estratégia já.

— Apoiada! Apoiada!

— Pois então, vamos começar.

Por fim, Tommy largou o jornal de vez.

— Há realmente algo da simplicidade dos grandes gênios em você, Tuppence. Pode começar. Estou ouvindo.

— Para começar, o que temos como ponto de partida?

— Absolutamente nada – respondeu Tommy.

— Errado! – Tuppence corrigiu-o, sacudindo o dedo vigorosamente. – Temos duas pistas muito boas.

— E quais são?

— Primeira pista: conhecemos um dos membros da quadrilha.

— Whittington?

— Exatamente. Eu o reconheceria em qualquer lugar.

— Hum... – murmurou Tommy, com um ar de dúvida. – Acho que isso não chega a ser uma pista. Afinal, não sabe onde procurá-lo. E tem uma chance em mil de encontrá-lo por acaso.

— Não tenho tanta certeza assim. Já notei que, a partir do momento em que as coincidências começam a acontecer, continuam acontecendo da maneira mais extraordinária. Eu diria até mesmo que existe alguma lei natural que ainda não descobrimos. Mesmo assim, como você disse, não podemos contar com isso. Mas existem lugares em Londres onde todo mundo acaba aparecendo mais cedo ou mais tarde. É o caso, por exemplo, de Piccadilly Circus. Uma das minhas idéias era fazer plantão por lá o dia inteiro, com uma bandeja de flâmulas.

– E como vai fazer para comer? – indagou Tommy, sempre prático.

– Mas que homem! Que importância tem a comida?

– Você pensa assim agora, que acabou de tomar um farto café-da-manhã. Mas ninguém tem mais apetite que você, Tuppence. Quando chegasse a hora do chá, você já estaria devorando as flâmulas, com alfinete e tudo. Mas, sinceramente, não acho a idéia das melhores. É possível até que Whittington não esteja mais em Londres.

– Acho que você tem razão. Seja como for, a segunda pista é mais promissora.

– Pois então diga logo qual é.

– Não é muita coisa. Apenas um nome cristão: Rita. Whittington mencionou-o durante o encontro.

– Está propondo um terceiro anúncio? "Procura-se: vigarista do sexo feminino que atenda pelo nome de Rita."

– Não é nada disso, Tommy. O que estou propondo é raciocinarmos um pouco de maneira lógica. O tal agente, Danvers, foi seguido durante a viagem, não é mesmo? E é mais provável que tenha sido seguido por uma mulher do que por um homem...

– Não vejo qualquer lógica nisso.

– Mas tenho toda certeza de que só podia ser uma mulher – afirmou Tuppence, com calma. – E uma mulher bonita.

– Nessas questões técnicas, eu me curvo diante de sua decisão – murmurou o Sr. Beresford.

– É evidente que essa mulher, seja ela quem for, acabou se salvando também.

– Por que pensa assim?

— Se não fosse por ela, como eles poderiam saber que Jane Finn estava com os documentos?

— Absolutamente certo. Continue, Sherlock!

— Há uma possibilidade... e admito que não é das maiores... que essa mulher fosse a "Rita".

— E se for?

— Se for, vamos procurar entre os sobreviventes do *Lusitania* até descobri-la.

— Nesse caso, nossa primeira providência é obter uma relação dos sobreviventes.

— Já consegui. Escrevi uma lista comprida das coisas que queria saber e mandei para o Sr. Carter. Recebi a resposta dele esta manhã. Entre outras coisas, havia a relação oficial dos sobreviventes do *Lusitania*. Não acha que a pequena Tuppence é um bocado inteligente?

— Nota dez para aplicação, nota zero para modéstia. Mas a grande questão é a seguinte: existe alguma "Rita" na relação?

— É isso o que ainda não sei, Tommy.

— Não sabe.

— Isso mesmo. Dê uma olhada.

Os dois se debruçaram sobre a relação.

— Como pode ver, Tommy, eles quase não indicam o nome de batismo. A maioria das mulheres tem apenas o sobrenome, antecedido de Sra. ou Srta.

Tommy assentiu.

— Isso complica tudo.

Tuppence deu de ombros, a sua típica sacudidela de *terrier*.

— Vamos ter que descobrir, Tommy. Começaremos pela área de Londres. Anote os endereços de todas as mulheres que vivem em Londres ou arredores, enquanto vou colocar o chapéu.

Cinco minutos depois, o jovem casal estava em Piccadilly, e poucos segundos mais tarde estavam em um táxi a caminho de The Laurels, Glendower Road, 7, a residência da Sra. Edgar Keith, cujo nome figurava em primeiro lugar em uma lista de sete guardada no bolso de Tommy.

The Laurels era uma casa antiga e faltava pouco para estar em ruínas, com algumas moitas raquíticas para sustentar a ficção de um jardim na frente. Tommy pagou o táxi e acompanhou Tuppence até a campainha da porta da frente. Quando ela já estava prestes a tocar a campainha, Tommy segurou-lhe a mão.

– O que vai dizer, Tuppence?

– O que vou dizer? Ora, direi... Oh, querido, não sei! É uma situação muito constrangedora.

– Pois eu sei! – afirmou Tommy, com evidente satisfação. – Ah, as mulheres! Não são nada previdentes. Fique de lado e veja como um legítimo representante do sexo masculino resolve a situação com a maior facilidade.

Ele apertou a campainha. Tuppence retirou-se para um local apropriado.

Uma empregada de aparência desleixada, com o rosto sujo e um par de olhos que não combinava, abriu a porta.

Tommy havia tirado do bolso um caderninho de anotações e um lápis.

– Bom dia – disse ele, cordialmente. – Sou do Conselho Distrital de Hampstead, do novo Registro de Eleitores. A Sra. Edgar Keith reside aqui, não é mesmo?

– Sim, senhor.

– Nome de batismo? – indagou Tommy, o lápis levantado, à espera.

– Da senhora? Eleanor Jane.

– Eleanor – repetiu Tommy, escrevendo. – Filhos ou filhas acima de 21 anos?

— Não.

— Obrigado.

Tommy fechou o caderninho com um estalido e acrescentou:

— Bom dia.

A criada ofereceu o seu primeiro comentário:

— Pensei que tivesse vindo ver o gás — disse ela de maneira enigmática, fechando a porta em seguida.

Tommy foi juntar-se à sua cúmplice e comentou:

— Como pode verificar, Tuppence, isso é brincadeira de criança para a mente masculina.

— Não me importo de admitir que, dessa vez, você acertou em cheio. Eu nunca teria pensado nisso.

— Não acha que é uma boa tática? E podemos repeti-la *ad lib*.

A hora do almoço encontrou o jovem casal atacando com voracidade um bife com fritas em uma obscura estalagem. Já haviam encontrado uma Gladys Mary e uma Marjorie, tinham ficado desconcertados com uma mudança de endereço e haviam sido obrigados a escutar uma longa preleção sobre o sufrágio universal de uma esfuziante dama norte-americana, cujo nome era Sadie.

— Ah! — exclamou Tommy, tomando um gole de cerveja. — Já estou me sentindo melhor. Onde é a próxima?

O caderninho de anotações estava em cima da mesa, entre os dois. Tuppence pegou-o e leu:

— Sra. Vandemeyer, South Audley Mansions, 20. E depois a Srta. Wheeler, Clapington Road, 43, Battersea. Pelo que me lembro, ela é empregada doméstica e provavelmente não estará em casa a essa hora. Além do mais, não creio que seja a pessoa que estamos procurando.

— Então vamos direto para a dama de Mayfair.

— Estou começando a ficar desanimada, Tommy.

— Ânimo, minha velha! Sabíamos desde o início que era uma chance mínima. E, de qualquer maneira, estamos apenas começando. Se não conseguirmos nada em Londres, temos pela frente uma agradável excursão por Inglaterra, Irlanda e Escócia.

— Tem razão — Tuppence concordou, o ânimo antes abatido já se recuperava com rapidez. — E com todas as despesas pagas! Eu realmente gosto que as coisas aconteçam mais depressa, Tommy. Até agora, tivemos uma aventura depois da outra. Mas esta manhã foi totalmente insípida, nada aconteceu.

— Deve reprimir os seus anseios por sensações vulgares, Tuppence. Lembre-se de que se o Sr. Brown é tudo o que dizem ser, é de admirar que até agora ainda estejamos incólumes. Ei, esta é uma frase ótima! Tem até um sabor literário!

— Você está sendo mais presunçoso do que eu... e com menos desculpa! Mas é estranho que o Sr. Brown ainda não tenha brandido o gládio da vingança contra nós. Como pode ver, Tommy, também sei fazer frases literárias. Até agora, continuamos sãos e salvos.

— Talvez ele ache que não vale a pena perder tempo conosco — sugeriu Tommy, com a maior simplicidade.

Tuppence não gostou do comentário.

— Ah, Tommy, você é horrível! Fala como se não fôssemos nada!

— Desculpe, Tuppence. O que eu quis dizer foi que estamos trabalhando como toupeiras na escuridão e que ele não tem a menor suspeita de nossos planos nefandos. Ha, ha, ha!

— Ha, ha, ha! — Tuppence também riu, levantando-se.

South Audley Mansions era um prédio de apartamentos de aparência imponente, perto de Park Lane. O número 20 ficava no segundo andar.

A essa altura, Tommy já tinha a naturalidade nascida da prática. Recitou a fórmula para a mulher idosa que abriu a porta, parecendo mais uma governanta do que uma criada comum.

— Nome de batismo?
— Margaret.

Tommy foi soletrando o nome, mas a mulher interrompeu-o:

— Não, é "*g-u-e*".
— Ah, sim Marguerite, um nome francês...

Ele fez uma breve pausa e depois acrescentou, num súbito impulso:

— Nós a tínhamos registrado como Rita Vandemeyer, mas está incorreto, não é mesmo?

— Muita gente a chama assim, senhor, mas o verdadeiro nome dela é Marguerite.

— Obrigado. Isso é tudo. Muito bom dia.

Mal conseguindo conter seu entusiasmo, Tommy desceu correndo a escada. Tuppence esperava-o na curva.

— Você ouviu?
— Ouvi, sim. Oh, Tommy!

Tommy apertou o braço dela, num gesto de simpatia.

— É... é maravilhoso pensar nas coisas... e depois vê-las acontecer! — comentou Tuppence, entusiasmada.

A mão dela ainda estava presa no braço de Tommy quando chegaram ao saguão. Nesse momento, soaram passos e vozes na escada. De repente, para surpresa de Tommy, Tuppence arrastou-o para o pequeno espaço ao lado do elevador, onde as sombras eram mais densas.

— Mas o que...
— Fique quieto!

Dois homens desceram a escada e atravessaram o saguão até a porta. A mão de Tuppence apertou o braço de Tommy com toda força.

— Depressa... vá atrás deles! Eu não posso ir, pois ele pode me reconhecer. Não sei quem é o outro homem, mas o mais alto é Whittington!

7
A casa em Soho

Whittington e seu companheiro estavam andando apressados. Tommy partiu atrás deles imediatamente e chegou à rua a tempo de vê-los dobrando a esquina. Suas passadas vigorosas permitiram-lhe encurtar a distância que os separava com rapidez. Ao chegar também à esquina, a distância já era bem menor. As ruas pequenas de Mayfair estavam relativamente desertas e Tommy achou que era mais sensato se contentar em mantê-los à vista.

O esporte era novo para ele. Embora familiarizado com os aspectos técnicos por meio de uma variedade de romances lidos, Tommy nunca tentara seguir ninguém. Logo teve a impressão de que, na prática, era um procedimento repleto de dificuldades. Suponhamos, por exemplo, que de repente chamassem um táxi? Nos livros, simplesmente pegava-se outro táxi, prometia-se um soberano ao motorista – ou a moeda equivalente moderna – e o problema estava resolvido. Na prática, Tommy previu que era bem provável que não houvesse outro táxi à disposição. Assim sendo, ele teria que correr. E o que aconteceria a um jovem que estivesse correndo pelas ruas de Londres? Se estivesse em uma via principal, ainda poderia acalentar a esperança de que as pessoas pensassem que estava apenas correndo atrás de um ônibus. Mas ali, naqueles atalhos quase desertos e aristocráticos, Tommy tinha quase certeza de que não demoraria a ser detido por algum guarda zeloso, que lhe pediria explicações.

Nesse momento, Tommy avistou um táxi com a bandeira erguida na esquina à frente. Prendeu a respiração. Será que os dois homens iriam fazer sinal para o táxi?

Soltou um suspiro de alívio quando eles deixaram o táxi passar. O curso dos dois era em ziguezague, visando o caminho mais rápido possível à Oxford Street. Quando por fim chegaram a essa rua, seguindo na direção leste, Tommy aumentou um pouco o ritmo de seus passos. Pouco a pouco, foi encurtando a distância. Na calçada movimentada, havia poucas possibilidades de atrair a atenção dos dois homens. Estava ansioso para ouvir algumas palavras da conversa deles. Mas, nisso, foi completamente frustrado. Eles falavam em voz baixa e o barulho do tráfego abafava suas vozes de forma eficaz.

Pouco antes da estação do metrô na Bond Street, eles atravessaram a rua, com Tommy, ainda sem ser notado, fielmente em seus calcanhares. Entraram no Lyons'. Subiram para o segundo andar e sentaram-se a uma mesinha junto da janela. Tommy foi sentar-se a uma mesa próxima, atrás de Whittington, a fim de evitar qualquer possibilidade de reconhecimento. Podia ver o segundo homem e aproveitou para examiná-lo com toda atenção. Era louro, com um rosto irresoluto e antipático. Tommy achou que era russo ou polonês. Devia provavelmente estar na casa dos 50 anos, os ombros se encolhiam de leve quando falava, os olhos, pequenos e astutos, movimentavam-se sem parar.

Como já almoçara vorazmente, Tommy contentou-se em pedir torradas com queijo derretido por cima e uma xícara de café. Whittington pediu um almoço farto para ele e seu companheiro. Assim que a garçonete se afastou, ele puxou a cadeira mais para perto da mesa e pôs-se a falar em voz muito baixa, com uma expressão séria no rosto. O outro homem adotou a mesma postura. Por mais que se esforçasse, Tommy só conseguiu ouvir uma ou outra palavra. Mas, pelo pouco que ouviu, teve a impressão de que Whittington estava transmitindo ordens e que seu companheiro de vez em quando discordava. Whittington referiu-se ao outro homem, em determinado momento, como Boris.

Tommy ouviu a palavra "Irlanda" várias vezes e também "propaganda". Mas não houve qualquer menção a Jane Finn. De repente, em meio a uma pausa inesperada no estrépito normal do restaurante, ele conseguiu ouvir uma frase inteira. Era Whittington quem estava falando nesse momento:

— Ah, mas você não conhece Flossie! Ela é uma verdadeira maravilha! Um arcebispo seria capaz de jurar que Flossie era a própria mãe. Ela consegue fazer a voz certa todas as vezes e isso é realmente o mais importante.

Tommy não ouviu a resposta de Boris, mas Whittington disse algo a seguir que lhe pareceu ser o seguinte:

— Claro... somente numa emergência...

Depois, Tommy tornou a perder o rumo da conversa. Mas, dali a pouco, as frases foram se tornando outra vez inteligíveis. Tommy não soube determinar se isso acontecia porque os dois haviam alteado as vozes sem o perceberem ou porque seus ouvidos estavam ficando mais sintonizados. Mas houve duas palavras que certamente tiveram um efeito dos mais estimulantes sobre o ouvinte ansioso. Foram pronunciadas por Boris e eram "Sr. Brown."

Whittington pareceu censurá-lo por isso, mas a reação de Boris foi soltar uma risada e comentar:

— Por que não, meu amigo? É um nome dos mais respeitáveis... dos mais comuns. Não foi justamente por isso que ele o escolheu? Ah, como eu gostaria de conhecer o Sr. Brown!

Havia um tom frio e cortante na voz de Whittington quando ele respondeu:

— Quem sabe? É possível até que você já o tenha conhecido.

— Ora! Isso é coisa de criança, uma fábula para a polícia. Quer saber o que me digo de vez em quando? Que ele não passa de uma fábula inventada pelo Círculo Interior, um fantasma para nos assustar! É bem possível que seja isso mesmo.

— E também é possível que não.

— Fico pensando... ou será que é realmente verdade que ele está conosco e entre nós, desconhecido para todos, à exceção de uns poucos escolhidos? Reconheço que a idéia é muito boa. Assim, nunca sabemos. Olhamos um para o outro... *um de nós é o Sr. Brown*... mas quem? Ele dá ordens... mas também serve. Entre nós... um de nós... mas ninguém sabe quem é ele...

Com um esforço visível, o russo interrompeu os caprichos de sua fantasia e olhou para o relógio.

— Já é hora de irmos embora — alertou Whittington.

Ele chamou a garçonete e pediu a conta. Tommy fez a mesma coisa. Momentos depois, seguia os dois homens pela escada abaixo.

Na calçada, Whittington fez sinal para um táxi e mandou que o motorista seguisse para Waterloo.

Havia táxis em abundância ali. Antes que o táxi com Whittington se afastasse, um outro já estava encostando no meio-fio, atendendo a um sinal vigoroso de Tommy. Ele embarcou e ordenou ao motorista:

— Siga aquele táxi! Não o perca de vista em hipótese alguma!

O motorista, um homem já idoso, não demonstrou o menor interesse. Limitou-se a resmungar e baixou a bandeira. A viagem transcorreu sem qualquer incidente. O táxi de Tommy foi parar na plataforma de embarque logo atrás do táxi de Whittington. Tommy estava logo atrás dele na bilheteria. Whittington comprou uma passagem de primeira classe para Bournemouth, e Tommy fez o mesmo. Ao se afastar da bilheteria, ouviu Boris comentar, olhando para o relógio:

— Está bastante adiantado. Ainda falta quase meia hora.

As palavras de Boris desencadearam uma nova torrente de pensamentos na mente de Tommy. Era evidente que Whittington ia fazer a viagem sozinho, enquanto seu companheiro permaneceria em Londres. Portanto, ele teria que optar entre qual dos dois iria seguir. Obviamente, não poderia continuar a seguir a ambos, a menos que... Como Boris, Tommy olhou para o relógio e depois para o quadro de avisos das partidas dos trens. O trem para Bournemouth iria partir às 15h30. Ainda eram 15h10. Whittington e Boris estavam olhando o estande de livros. Tommy lançou um olhar desconfiado para os dois e depois seguiu apressadamente para a cabine telefônica mais próxima. Não perdeu tempo com uma tentativa de entrar em contato com Tuppence. Provavelmente ela ainda estava nas proximidades de South Audley Mansions. Mas podia contar com outro aliado. Ligou para o Ritz e pediu para falar com Julius Hersheimmer. Houve um clique e um zumbido. "Oh, tomara que o norte-americano esteja no quarto!", pensou Tommy. Houve outro clique e depois um "alô" em sotaque inconfundível.

— É você, Hersheimmer? Beresford falando. Estou na estação de Waterloo. Segui Whittington e outro homem até aqui. Não há tempo para explicar. Whittington vai partir para Bournemouth às 15h30. Pode chegar aqui antes disso?

A resposta foi tranqüilizadora:

— Claro! Dou um jeito!

O telefone foi desligado. Tommy repôs o fone no gancho com um suspiro de alívio. Sua opinião a respeito da capacidade de "dar um jeito" do norte-americano era das mais elevadas. Sentia, instintivamente, que Julius chegaria a tempo.

Whittington e Boris ainda estavam no lugar em que Tommy os deixara. Se Boris continuasse a fazer companhia ao amigo até a hora da partida do trem, estava tudo bem. Tommy apalpou o bolso, pensativo. Apesar da *carte blanche* que lhe fora assegurada, ainda não adquirira o hábito de andar com muito dinheiro no bolso. A compra da passagem de primeira classe para Bournemouth deixara-o com apenas uns poucos *shillings* no bolso. Esperava que Julius chegasse abastecido.

Tommy ficou esperando, observando os minutos a se arrastarem rapidamente: 15h15, 15h20, 15h25, 15h27... E se Julius não chegasse a tempo? 15h29... Portas começaram a bater. Tommy sentiu um calafrio de desespero percorrer-lhe o corpo. E foi nesse momento que sentiu a mão de alguém a cair-lhe no ombro.

— Estou aqui, filho. Esse seu tráfego britânico é incrível! Mostre-me logo quem são os salafrários.

— Aquele é Whittington... aquele homem grande, moreno, que está embarcando no trem neste momento. O outro é o sujeito estrangeiro com quem ele está falando.

— Já vi. Qual dos dois é o meu homem?

Tommy já tinha pensado no problema.

— Tem algum dinheiro com você?

Julius sacudiu a cabeça e Tommy ficou desolado. O norte-americano explicou:

— Acho que não tenho mais que 300 ou 400 dólares comigo neste momento.

Tommy deixou escapar uma exclamação de alívio.

— Oh, Deus, você está milionário! Acho que não falamos a mesma língua! Suba no trem! Aqui está sua passagem. Você vai atrás de Whittington.

— Pode deixar Whittington comigo!

O trem já estava começando a entrar em movimento quando o norte-americano embarcou.

— Até logo, Tommy!

O trem deixou a estação.

Tommy respirou fundo. O homem chamado Boris estava atravessando a plataforma em sua direção. Tommy deixou-o passar e depois foi atrás.

De Waterloo, Boris pegou o metrô até Piccadilly Circus. Depois, seguiu a pé até a avenida Shaftesbury, entrando por fim no labirinto de ruas estreitas e tortuosas em torno de Soho. Tommy o seguiu a uma distância prudente.

Chegaram a uma pequena praça, quase em ruínas. As casas tinham uma aparência sinistra, em meio à sujeira e à decadência. Boris olhou ao redor e Tommy recuou rapidamente para o abrigo amistoso de um pórtico. A praça estava quase deserta. Não tinha outra saída e por isso o tráfego não passava por ali. A maneira furtiva com que Boris tinha olhado ao redor estimulou a imaginação de Tommy. Do abrigo do pórtico, ele observou Boris subir os degraus de uma casa particularmente sinistra e bater na porta de um jeito peculiar. A porta foi aberta, no mesmo instante. Boris disse alguma coisa ao guardião e depois entrou. A porta foi fechada.

Foi nesse momento que Tommy perdeu a cabeça. O que ele deveria ter feito, o que qualquer homem são teria feito, era permanecer pacientemente onde estava e esperar que Boris saísse novamente. O que Tommy fez foi algo inteiramente alheio ao bom senso, que era, de um modo geral, sua característica mais destacada. Sem parar sequer um momento para pensar, subiu também os degraus e reproduziu da melhor forma possível a batida na porta.

A porta foi aberta prontamente. Um homem de rosto perverso e, os cabelos cortados bem rentes, um verdadeiro vilão, resmungou:

— O que quer?

Foi só nesse instante que Tommy começou a perceber toda a extensão da sua loucura. Mas não se atreveu a recuar, dizendo as primeiras palavras que lhe surgiram à cabeça:

— O Sr. Brown está?

Para sua surpresa, o homem deu um passo para o lado e respondeu, sacudindo o polegar para trás, por cima do ombro:

— Lá em cima. Segunda porta à esquerda.

8
As aventuras de Tommy

Apesar de aturdido com as palavras do homem, Tommy não hesitou. Se a audácia o levara com sucesso até aquele ponto, era possível que o levasse ainda mais longe. Entrou rapidamente na casa e subiu a escada quase desconjuntada. Tudo na casa era imundo e sórdido de uma maneira quase indescritível. O papel de parede encardido, de um padrão agora indefinido, caía em tiras soltas por todos os lados. Em todos os cantos havia uma massa imensa de teias de aranha.

Tommy avançou devagar. Ao chegar à curva da escada, já tinha ouvido o homem lá embaixo desaparecer em um aposento qualquer nos fundos da casa. Era evidente que ele, Tommy, ainda não despertara nenhuma suspeita. Chegar na casa e perguntar pelo "Sr. Brown" parecia ser um procedimento natural.

No alto da escada, Tommy parou por um momento, a fim de decidir o que faria em seguida. À sua frente, havia um corredor estreito, com portas se abrindo para os dois lados. Da porta à esquerda mais próxima vinha um murmúrio baixo de vozes. Ele se encaminhou, então, para aquele quarto que o homem lá de baixo o enviara. Mas o que atraiu o seu olhar fascinado foi uma reentrância imediatamente à sua direita, meio escondida por uma cortina de veludo rasgada. Era o lugar ideal, em caso de emergência, para o esconderijo de um ou dois homens. Tinha pouco mais de meio metro de profundidade e cerca de um metro de largura. Ficava em frente à porta do lado esquerdo. Por causa do ângulo, proporcionava também uma excelente vista do alto da escada. Aquilo atraiu Tommy intensamente. Ele pensou em todos os aspectos da situação em que se encontrava, à sua maneira habitual, lenta e disciplinada. Concluiu que a menção do "Sr. Brown" não era a pergunta por um indivíduo, mas uma senha usada pela quadrilha. O uso afortunado que fizera daquele nome lhe valera a entrada na casa. Até aquele momento, não despertara qualquer suspeita. Mas devia decidir logo o que faria a seguir.

Vamos supor que entrasse audaciosamente no quarto à esquerda do corredor. Será que o simples fato de ter entrado na casa seria suficiente? Talvez fosse exigida outra senha ou, pelo menos, alguma prova de identidade. Era evidente que o homem na porta lá embaixo não conhecia de vista todos os membros da quadrilha, mas a situação podia ser diferente ali em cima. Considerando tudo, Tommy achou que a sorte o ajudara bastante até aquele momento, mas que não devia esperar muito dela. Entrar naquele quarto seria um risco colossal. Não podia contar com a possibilidade de manter o seu papel indefinidamente. Era quase inevitável que, mais cedo ou mais tarde, acabasse se traindo. E se isso acontecesse, teria desperdiçado uma oportunidade vital por mera imprudência.

Tommy ouviu uma repetição da batida característica na porta lá embaixo. Tomando uma decisão, meteu-se rapidamente na reentrância, puxando a cortina com cuidado para cobri-lo e, assim, ficar oculto aos olhos de quem subisse. Havia vários buracos e rasgões na cortina muito antiga que lhe permitiam observar tudo o que acontecesse. Ficaria vigiando os acontecimentos e, a qualquer momento que decidisse, poderia se juntar à reunião, comportando-se como o recém-chegado.

O homem que subiu a escada, com um jeito furtivo e passos leves, era desconhecido para Tommy. Pertencia visivelmente aos escalões inferiores da sociedade. As sobrancelhas espessas, o queixo de criminoso e a aparência de bestialidade do conjunto do semblante eram coisas novas para Tommy, embora o homem fosse do tipo que a Scotland Yard teria reconhecido ao primeiro olhar.

O homem passou pela reentrância, respirando fundo. Parou na porta do outro lado e repetiu a batida característica. Uma voz lá dentro gritou alguma coisa. O homem abriu a porta e entrou, proporcionando a Tommy uma visão rápida do interior do quarto. Ele teve a impressão de que havia quatro ou cinco pessoas sentadas em torno de uma mesa comprida, que ocupava a maior parte do espaço. Mas sua atenção foi atraída por um homem alto, de cabelos cortados rentes, com uma barba pequena, pontuda, de aparência naval, que estava sentado na cabeceira da mesa, com alguns papéis à sua frente. Quando o recém-chegado entrou, o homem alto levantou a cabeça e perguntou, com uma pronúncia correta, mas curiosamente precisa, que despertou o interesse de Tommy:

— Seu número, camarada?

— Quatorze, governador — respondeu o outro, em voz rouca.

— Correto.

A porta foi fechada outra vez.

"Se aquele homem não é um huno, então eu sou holandês!", pensou Tommy. "E está dirigindo o espetáculo de maneira sistemática... como eles sempre fazem. Foi muita sorte eu não ter entrado. Teria dado o número errado e seria o inferno. Este é realmente o melhor lugar para eu ficar. Ei, estão batendo novamente na porta!"

O novo visitante era inteiramente diferente do anterior. Tommy identificou-o como um irlandês da Sinn Fein.* Estava evidente que a organização do Sr. Brown era bem ampla. O criminoso comum, o irlandês bem-nascido, o russo pálido e o eficiente mestre-de-cerimônias alemão! Era realmente uma reunião estranha e sinistra. Quem seria o homem que controlava aqueles elos tão diferentes de uma corrente desconhecida?

No caso do irlandês, o procedimento foi exatamente o mesmo: a batida característica, o pedido de um número, a informação e a resposta "Correto".

---

*Sinn Fein: organização política que defendia a libertação da Irlanda da Inglaterra. (*N. do T.*)

Seguiram-se duas batidas na porta lá embaixo, em rápida sucessão. O primeiro homem era inteiramente desconhecido para Tommy, que o classificou como um escriturário. Era um homem de aparência tranquila e inteligente, vestido de maneira um tanto andrajosa. O segundo era da classe proletária e seu rosto era vagamente familiar a Tommy.

Três minutos depois, apareceu outro homem, de ar sobranceiro, bem vestido, visivelmente um membro da classe mais favorecida. Seu rosto também não era desconhecido para Tommy, mas ele não conseguiu identificá-lo no momento.

Depois da chegada dele, houve uma longa pausa. Tommy concluiu que a reunião estava agora completa. Estava começando a deixar seu esconderijo, com todo o cuidado, quando outra batida na porta o fez voltar apressadamente.

O homem subiu a escada de maneira silenciosa e já estava quase na porta quando Tommy percebeu sua presença.

Era um homem pequeno, muito pálido, de aparência gentil e quase feminina. Os malares ligeiramente salientes indicavam uma possível origem eslava. Afora isso, porém, não havia nada que denunciasse sua nacionalidade. Ao passar pelo esconderijo de Tommy, ele virou a cabeça lentamente. A estranha luz em seus olhos deu a impressão de que penetrava além da cortina. Tommy mal podia acreditar que o homem ignorava a sua presença. Estremeceu, involuntariamente. Não era mais fantasioso que a maioria dos jovens ingleses, mas não pôde evitar a sensação de que alguma força estranhamente poderosa emanava daquele homem. Fazia-o pensar em uma serpente venenosa.

A impressão de Tommy foi confirmada um momento depois. O homem bateu na porta, como todos os outros haviam feito, mas a recepção foi muito diferente. O homem barbado levantou-se e todos os outros seguiram seu exemplo. O alemão adiantou-se e apertou a mão do recém-chegado, batendo os calcanhares.

— É uma honra... é uma honra imensa para todos nós! — salientou ele. — Temia que sua presença pudesse ser impossível!

O outro respondeu em voz baixa, uma voz que tinha um quê de sibilante:

— Houve dificuldades. E receio que não me será possível vir outra vez. Mas uma reunião é essencial para definir minha posição. Não posso fazer nada sem... o Sr. Brown. Ele está aqui?

A mudança na voz do alemão era perceptível quando ele respondeu, depois de breve hesitação:

— Recebemos um recado. É inteiramente impossível a presença dele.

O alemão parou de falar, dando a curiosa impressão de que deixara a frase inacabada. O rosto do recém-chegado iluminou-se lentamente com um sorriso. Ele correu os olhos pelo círculo de rostos apreensivos.

— Ah, estou entendendo... Já tinha ouvido falar nos métodos dele. Pelo que dizem, trabalha nas sombras e não confia em ninguém. Mas é bem possível que esteja entre nós neste momento...

Ele tornou a olhar ao redor e de novo a expressão de medo dominou o grupo. Cada homem parecia estar olhando desconfiado para o vizinho. O russo voltou a falar:

— É possível. Mas... vamos logo tratar do que interessa.

O alemão pareceu se recuperar. Indicou o lugar que estava ocupando, na cabeceira da mesa. O russo objetou, mas o alemão insistiu:

— É o único possível para... o Número 1. O Número 14 não quer fechar a porta?

Um instante depois, Tommy estava outra vez olhando para a porta de madeira e as vozes lá dentro haviam baixado para um murmúrio indistinto. Tommy estava inquieto. A conversa que ouvira lhe estimulara a curiosidade. Achava que, de um jeito ou de outro, tinha que ouvir mais.

Não havia qualquer ruído lá embaixo e não parecia provável que o guardião da porta fosse subir. Depois de escutar atentamente por mais um ou dois minutos, Tommy pôs a cabeça para fora da cortina, com cuidado. O corredor estava deserto. Tommy se abaixou e tirou os sapatos. Deixou-os atrás da cortina e avançou devagar só de meias. Ajoelhou-se junto à porta fechada e encostou o ouvido no buraco da fechadura. Mas, irritado descobriu que nem assim conseguia ouvir direito a conversa lá dentro. Mal dava para ouvir uma ou outra palavra quando alguém alteava a voz. O que serviu para aguçar ainda mais sua curiosidade.

Olhou para a maçaneta da porta, pensativo. Será que conseguiria girá-la lentamente, com todo cuidado, de forma que nenhum dos homens no interior do quarto percebesse? Decidiu que era possível. Pouco a pouco, um centímetro de cada vez, Tommy foi girando a maçaneta, chegando a prender a respiração em seu cuidado excessivo. Mais um pouco... ainda mais um pouco... será que nunca iria terminar? Ah, finalmente! A maçaneta não girava mais.

Tommy manteve a posição por um minuto ou mais. Depois, respirou fundo e empurrou para a frente, cautelosamente. A porta não se mexeu. Tommy ficou aborrecido. Se usasse muita força, era quase certo que a porta iria ranger. Esperou até que as vozes se alteassem um pouco e depois tentou outra vez. Nada aconteceu. Aumentou a pressão. Será que a maldita porta emperrara? Desesperado, Tommy acabou empurrando a porta com toda força. Mas a porta continuou firme e então a verdade ocorreu-lhe. A porta estava trancada ou havia um ferrolho passado pelo lado de dentro.

Por um momento, Tommy deixou-se dominar pela indignação e pensou, quase chegando a falar em voz alta: "Mas que diabo! Como puderam fazer uma sujeira dessas?"

A indignação logo passou e ele se preparou para enfrentar a situação. A primeira providência era devolver a maçaneta à posição original. Se a largasse bruscamente, era quase certo que os homens lá dentro iriam perceber. Assim, com o mesmo infinito cuidado, Tommy inverteu a operação de girar a maçaneta. Terminou-a sem que houvesse qualquer problema e levantou-se, com um suspiro de alívio. Tommy possuía uma certa tenacidade de buldogue, que o levava a se recusar a admitir qualquer derrota. Embora frustrado em seus esforços naquele momento, estava longe de abandonar o conflito. Ainda pretendia dar um jeito de escutar o que estava acontecendo no quarto trancado. Como um plano havia falhado, precisava encontrar outro.

Olhou ao redor. Um pouco mais adiante, havia uma segunda porta à esquerda no corredor. Avançou silenciosamente. Parou diante da segunda porta e ficou escutando por um momento. Experimentou a maçaneta. A porta se abriu e ele entrou rapidamente.

O quarto estava desocupado. Como tudo o mais na casa, os móveis estavam em condições lamentáveis e a sujeira, se é que era possível, era ainda mais abundante.

Mas o que interessou a Tommy foi o que esperava encontrar: uma porta de comunicação entre os dois cômodos, à esquerda, junto à janela. Fechou com cuidado a porta que dava para o corredor e foi até a outra, examinando-a atentamente. O ferrolho estava trancado. Bastante enferrujado, apresentava sinais evidentes de que não era usado há muito tempo. Torcendo-o lentamente para um lado e para outro, Tommy conseguiu puxá-lo para trás sem fazer muito barulho. Depois, repetiu a mesma manobra anterior com a maçaneta, só que dessa vez obteve sucesso. A porta se abriu, apenas uma fresta, uma simples fração, mas o suficiente para que Tommy pudesse ouvir a conversa no outro aposento. Havia uma *portière* de veludo no outro lado da porta, o que impedia que alguém o visse. Mas ele podia reconhecer as vozes.

Era o irlandês da Sinn Fein que estava falando, o sotaque era inconfundível:

— Está tudo muito bem, mas o dinheiro é essencial. Sem dinheiro, não há resultados!

Outra voz, que Tommy julgou ser a de Boris, respondeu:

— Pode garantir que haverá mesmo resultados?

— Dentro de um mês, um pouco mais cedo ou mais tarde, conforme preferirem, garanto que haverá um reinado do terror tão grande na Irlanda que irá abalar as próprias fundações do Império Britânico.

Houve uma breve pausa e depois soou a voz suave e sibilante do Número 1:

— Ótimo! Você terá o dinheiro. Boris tomará as providências necessárias.

Boris fez uma pergunta:

— Por intermédio dos norte-americanos de origem irlandesa e do Sr. Potter, como sempre?

— Acho que não vai haver problemas — manifestou-se uma voz que possuía uma entonação transatlântica. — Mas gostaria de ressaltar, neste momento, que as coisas estão ficando um pouco difíceis. Não existe mais a mesma simpatia de antes e há uma crescente disposição para deixar que os próprios irlandeses resolvam seus problemas, sem qualquer interferência dos Estados Unidos.

Tommy achou que Boris deu de ombros ao responder:
— Será que isso faz alguma diferença, já que é nominalmente que o dinheiro vem dos Estados Unidos?
— O maior problema é o desembarque da munição — alertou o homem da Sinn Fein. — O dinheiro pode ser entregue facilmente, graças ao nosso amigo aqui presente.

Outra voz, que Tommy imaginou que podia perfeitamente pertencer ao homem alto, de ar sobranceiro, cujo rosto lhe parecera familiar, disse:
— Pense só na reação que haveria em Belfast se ouvissem o que está dizendo!
— Isso já está acertado — interveio a voz sibilante. — Eu gostaria de saber como está o problema do empréstimo a um jornal inglês. Já cuidou satisfatoriamente de todos os detalhes, Boris?
— Acho que já está tudo acertado.
— Isso é ótimo! Poderemos providenciar uma negativa oficial de Moscou, se for necessário.

Houve uma nova pausa, mais prolongada que a anterior. O silêncio foi rompido pela voz precisa do alemão:
— Recebi instruções, do Sr. Brown, para apresentar-lhe os relatórios sobre as situações dos diversos sindicatos. A situação dos mineiros é a mais satisfatória. Temos que conter os ferroviários. Pode haver problemas com a ASE.*

Houve silêncio por muito tempo, quebrado apenas pelo barulho de papéis sendo manuseados e uma ou outra palavra de explicação do alemão. Depois, Tommy ouviu o tamborilar de dedos sobre a mesa.
— E qual é a data marcada, meu amigo? — indagou o Número 1.

---

*ASE — Automotive Service Excellence. No Brasil, Instituto Nacional para Excelência de Serviço Automotivo. *(N. do E.)*

— Dia 29.

O russo aparentemente refletiu um pouco, pois levou algum tempo para comentar:

— É um pouco cedo.

— Sei disso. Mas é a data fixada pelos principais líderes trabalhistas e não podemos interferir demais. Eles devem continuar a acreditar que o espetáculo pertence inteiramente a eles.

O russo riu suavemente, como se achasse divertido.

— Tem toda razão, meu caro. Eles não podem suspeitar de forma alguma que os estamos usando para atingir nossos próprios fins. São homens honestos... e por isso mesmo é que são tão valiosos para nós. É curioso, mas a verdade é que não se pode fazer uma revolução sem homens honestos. O instinto do povo é infalível.

Ele fez uma pausa e depois repetiu, como se a frase o agradasse muito:

— Toda revolução teve os seus homens honestos. Mas estes são sempre liquidados logo depois.

Havia um tom sinistro em sua voz. O alemão voltou a falar:

— É preciso dar um jeito em Clymes. Ele sabe demais. Número 14 pode cuidar disso.

A voz rouca murmurou:

— Está certo, governador.

Uma pausa e a mesma voz acrescentou:

— Vou ser preso, não é mesmo?

— Terá os melhores advogados para defendê-lo se isso acontecer — respondeu com toda calma o alemão. — Mas irá usar luvas com as impressões digitais de um famoso arrombador. Não tem o que temer.

— Oh, não, governador, não tenho medo de nada! Faço qualquer coisa pela causa. O sangue vai correr pelas ruas pelo que dizem.

O homem fez uma pausa. Havia um tom evidente de satisfação em sua voz.

— Às vezes, chego até a sonhar com isso. E com diamantes e pérolas rolando pelas sarjetas, para quem quiser apanhá-los!

Tommy ouviu uma cadeira sendo empurrada para trás. O Número 1 falou:

— Então está tudo acertado. Podemos ter certeza do sucesso?

— Eu... acho que sim.

Mas, dessa vez, a voz do alemão não tinha a mesma segurança habitual. A voz do Número 1 assumiu subitamente um tom de perigo:

— Qual é o problema?

— Nenhum. Mas...

— Mas o quê?

— O problema é a posição dos líderes trabalhistas. Sem eles, como acabou de dizer, não podemos fazer nada. Se não declararem uma greve geral no dia 29...

— Por que não fariam isso?

— Como também acabou de dizer, eles são honestos. E apesar de tudo o que temos feito para desacreditar o governo aos olhos deles, ainda não estou certo se não continuam a ter uma fé instintiva e cega em suas instituições.

— Mas...

— Já sei de tudo o que pode me dizer. Eles estão sempre insultando e se rebelando contra o governo. Mas, no todo, a opinião pública tende para o lado do governo. E eles não irão contra a opinião pública.

Os dedos do russo novamente tamborilaram sobre a mesa.

— Em relação a isso, meu amigo, fui informado da existência de certo documento que resolveria inteiramente esse problema.

— É isso mesmo. Se esse documento fosse apresentado aos líderes trabalhistas, o resultado seria imediato. Eles o divulgariam por toda a Inglaterra e se declarariam a favor da revolução sem a menor hesitação. E o governo estaria irremediavelmente liquidado.

— E o que mais está querendo?

— Estou querendo esse documento — respondeu o alemão, bruscamente.

— Quer dizer que não está em seu poder? Mas sabe onde está, não é mesmo?

— Não, não sei.

— E alguém sabe onde está?

— Só uma pessoa, provavelmente. Mas nem disso temos certeza.

— E quem é essa pessoa?

— Uma moça.

Tommy prendeu a respiração.

— Uma moça? — repetiu o russo, de forma desdenhosa. — E não a fez falar ainda? Na Rússia, temos muitos meios para fazer uma moça falar.

— Esse caso é diferente — explicou o alemão, com a voz mal-humorada.

— Diferente? Como assim?

O russo fez uma pausa, antes de acrescentar:

— Onde está a moça neste momento?

— A moça?

— Isso mesmo.

— Ela está...

Mas Tommy não ouviu o resto. Foi nesse exato momento que sofreu um golpe violento na cabeça e mergulhou na escuridão.

9
Tuppence ingressa no serviço doméstico

Quando Tommy saiu atrás dos dois homens, Tuppence teve que recorrer a todo seu autocontrole para não acompanhá-lo. Mas acabou conseguindo se conter, consolando-se com o pensamento de que seu raciocínio fora confirmado pelos acontecimentos. Não restava a menor dúvida de que os dois homens haviam saído do apartamento do segundo andar. A tênue pista do nome "Rita" pusera novamente os Jovens Aventureiros na trilha dos seqüestradores de Jane Finn.

Mas o que iria fazer agora? Tuppence detestava ficar de braços cruzados sem fazer nada. Tommy estava plenamente ocupado. Como não podia acompanhá-lo, Tuppence sentia-se desorientada. Voltou à entrada do prédio. O garoto que manejava o elevador estava ali agora, polindo as peças de latão e assobiando a canção mais em voga no momento, com bastante vigor e razoável afinação.

Ele desviou o olhar do trabalho quando Tuppence entrou. Ela tinha certo ar de garota travessa e invariavelmente se dava bem com os garotos. Teve a impressão de que estabeleceu-se imediatamente um vínculo de simpatia. E refletiu que um aliado em pleno território inimigo, por assim dizer, não era algo que se pudesse desprezar.

— Olá, William — disse ela, com espírito jovial, ao melhor estilo da ronda matutina que aprendera no hospital. — Dando um bom polimento aí na caixa, hein?

O garoto sorriu, receptivo, corrigindo-a imediatamente:
— O nome é Albert, moça.
— Está certo, Albert.

Tuppence olhou ao redor, com um ar misterioso. E o fez de maneira deliberadamente evidente, para que o garoto não deixasse de perceber. Inclinou-se na direção dele e baixou a voz:

— Preciso ter uma conversinha com você, Albert.

Albert interrompeu a operação de polimento no mesmo instante, a boca ligeiramente entreaberta.

— Sabe o que é isso, Albert?

Com um gesto dramático, Tuppence entreabriu o lado esquerdo do casaco, deixando à mostra um pequeno escudo esmaltado. Era extremamente improvável que Albert soubesse do que se tratava. Teria sido fatal para os planos de Tuppence se ele soubesse. Mas isso não poderia acontecer, já que se tratava de uma insígnia de um corpo local de treinamento, criado pelo arquidiácono logo no início da guerra. A presença no casaco de Tuppence devia-se ao fato de ela tê-lo usado dois dias antes para prender algumas flores. Resolvera recorrer àquele expediente porque tinha olhos atentos e percebera o romance policial enfiado no bolso de Albert. Quando ele imediatamente arregalou os olhos, Tuppence compreendeu que a tática era perfeita e que o peixe iria morder a isca.

— Força Norte-Americana de Detetives!

Albert mordeu a isca e murmurou, extasiado:

— Santo Deus!

Tuppence assentiu, com o ar de alguém que acabara de estabelecer um vínculo de total compreensão. E indagou:

— Sabe de quem estou atrás?

Albert, os olhos ainda arregalados, balbuciou:

— De um dos inquilinos?

Tuppence concordou novamente e sacudiu o polegar na direção da escada.

— A inquilina do apartamento 20. A que se diz chamar Vandemeyer. Vandemeyer? Ha! Ha! Ha!

Albert estava cada vez mais entusiasmado:

— Ela é uma vigarista?

— Uma vigarista? É muito mais do que isso! Lá nos Estados Unidos, ela é conhecida como Rita Ligeira.

— Rita Ligeira? — repetiu Albert, já quase em êxtase. — Mas é igualzinho aos filmes!

E era mesmo. Tuppence era uma freqüentadora habitual dos cinemas.

— Annie sempre disse que ela não tinha boa cara.

— Quem é Annie? — indagou Tuppence.

— É a arrumadeira. Ela vai embora hoje. Annie me disse mais de uma vez: "Ouça as minhas palavras, Albert. Eu não ficaria nada admirada se um dia desses a polícia aparecer por aqui atrás dela." E não deu outra coisa. Mas ela é bem bonita.

— É de fato uma mulher bonita — concordou Tuppence, magnânima. — E pode estar certo de que isso é muito útil na profissão dela. Por falar nisso, ela tem usado ultimamente as esmeraldas?

— Esmeraldas? Não são aquelas pedras verdes?

Tuppence assentiu.

— É exatamente por isso que estamos atrás dela. Conhece o velho Rysdale?

Albert sacudiu a cabeça.

— Peter B. Rysdale, o rei do petróleo?

— O nome me parece familiar.

— As pedras eram dele. A melhor coleção de esmeraldas do mundo. Valem um milhão de dólares.

— Deus do céu! — exclamou Albert, agora totalmente extasiado. — Parece mais com os filmes a cada minuto que passa!

Tuppence sorriu, satisfeita com o sucesso de seus esforços.
— Ainda não conseguimos provar. Mas...

Tuppence fez uma breve pausa, piscando para Albert, como se fossem velhos companheiros de conspiração, antes de acrescentar:

— Temos certeza de que desta vez ela não vai conseguir escapar com a muamba.

Albert deixou escapar outra exclamação de entusiasmo. Tuppence acrescentou subitamente:

— Não se esqueça, filho, de que não deve contar a ninguém o que lhe falei. Acho que não deveria ter lhe contado tudo assim de cara, mas lá nos Estados Unidos a gente sabe reconhecer um sujeito esperto à primeira vista.

— Pode deixar que não vou falar nada a ninguém! — declarou Albert, ansiosamente. — Não há nada que eu possa fazer para ajudar? Quer que eu siga Rita Ligeira ou algo assim?

Tuppence fingiu por um momento considerar a oferta, depois sacudiu a cabeça.

— No momento, não há necessidade. Mas vou anotar sua oferta para quando for preciso, filho. O que me diz dessa garota que está indo embora?

— Annie? Até que eu gosto dela. Mas Annie diz que hoje em dia as criadas já são gente e devem ser tratadas como tal. Não vai ser fácil arrumar outra para o lugar dela, pois Annie com certeza vai espalhar que as coisas por aqui não são nada boas.

— É mesmo? — murmurou Tuppence, pensativa. — Quem sabe...

Uma idéia estava surgindo na mente de Tuppence. Ela pensou a respeito durante um minuto e depois deu um tapinha no ombro de Albert.

— Escute, filho, meu cérebro entrou em funcionamento. O que me diz de informar que tem uma prima ou uma amiga interessada no emprego? Está entendendo onde quero chegar, não é mesmo?

— Mas claro! Pode deixar comigo que arrumarei tudo em dois tempos!

— Você é mesmo esperto! — elogiou Tuppence, sacudindo a cabeça em um gesto de aprovação. — Diga que a moça está em condições de começar a trabalhar imediatamente. Poderá me contar se deu tudo certo amanhã. Aparecerei por aqui por volta das 11 horas.

— Onde devo procurá-la, se surgir algum problema?

— Estou no Ritz. Peça para ligarem para a suíte de Cowley.

A expressão de Albert ganhou um ar de inveja.

— Essa profissão de detetive dever ser muito boa...

— E é mesmo... sobretudo quando se pode contar com o velho Rysdale para pagar as contas. Mas pode ficar tranqüilo, filho. Se tudo der certo, vai sobrar alguma coisa para você.

E com essa promessa, Tuppence se despediu de seu novo aliado. Afastou-se rapidamente da South Audley Mansions, satisfeita com os resultados de seu trabalho ao longo de uma manhã.

Mas não havia tempo a perder. Ela foi direto para o Ritz e escreveu um bilhete para o Sr. Carter. Depois de despachá-lo, e como Tommy ainda não havia voltado — o que não a surpreendeu —, Tuppence partiu para uma expedição de compras. As compras e o intervalo para um chá com bolos sortidos ocuparam-na até depois das 18 horas. Voltou para o hotel exausta, mas satisfeita com o que comprara. Começara por uma loja de roupas comuns, passara por uma loja que vendia roupas usadas e encerrara o dia no cabeleireiro.

E agora, no isolamento de seu quarto, abriu o embrulho da última compra. Cinco minutos depois, sorriu, satisfeita, para o seu reflexo no espelho. Com um lápis de olho, havia alterado ligeiramente a linha das sobrancelhas. Isso e mais a abundante cabeleira loura que havia por cima mudavam sua aparência a tal ponto que tinha plena certeza de que Whittington jamais a reconheceria, mesmo que a visse frente a frente. Usaria sapatos de saltos grossos, touca e avental, completando o disfarce perfeito. De sua experiência no hospital, uma das poucas coisas que ficara era o conhecimento de que uma enfermeira sem uniforme dificilmente é reconhecida pelos pacientes.

— Você vai conseguir! — declarou Tuppence em voz alta para a imagem no espelho, retornando em seguida à sua aparência habitual.

O jantar foi uma refeição solitária. Tuppence ficou um tanto surpresa pelo fato de Tommy ainda não ter voltado. Julius também estava ausente, mas isso era mais facilmente explicável. As atividades de busca dele não estavam confinadas a Londres e seus aparecimentos e desaparecimentos repentinos eram aceitos pelos Jovens Aventureiros como parte da rotina. Era bem possível que Julius P. Hersheimmer partisse para Constantinopla de repente se achasse que era possível encontrar lá uma pista qualquer para o desaparecimento da prima. O norte-americano jovem e vigoroso conseguira tornar insuportáveis as vidas de diversos homens da Scotland Yard. As moças que trabalhavam no Almirantado já conheciam e temiam o seu "Olá" característico. Julius passara três horas em Paris, atormentando a Prefecture. Voltara com a idéia, talvez inspirada por alguma autoridade cansada de sua insistência, de que a verdadeira chave para o mistério seria encontrada na Irlanda.

"É bem capaz que ele tenha ido para lá", pensou Tuppence. "Está tudo muito bem, só que é horrível para mim! Aqui estou eu, transbordando de novidades, mas sem ter ninguém para contar! Tommy bem que podia ter passado um telegrama avisando onde está ou algo assim. Não é possível que ele tenha 'perdido a pista', como costuma dizer. E por falar nisso..." Tuppence interrompeu seu raciocínio e chamou um garoto do hotel.

Dez minutos depois, Tuppence estava confortavelmente instalada em sua cama, fumando e absorvida na leitura de *Garnaby Williams, o garoto detetive*, que mandara comprar, juntamente com outras obras da chamada literatura barata. Ela achava que, para aprofundar seu relacionamento com Albert, precisava se fortalecer com um bom suprimento de "informações locais".

Na manhã seguinte, Tuppence recebeu um bilhete do Sr. Carter:

Prezada Srta. Tuppence:
Teve um esplêndido início e dou-lhe os parabéns. Mas gostaria de ressaltar mais uma vez os riscos que ambos estão correndo, sobretudo se insistirem em prosseguir no curso que indicou. Não se esqueça de que estão lidando com pessoas absolutamente desesperadas e totalmente incapazes de misericórdia ou piedade. Tenho a impressão de que ainda está subestimando o perigo. Assim sendo, sinto-me na obrigação de alertá-la outra vez de que não posso prometer qualquer proteção a nenhum dos dois. Já nos forneceu informações valiosas demais. Se achar que ambos devem se retirar de cena agora, ninguém poderá culpá-los por isso. Seja como for, acho que devem pensar bastante em todas as circunstâncias antes de tomar uma decisão.

Se decidirem continuar, apesar de todas as minhas advertências, pode ficar tranqüila que as providências pedidas já foram tomadas. Passou dois anos trabalhando para a Srta. Dufferin, em Llanelly. A Sra. Vandemeyer pode pedir referências lá.

Permite agora que eu lhe ofereça alguns conselhos? Procure se ater à verdade o máximo possível, pois isso diminui o risco de cometer algum deslize. Sugiro que se apresente como aquilo que realmente é, uma antiga enfermeira voluntária durante a guerra, que escolheu o serviço doméstico como profissão. Há muitas moças nessa situação no momento. Isso serve também para explicar qualquer incongruência na maneira de falar ou nas atitudes, que de outra forma seria inexplicável ou capaz de provocar suspeitas.

O que quer que decidam, desejo boa sorte a ambos.

Seu amigo sincero,

Sr. Carter

O ânimo de Tuppence melhorou consideravelmente. Não deu a menor importância às advertências do Sr. Carter. Sentia muita confiança em si mesma para se preocupar com qualquer coisa.

Com alguma relutância, renunciou ao papel tão interessante que imaginara para si mesma. Não que duvidasse de sua capacidade de sustentá-lo indefinidamente, mas porque tinha bom senso suficiente para reconhecer a força dos argumentos do Sr. Carter.

Ainda não havia nenhuma mensagem de Tommy. Mas o carteiro da manhã trouxe um cartão-postal um tanto sujo, no qual estavam rabiscadas as palavras "Está tudo bem".

Às 10h30, Tuppence contemplou, orgulhosa, um baú de metal um tanto amassado onde estavam os seus novos bens. O baú estava artisticamente encordoado. Ficou corada ao tocar a campainha e ordenar que o baú fosse levado para um táxi. Foi para Paddington e deixou o baú no depósito. Em seguida, só com uma bolsa grande, foi refugiar-se no reduto do toalete. Dez minutos depois, uma Tuppence metamorfoseada saiu da estação e pegou um ônibus.

Passavam poucos minutos das 11 horas quando Tuppence entrou no saguão de Audley Mansions. Albert estava em seu posto, executando suas tarefas, de maneira um tanto indiferente. Não reconheceu Tuppence imediatamente e, quando isso aconteceu, não pôde ocultar sua intensa admiração.

— Juro que não a reconheci! Esse disfarce é de primeira!

— Fico contente que tenha gostado, Albert — disse Tuppence com modéstia. — Por falar nisso, sou ou não sua prima?

— E a voz também mudou! — exclamou Albert, deliciado. — Está falando direitinho, como uma inglesa! Não, não é minha prima. Eu disse que tinha um amigo que conhecia uma moça que estava procurando emprego. Annie não ficou nada satisfeita. Decidiu inclusive vir até aqui hoje, alegando que assim o fazia como um favor especial. Mas o que ela está querendo mesmo é convencê-la a não aceitar o emprego.

— Boa menina...

Albert não desconfiou da ironia.

— Annie tem classe e sabe fazer tudo muito bem, mas tem um temperamento que não é fácil. Já vai subir agora? Pois então pode entrar no elevador. É o número 20 que deseja?

E Albert piscou para Tuppence com um ar de conspirador. Tuppence lançou-lhe um olhar severo e Albert ficou imediatamente constrangido. Ela entrou no elevador sem dizer mais nada.

Ao tocar a campainha do apartamento número 20, Tuppence estava consciente dos olhos de Albert descendo lentamente, dentro do elevador.

Uma jovem bonita abriu a porta.

— Vim tratar do emprego — informou Tuppence.

— Pois saiba que é um lugar horrível! — exclamou a jovem, sem a menor hesitação. — A patroa é daquele tipo chato, que está sempre se metendo. Acusou-me de abrir as suas cartas. A mim! E só porque a aba do envelope estava um pouco dobrada! Nunca trabalhei numa casa tão esquisita. Basta dizer que jamais se encontra qualquer coisa na cesta de papel, pois ela queima tudo. Se quer saber o que eu acho, ela simplesmente não presta. Usa roupas muito boas, mas não tem nenhuma classe. A cozinheira sabe alguma coisa a respeito dela, mas nunca quis me contar nada. Tem um medo da patroa! E como ela é desconfiada! Não pode ver a gente falar com ninguém e quer logo saber...

Mas Tuppence não chegou a saber o que mais Annie tinha para contar, pois neste momento uma voz incisiva e estranhamente fria chamou:

— Annie!

A jovem teve um sobressalto, como se tivesse acabado de levar um tiro.

— Pois não, senhora?

— Com quem está falando?

— Com uma moça que veio saber sobre o emprego, senhora.

— Pois mande-a entrar. Imediatamente.

— Pois não, senhora.

Tuppence foi acompanhada até uma sala à direita de um corredor comprido. Uma mulher estava parada junto à lareira. Já não era mais jovem, e a beleza que inegavelmente possuía era agora fria e cruel. Na juventude, devia ter sido uma mulher deslumbrante. Os cabelos de um ouro pálido estavam enrolados na altura do pescoço. Os olhos, de um azul elétrico e penetrante, pareciam possuir a capacidade de sondar até o fundo da alma da pessoa que ousasse encará-los. O corpo atraente era realçado por um vestido azul espetacular. Mas apesar de toda a graça e a beleza quase etérea do rosto, era possível sentir instintivamente a presença de algo ameaçador, uma espécie de força implacável, que se manifestava pela voz metálica e pelos olhos que pareciam punhais.

Pela primeira vez, Tuppence sentiu medo. Não tivera qualquer medo de Whittington, mas aquela mulher era diferente. Como se estivesse fascinada, observou a boca longa, vermelha e curva, transmitindo uma inequívoca impressão de crueldade. Sentiu novamente o pânico invadi-la. Perdeu a autoconfiança habitual. Percebeu que enganar aquela mulher não seria tão fácil quanto enganar Whittington. Recordou-se da advertência do Sr. Carter. Ele tinha razão. Não podia esperar qualquer misericórdia daquela mulher.

Lutando para dominar o instinto de pânico que a incitava a virar as costas e fugir, Tuppence retribuiu o olhar com firmeza e respeito.

Como se o exame inicial tivesse sido satisfatório, a Sra. Vandemeyer apontou para uma cadeira.

— Pode se sentar. Como soube que eu estava precisando de uma arrumadeira?

— Por meio de um amigo que conhece o rapaz que opera o elevador do prédio. Ele achou que o lugar poderia servir para mim.

Novamente o olhar de serpente pareceu perfurar Tuppence até o fundo.

— Por que você fala como uma moça instruída?

Com a maior tranqüilidade, Tuppence contou a sua carreira imaginária, nos termos sugeridos pelo Sr. Carter. Teve a impressão de que a tensão na atitude da Sra. Vandemeyer foi diminuindo.

— Está certo — disse ela por fim. — Há alguém para quem eu possa escrever a fim de pedir referências?

— Passei dois anos com a Srta. Dufferin, em Llanelly.

— E depois achou que poderia ganhar mais dinheiro se viesse para Londres, não é mesmo? Mas isso não tem importância para mim. Eu lhe pagarei 50 libras... ou 60... quanto quiser! Pode começar a trabalhar imediatamente?

— Posso, sim, senhora. Hoje mesmo, se precisar. Deixei minhas coisas em Paddington.

— Vá buscá-las de táxi agora. Quero que saiba que o emprego não é dos mais difíceis, pois viajo com freqüência. Por falar nisso, qual é o seu nome?

— Prudence, senhora.

— Muito bem, Prudence, vá logo buscar suas coisas. Vou sair para almoçar fora. A cozinheira lhe mostrará tudo.

— Obrigada, senhora.

Tuppence retirou-se. Annie não estava à vista. No saguão lá embaixo, um imponente porteiro relegara Albert a segundo plano. Tuppence nem mesmo olhou para ele ao sair, com uma expressão humilde.

A aventura começara, mas ela se sentia menos exultante que no início da manhã. Passou-lhe pela cabeça a idéia de que se a desconhecida Jane Finn tivesse caído nas mãos da Sra. Vandemeyer, provavelmente sofrera um bocado.

10
Sir James Peel Edgerton entra em cena

Tuppence não teve qualquer dificuldade na execução de suas novas tarefas. As filhas do arquidiácono eram especialistas no trabalho doméstico. E também eram especialistas em treinar uma "moça crua". O resultado invariável era que a moça, uma vez treinada, partia em busca de algum lugar onde seus conhecimentos recém-adquiridos pudessem lhe proporcionar uma remuneração mais substancial que a permitida pela bolsa sempre magra do arquidiácono.

Por isso, Tuppence não tinha o menor receio de ser ineficiente. A cozinheira da Sra. Vandemeyer deixou-a perplexa. Era evidente que sentia verdadeiro pavor da patroa. Tuppence achou que a patroa sabia alguma coisa a respeito dela. Quanto ao resto, a mulher cozinhava como um *chef*, como Tuppence teve oportunidade de observar naquela noite mesmo. A Sra. Vandemeyer estava esperando um convidado para jantar e Tuppence pôs a mesa para dois. Tinha algumas idéias a respeito do visitante. Era bem possível que fosse Whittington. Embora estivesse convencida de que ele não a reconheceria, preferia que o convidado fosse um estranho. Mas nada podia fazer, a não ser torcer para que tudo desse certo.

A campainha da porta tocou poucos minutos depois das 20 horas e Tuppence foi atender, um pouco apreensiva. Ficou aliviada ao descobrir que o visitante era o segundo dos dois homens que Tommy se encarregara de seguir.

Ele se anunciou como conde Stepanov. Tuppence foi comunicar a sua chegada, e a Sra. Vandemeyer se levantou do divã em que estava sentada com um murmúrio de prazer.

— É um prazer vê-lo novamente, Boris Ivanovitch!
— O prazer é todo meu.

O homem inclinou-se sobre a mão estendida da Sra. Vandemeyer. Tuppence se retirou para a cozinha.

— É o conde Stepanov ou algo assim — comentou ela com a cozinheira, com evidente curiosidade. — Sabe quem é ele?

— Acho que é um cavalheiro russo.

— Ele vem aqui com freqüência?

— Só de vez em quando. Por que está querendo saber?

— Apenas imaginei que podia ser o namorado dela, mais nada — justificou Tuppence, acrescentando em tom mal-humorado: — Mas não entendo por que você está tão rabugenta.

— É porque estou preocupada com o suflê.

"Você sabe de alguma coisa", pensou Tuppence, ao mesmo tempo em que disse:

— Já está tudo pronto para servir?

Enquanto servia à mesa, Tuppence escutou atentamente tudo o que era dito. Sabia que aquele era um dos dois homens que Tommy estava seguindo quando o vira pela última vez. Embora se recusasse a admitir, já estava começando a ficar apreensiva em relação a Tommy. Onde ele estava? Por que não entrara em contato com ela? Pouco antes de deixar o Ritz, ela acertara para que toda a sua correspondência fosse enviada para uma pequena papelaria nas proximidades do prédio, que deveria ser visitada por Albert com alguma regularidade. Era verdade que fora apenas na manhã do dia anterior que se separara de Tommy e disse a si mesma que sua apreensão não fazia sentido. Mesmo assim, era estranho que ele ainda não a tivesse procurado.

Durante o jantar, por mais que prestasse atenção à conversa, Tuppence não descobriu nenhuma pista. Boris e a

Sra. Vandemeyer conversaram sobre assuntos indiferentes, como as últimas peças a que tinham assistido, as novas danças, os mais recentes rumores da sociedade. Depois do jantar, os dois se retiraram para o *boudoir,* a pequena sala íntima. A Sra. Vandemeyer se recostou no divã, parecendo mais bela e cruel do que nunca. Tuppence serviu o café e o licor e depois se retirou, contra a vontade. Ao fazê-lo, ouviu Boris indagar:

— Ela é nova, não é mesmo?

— Começou a trabalhar hoje. A outra não prestava. E essa moça, ao que parece, é muito boa. Pelo menos serve à mesa direitinho.

Tuppence demorou-se por um momento junto da porta, que deliberadamente esquecera de fechar. E ainda ouviu mais algumas frases:

— E tem certeza que ela é de confiança?

— Ora, Boris, você está sendo absurdamente desconfiado. Se não me engano, ela é prima do rapaz do elevador ou algo assim. E ninguém sequer imagina que tenho alguma ligação com o nosso... amigo em comum, o Sr. Brown.

— Pelo amor de Deus, Rita, tome mais cuidado! A porta nem mesmo está fechada!

— Pois então vá fechá-la – ordenou a Sra. Vandemeyer, rindo.

Tuppence se afastou rapidamente.

Não se atreveu a ficar ausente por mais tempo da área de serviço. Mas tirou a mesa e lavou a louça com a rapidez adquirida no hospital. Depois, voltou silenciosamente para a porta do *boudoir.* A cozinheira, mais vagarosa, ainda estava ocupada na cozinha. Se percebesse a ausência de Tuppence, certamente iria pensar que ela já estava arrumando o quarto da patroa.

Tuppence ficou decepcionada ao constatar que a conversa no *boudoir* estava em um tom de voz baixo demais para que pudesse ouvir alguma coisa. Não se atreveu a tornar a abrir a porta. A Sra. Vandemeyer estava sentada quase de frente para a porta e Tuppence não duvidava da capacidade de observação dos olhos de lince da patroa.

Mas, pensou consigo mesma, daria qualquer coisa para ouvir a conversa. Se algo imprevisto tivesse acontecido, ela provavelmente saberia alguma coisa de Tommy. Refletiu desesperadamente por um momento, à procura de uma solução. Um instante depois, seu rosto ficou radiante. Atravessou o corredor até o quarto da Sra. Vandemeyer, que tinha janelas francesas que davam para uma varanda, a qual se prolongava por toda a extensão do apartamento. Saiu para a varanda e avançou em silêncio até o *boudoir*. Como já esperava, a porta estava entreaberta e podia ouvir as vozes lá dentro.

Tuppence ficou escutando atentamente, mas não houve nada que pudesse ser uma menção a Tommy, mesmo indiretamente. A Sra. Vandemeyer e o russo pareciam estar discordando a respeito de algum assunto. Por fim, Boris comentou, em tom amargurado:

— Com sua persistente imprudência, vai acabar provocando a ruína de todos nós!

— Essa não! – exclamou a mulher, rindo. – A notoriedade do tipo certo é a melhor maneira de afastar as suspeitas. Vai compreender isso um dia desses... talvez mais cedo do que imagina.

— Até lá, você vai continuar a se mostrar em toda parte com Peel Edgerton. E ele não é apenas o advogado mais famoso da Inglaterra, como também o seu hobby é a criminologia. Isso é uma loucura!

— Sei que a eloqüência dele já salvou incontáveis homens da forca – comentou a Sra. Vandemeyer. – E daí? Talvez eu venha a precisar algum dia dos serviços profissionais dele. Se isso acontecer, serei uma mulher afortunada por poder contar com um amigo assim no tribunal.

Boris se levantou e começou a andar de um lado para o outro. Estava bastante nervoso.

— É uma mulher inteligente, Rita. Mas, ao mesmo tempo, é também uma tola. Aceite o meu conselho e desista desse Peel Edgerton.

A Sra. Vandemeyer sacudiu a cabeça gentilmente.

— Discordo de sua opinião, Boris.

— Quer dizer que se recusa?

Havia agora um tom ameaçador na voz do russo.

— Claro que me recuso.

— Nesse caso, vamos ver o que...

Mas a Sra. Vandemeyer não o deixou continuar, levantando-se abruptamente com os olhos faiscando.

— Está se esquecendo de uma coisa, Boris. Não tenho que dar satisfações a ninguém. Só recebo ordens de uma pessoa... do Sr. Brown.

O russo ergueu os braços em um gesto de desespero.

— Você é impossível, Rita! Simplesmente impossível! E talvez já seja tarde demais. Dizem que Peel Edgerton é capaz de farejar um criminoso a quilômetros de distância. Quem sabe se não é esse o motivo do súbito interesse dele por você? Talvez ele já esteja desconfiado de alguma coisa. E se começar a investigar...

A Sra. Vandemeyer o fitava com uma expressão desdenhosa.

— Pode ficar tranqüilo, meu caro Boris. Ele não desconfia de coisa alguma. Deixando de lado o seu cavalheirismo habitual, parece ter esquecido que sou considerada uma mulher bonita. E posso lhe assegurar de que isso é tudo o que interessa a Peel Edgerton.

Boris sacudiu a cabeça, ainda em dúvida.

— Ele estudou o crime como nenhum outro homem deste reino já fez. Acha mesmo que pode enganá-lo?

Os olhos da Sra. Vandemeyer cerraram-se.

— Se ele é mesmo tudo o que está me dizendo, Boris... a experiência de tentar enganá-lo até que seria divertida.

— Deus do céu, Rita!

— Além do mais, ele é muito rico. E não sou uma mulher de desprezar o dinheiro. Como sabe perfeitamente, Boris, é o que faz o mundo girar.

— Dinheiro! Dinheiro! É o perigo que sempre existe com você, Rita. Tenho a impressão de que venderia a própria alma por dinheiro. E acho também...

Boris fez uma breve pausa antes de acrescentar lentamente, em voz baixa e sinistra:

— Algumas vezes chego a pensar que seria capaz até de vender... a nós!

A Sra. Vandemeyer sorriu e deu de ombros, comentando em tom despreocupado:

— O preço para isso teria que ser fabuloso. E só um milionário poderia pagar por isso.

— Ah, eu sabia!

— Meu caro Boris, será que não sabe reconhecer uma brincadeira?

— E foi uma simples brincadeira?

— Mas é claro!

— Se é assim, minha cara Rita, tudo o que posso dizer é que sua concepção de humor é muito estranha.

A Sra. Vandemeyer sorriu.

— Chega de discussão, Boris. Por favor, toque a campainha para chamar a criada. Vamos tomar um drinque.

Tuppence bateu em retirada apressadamente. Parou por um momento para se examinar no grande espelho do quarto da Sra. Vandemeyer, a fim de verificar se não havia algo errado em sua aparência. E depois foi atender ao chamado.

A conversa que ouvira — apesar de interessante, pois provara acima de qualquer dúvida a cumplicidade tanto de Rita como de Boris — não proporcionara nenhuma informação a respeito de suas preocupações atuais. O nome de Jane Finn não fora sequer mencionado.

Na manhã seguinte, Tuppence falou rapidamente com Albert e soube que não chegara nenhuma carta ou bilhete para ela na papelaria. Parecia incrível que Tommy, se tudo houvesse corrido bem, ainda não tivesse enviado a ela nenhum recado. Tuppence sentiu um frio subir pela espinha... E se... Ela reprimiu seus medos bravamente. Não adiantava ficar se preocupando. Mas tratou de aproveitar a oportunidade que a Sra. Vandemeyer lhe ofereceu:

— Qual é normalmente o seu dia de folga, Prudence?

— Em geral tiro folga na sexta-feira, senhora.

A Sra. Vandemeyer franziu as sobrancelhas.

— E hoje é sexta-feira! Mas suponho que não vai querer sair hoje, já que foi ontem que começou a trabalhar.

— Estava pensando em lhe pedir para sair hoje, senhora.

A Sra. Vandemeyer fitou-a com as sobrancelhas franzidas por mais um momento e depois sorriu.

— Gostaria que o conde Stepanov estivesse aqui para ouvi-la. Ele ontem fez uma insinuação a seu respeito.

A Sra. Vandemeyer fez uma pausa, o sorriso se alargando.

— Seu pedido é... típico. Estou satisfeita. Sei que não está compreendendo nada, mas não tem importância. Pode sair hoje, se é isso o que está querendo. Não faz diferença para mim, já que não vou jantar em casa.

— Obrigada, senhora.

Tuppence experimentou uma sensação de alívio ao se retirar. Mais uma vez, teve que admitir para si mesma que sentia um medo horrível daquela linda mulher de olhos cruéis.

Ela estava terminando de polir a prataria quando a campainha da porta da frente soou. Foi atender. Dessa vez, o visitante não era Whittington e nem Boris, mas um homem de aparência notável.

Embora fosse apenas um pouco acima da estatura mediana, dava a impressão de ser um homem imenso. O rosto, barbeado e extremamente expressivo, transmitia uma sensação de poder e força muito além do normal. Parecia irradiar um tremendo magnetismo.

Tuppence ficou indecisa por um momento, sem saber se deveria classificá-lo como ator ou advogado. Mas suas dúvidas foram logo dissipadas quando o homem disse seu nome: Sir James Peel Edgerton.

Ela o fitou com um interesse renovado. Então aquele era o advogado cujo nome era conhecido e respeitado em toda a Inglaterra! Tuppence já ouvira inclusive comentários de que ele poderia um dia se tornar primeiro-ministro. Sabia-se que ele até já recusara um alto cargo no governo, pois preferia continuar dedicado à sua profissão.

Tuppence voltou pensativa para a copa. O grande homem a impressionara. Podia compreender agora o nervosismo de Boris. Peel Edgerton não seria um homem fácil de enganar.

Cerca de 15 minutos depois, Tuppence foi novamente chamada, para conduzir o visitante até a porta. Ele a contemplara antes com um olhar penetrante. Agora, ao entregar-lhe o chapéu e a bengala, Tuppence sentiu que os olhos dele a examinavam com toda a atenção. Abriu a porta e deu um passo para o lado, a fim de deixá-lo passar. Peel Edgerton parou na soleira.

— Não faz muito tempo que trabalha nisso, estou certo?

Tuppence fitou-o, atônita. Descobrira uma expressão de bondade nos olhos dele, juntamente com algo mais, que era difícil definir. Peel Edgerton assentiu, como se ela tivesse respondido, acrescentando:

— Foi voluntária na guerra e depois teve que enfrentar dias difíceis, não é mesmo?

— Foi a Sra. Vandemeyer que contou isso? — indagou Tuppence, desconfiada.

— Não, menina. Foi sua aparência que me revelou tudo isso. Gosta de trabalhar aqui?

— Gosto muito, senhor.

— Há muitos lugares ótimos para se trabalhar nos dias de hoje. E uma mudança de vez em quando não faz mal nenhum.

— Está querendo dizer...?

Mas Sir James já se afastara. Parou novamente, no alto da escada, olhando para trás, com aquele seu olhar ao mesmo tempo bondoso e astuto.

— Apenas uma sugestão, nada mais...

Tuppence voltou para a copa, mais pensativa do que nunca.

11
Julius conta uma história

Vestida de maneira apropriada, Tuppence partiu para a sua "tarde de folga". Albert não estava à vista. Tuppence resolveu passar pela papelaria a fim de se certificar de que não chegara nenhum recado. Seguiu depois para o Ritz. Perguntou na portaria e soube que Tommy ainda não havia voltado. Já esperava pela resposta, mas foi mais um prego no caixão de suas esperanças. Resolveu apelar para o Sr. Carter, informando-o quando e onde Tommy iniciara a perseguição e pedindo-lhe que tomasse alguma providência para localizá-lo. A perspectiva de ajuda reanimou-a no mesmo instante. Resolveu perguntar por Julius Hersheimmer. Disseram a ela que ele retornara cerca de meia hora antes, mas voltara a sair logo depois.

Tuppence se sentiu ainda mais reanimada. Seria ótimo se encontrar com Julius. Talvez ele pudesse imaginar algum plano para descobrir o que acontecera com Tommy. Escreveu o bilhete para o Sr. Carter na sala da suíte de Julius. Estava endereçando o envelope quando a porta se abriu de repente.

— Mas que diabo...

Ao ver quem era, Julius se controlou prontamente.

— Desculpe, Srta. Tuppence. Mas é que aqueles idiotas lá na portaria disseram que Beresford não está mais aqui, que não aparece desde quarta-feira. Isso é verdade?

Tuppence assentiu, perguntando ao mesmo tempo:

— Sabe por acaso onde ele está?

— Eu? Mas como iria saber? Não recebi nenhum recado dele, embora tenha lhe enviado um telegrama ontem de manhã.

— Seu telegrama ainda deve estar na portaria.
— Mas onde é que ele está, Srta. Tuppence?
— Não sei. Pensei que pudesse me dizer.
— Já lhe disse que não recebi nenhum recado dele desde que nos separamos na estação, na quarta-feira.
— Que estação?
— A de Waterloo.
— Waterloo? — repetiu Tuppence, franzindo a testa.
— Isso mesmo. Ele não lhe contou?
— Também não sei dele desde quarta-feira — respondeu Tuppence, impaciente. — Mas o que estavam fazendo em Waterloo?
— Ele me telefonou, pedindo que fosse até lá. Disse que estava seguindo dois patifes.
— Ah... — murmurou Tuppence, arregalando os olhos. — Agora estou entendendo. Continue, por favor.
— Fui imediatamente para a estação. Beresford estava à minha espera e apontou os dois patifes. O grandalhão, o sujeito que você conseguiu enganar, era o meu homem. Tommy me entregou a passagem e me pediu que embarcasse no trem. Ele ia seguir o outro patife.

Julius fez uma pausa e acrescentou, pensativo:
— Pensei que já soubesse de tudo isso...
— Pare de andar de um lado para o outro, Julius — Tuppence pediu com firmeza. — Isso me deixa nervosa. Sente-se naquela cadeira e me conte toda a história, da maneira mais objetiva possível.

O Sr. Hersheimmer obedeceu.
— Está certo. Por onde devo começar?
— Por onde havia parado. Ou seja, em Waterloo.
— Embarquei num desses compartimentos britânicos antiquados de primeira classe. O trem estava de partida. Logo apareceu um guarda para me informar que eu não

estava num dos vagões onde se pode fumar. Dei-lhe meio dólar e isso resolveu o problema. Fui até o vagão seguinte, dando uma olhada nos compartimentos. Não demorei a encontrar Whittington. Quando vi o patife, com aquele rosto balofo e seboso, comecei a pensar na pobre Jane nas garras dele e fiquei furioso por não estar com uma arma. O miserável iria ver uma coisa! Chegamos a Bournemouth e Whittington pegou um táxi e deu o nome de um hotel. Fiz a mesma coisa e chegamos lá com uma diferença de três minutos. Ele alugou um quarto, eu aluguei outro. Até esse momento, estava tudo correndo bem. Ele não tinha a menor idéia de que havia alguém o seguindo. Ele desceu para o saguão do hotel e ficou sentado por lá, lendo os jornais, até a hora do jantar. E também não se apressou para comer. Comecei a pensar que aquela viagem não tinha nada demais, que ele fora até Bournemouth apenas por causa da saúde. Mas depois me lembrei de que ele não havia trocado de roupa para jantar, apesar de ser um desses hotéis elegantes. Concluí que ia tratar do negócio que o levara a Bournemouth assim que acabasse o jantar.

O sr. Hersheimmer continuou:

— E não deu outra. Ele saiu do hotel pouco depois das 21 horas. Pegou um carro para atravessar a cidade... Por falar nisso, é um lugar dos mais agradáveis, acho até que vou levar Jane para passar uma temporada ali, assim que a encontrar. Pagou ao motorista e depois se embrenhou a pé pelos pinheiros no alto do penhasco. É claro que fui atrás dele. Devemos ter andado por uns 15 minutos. Há uma porção de casas naquele lugar. Mas à medida que fomos avançando, parecia haver cada vez menos casas, até que nos aproximamos da que parecia ser a última. Era uma casa grande, cercada de pinheiros. A noite estava um bocado escura e o caminho até a casa estava um breu. Eu podia ouvir Whittington na minha frente, embora não pudesse vê-lo. Tinha que andar com todo cuidado para que ele não desconfiasse de que estava sendo seguido. Dobrei em uma das curvas do caminho a tempo de vê-lo tocar a campainha e entrar na casa. Parei onde estava. Começou a chover e não demorou muito para que eu ficasse todo ensopado. Estava fazendo também um tremendo frio.

A história prosseguiu:

— O tempo foi passando e Whittington não saía. Comecei a ficar inquieto e resolvi dar uma olhada ao redor. Todas as janelas do andar térreo estavam fechadas. Mas lá em cima, no segundo e último andar, avistei uma janela com a luz acesa e as venezianas abertas. Havia uma árvore bem em frente a essa janela, a uns 10 metros de distância. Meti na cabeça a idéia de que, se subisse por essa árvore, talvez visse o que estava acontecendo do lado de dentro daquela janela. Claro que eu sabia que não havia qualquer motivo especial para que Whittington estivesse justamente ali e não em qualquer outro lugar da casa. Na verdade, era de se imaginar que não estivesse, que tivesse parado numa das salas de recepção do térreo. Mas acho que eu estava irritado de ficar tanto tempo parado na chuva e pensei que fazer qualquer coisa era melhor do que continuar sem fazer nada. E comecei a subir na árvore. E pode estar certa de que não foi nada fácil! A chuva tinha deixado os galhos escorregadios e eu tinha que tomar todo cuidado para não cair. Mas finalmente consegui, ficando no nível da janela. Mas fiquei decepcionado. Estava muito para a esquerda e só dava para avistar um pedaço da cortina e cerca de 1 metro de papel de parede. Isso de nada me servia. Já estava me preparando para desistir e descer da árvore, insatisfeito, quando alguém entrou no aposento e por sorte foi se postar no meu cantinho de parede. Era Whittington.

E Julius continuou a narrativa:

— Depois disso, não pude mais me controlar. Tinha que encontrar um jeito qualquer de ver tudo o que estava acontecendo lá dentro. Constatei que um dos galhos da árvore estava virado para a direita. Se eu pudesse ir até o meio dele, o problema estaria resolvido. Mas o galho dava a impressão de que não agüentaria o meu peso. Decidi correr o risco e fui avançando com cuidado pelo galho. O galho rangeu e balançou de maneira nada agradável. Eu não queria nem pensar na queda. Mas finalmente cheguei em segurança ao lugar que desejava. O aposento era de tamanho médio, mobiliado de maneira um tanto sóbria. No centro, havia uma mesa pequena com um abajur em cima. E sentado a essa mesa, de frente para mim, estava Whittington. Falava com uma enfermeira. Como ela estava de costas para mim, não dava para ver seu rosto. Embora as venezianas estivessem abertas, a janela propriamente dita estava fechada. Assim, não dava para ouvir uma só palavra do que diziam. Whittington parecia ser o único a falar e a enfermeira se limitava a ouvir. Assentia de vez em quando, outras vezes sacudia a cabeça, como se estivesse respondendo perguntas. Whittington dava a impressão de estar falando de maneira muito enfática, chegando mesmo a bater com o punho cerrado na mesa uma ou duas vezes. A chuva já tinha parado e o céu estava começando a limpar rapidamente, como às vezes acontece. Não demorou muito para que Whittington se levantasse. Parecia que já acabara de falar o que tinha para dizer. A mulher também se levantou. Ele olhou pela janela e perguntou alguma coisa. Acho que foi se estava ou não chovendo. Seja como for, ela foi até a janela e olhou para fora.

Nesse exato momento, a lua saiu de trás das nuvens. Fiquei com medo de que a mulher me visse, pois estava plenamente iluminado pelo luar. Tentei recuar um pouco. Mas o movimento foi demais para aquele galho velho e podre. Com um tremendo estalo, o galho se partiu e caiu, levando junto Julius P. Hersheimmer!

– Oh, Julius, que emocionante! – entusiasmou-se Tuppence. – Continue logo!

– Tive sorte de aterrissar num canteiro de terra macia. Mas perdi os sentidos. Ao voltar a mim, estava deitado numa cama, com uma enfermeira (não era a que eu avistara com Whittington) ao meu lado. Do outro lado estava um homenzinho de barba preta, com óculos de aros de ouro. Estava escrito em sua cara que era um médico. Esfregou as mãos e levantou as sobrancelhas quando o fitei. Ele, então, disse: "Ah, o nosso jovem amigo já voltou a si! Isso é ótimo!" Recorri ao golpe habitual e perguntei: "O que aconteceu?" e "Onde estou?". Mas já sabia perfeitamente as respostas. Afinal, não sou nenhum estúpido. "Acho que não há mais necessidade de sua presença no momento", disse o médico para a enfermeira. Ela saiu do quarto imediatamente. Mas percebi que ela me lançou um olhar de intensa curiosidade ao cruzar a porta. Aquele olhar me deu uma idéia. "E agora vamos conversar, doutor", disse eu. Quando tentei me sentar na cama, senti uma pontada de dor no tornozelo direito. "Torceu o tornozelo", explicou o médico. "Mas não é nada sério. Dentro de uns dois dias, já estará inteiramente recuperado."

Tuppence interrompeu novamente o relato:

– Bem que notei que você estava mancando um pouco ao entrar.

Julius assentiu e continuou:

– "Como foi que isso aconteceu?", perguntei novamente. E ele respondeu de maneira seca: "Você caiu, levando junto parte considerável de uma das minhas árvores. E foi aterrissar em um dos meus canteiros de flores plantadas recentemente." Simpatizei com o homem. Ele parecia ter senso de humor. Tive certeza de que ele, pelo menos, era um homem correto. "Estou lembrando agora, doutor", informei. "Desculpe ter quebrado o galho e estragado o seu canteiro. Mas não gostaria de saber o que eu estava fazendo no seu jardim?" Então ele respondeu: "Acho realmente que os fatos exigem uma explicação." E fui logo dizendo: "Para começo de conversa, doutor, não vim até aqui para raptar uma de suas mamadeiras." Ele sorriu. "Foi minha primeira teoria, mas logo mudei de idéia. Por falar nisso, você é norte-americano, não é mesmo?" Disse a ele o meu nome e perguntei como ele se chamava. "Sou o Dr. Hall e está neste momento, como sem dúvida já sabe, na minha casa de saúde particular." Eu não sabia, mas não disse a ele. Fiquei grato pela informação. Tinha simpatizado com o homem, mas nem por isso pretendia contar toda a história a ele. Inclusive porque ele provavelmente não acreditaria. Tomei rapidamente uma decisão e disse: "Eu me sinto um completo idiota, doutor, mas quero que tenha certeza de que não vim até aqui para cometer um crime." E contei a história de uma moça que tinha um tutor muito severo e acabara sofrendo um colapso nervoso. Expliquei, por fim, que pensara que ela fosse uma das pacientes internadas na casa de saúde e era esse o motivo para a minha expedição noturna. Acho que era essa a história que ele estava esperando ouvir. Quando acabei de falar, ele me disse de forma cordial: "É um romance e tanto!" Acrescentei então: "Gostaria que me respondesse com toda franqueza, doutor. Tem ou não aqui uma moça chamada Jane Finn?" Ele repetiu o nome, pensativo: "Jane Finn? Não, não tenho ninguém aqui com esse nome." Fiquei mortificado e deixei transparecer. "Tem certeza?" "Claro que tenho, Sr. Hersheimmer. É um nome incomum e eu certamente não iria esquecê-lo."

Hersheimmer continuou:

— O assunto estava liquidado. Mas eu me sentia um pouco frustrado, pois esperava que minha busca resultasse em alguma coisa. "Então vou ter que procurá-la em outro lugar, doutor", disse eu finalmente. "Agora, vamos tratar de outro assunto. Quando eu estava abraçado àquele maldito galho, tive a impressão de ter reconhecido um amigo conversando com uma das enfermeiras." Deliberadamente, não citei nenhum nome, pois Whittington podia estar se apresentando ali com outro nome. Mas o doutor me respondeu imediatamente: "Não seria por acaso o Sr. Whittington?" "É ele mesmo. O que estava fazendo aqui? Não me diga que os nervos dele também estão desarranjados!" O Dr. Hall riu. "Não se trata disso. Ele veio aqui para visitar a enfermeira Edith, que é sua sobrinha." "Mas que coincidência!", exclamei. "Ele ainda está aqui?" "Não. Voltou para a cidade quase que imediatamente." "Mas que pena! Será que eu não poderia falar com a sobrinha dele... enfermeira Edith, não foi o que disse?"

Tuppence escutava atentamente.

— Mas o Dr. Hall sacudiu a cabeça. "Infelizmente, isso também será impossível. A enfermeira Edith também partiu esta noite, com uma paciente." "Parece que estou realmente azarado esta noite", comentei. "Tem por acaso o endereço do Sr. Whittington na cidade? Eu gostaria de fazer uma visita a ele quando voltar." "Não sei o endereço dele, mas posso escrever para a enfermeira Edith e pedir, se desejar."

Agradeci a presteza. "Mas não diga quem está querendo o endereço, doutor, pois quero fazer uma pequena surpresa ao meu amigo Whittington." Era praticamente tudo o que eu podia fazer no momento. Claro que se a garota fosse realmente a sobrinha de Whittington podia ser também muito esperta e não cairia na minha armadilha. Mas achei que valia a pena tentar. Passei em seguida um telegrama para Beresford, informando onde estava e falando do tornozelo torcido. Pedi que fosse me buscar, se não estivesse muito ocupado. Não disse mais nada no telegrama, pois precisava ser cauteloso. Mas não recebi nenhuma resposta de Beresford e não demorou muito para que eu ficasse bom. Não cheguei realmente a torcer o pé. Despedi-me do Dr. Hall, pedindo a ele que me informasse assim que recebesse uma resposta da enfermeira Edith. E voltei para Londres. Agora, Srta. Tuppence, pode me explicar por que está tão pálida.

— Estou preocupada com Tommy. O que será que aconteceu com ele?

— Vamos, anime-se! Tenho certeza de que ele está bem. Por que não haveria de estar? O sujeito que ele seguiu tinha a aparência de estrangeiro. Quem sabe se não foram para o exterior... para a Polônia ou algum outro lugar parecido?

Tuppence sacudiu a cabeça.

— Tommy não poderia ter viajado para o exterior sem passaporte e todas as demais coisas necessárias. Além do mais, já vi o homem que Tommy estava seguindo depois disso. Ele se chama Boris qualquer-coisa. Jantou com a Sra. Vandemeyer ontem de noite.

— Sra. quem?

— Tinha esquecido que ainda não sabe.

— Sou todo ouvidos – disse Julius, assumindo sua expressão predileta. – Conte-me tudo.

Tuppence relatou todos os acontecimentos dos dois últimos dias. O espanto e a admiração de Julius foram ilimitados.

— Mas que coisa! Quem haveria de imaginar que pudesse se tornar uma empregada doméstica? Fico arrepiado só de pensar!

Julius fez uma breve pausa e depois acrescentou, novamente sério:

— Se quer saber, Srta. Tuppence, não estou gostando nada dessa história. Sei que é bastante corajosa, mas preferia que não estivesse metida nessa confusão. Esses patifes com os quais estamos lidando podem enganar uma moça com a mesma tranqüilidade com que matariam um homem.

— E por acaso pensa que estou com medo? – indagou Tuppence, indignada, reprimindo as recordações do brilho frio e cruel dos olhos da Sra. Vandemeyer.

— Eu já havia dito que é corajosa. Mas isso não altera os fatos.

— Ora, não me amole mais com isso! – exclamou Tuppence, impaciente. – Em vez de ficarmos falando sobre esse assunto, é melhor tentarmos encontrar um meio de descobrir o que aconteceu com Tommy. Já escrevi ao Sr. Carter a respeito.

Tuppence informou o conteúdo da carta. Julius concordou, muito sério:

— Foi uma boa idéia escrever para ele. Mas acho que nós é que temos de entrar em ação e descobrir o que aconteceu com Tommy.

— Mas o que podemos fazer? – indagou Tuppence, sentindo-se outra vez animada.

— Acho que o melhor caminho é seguir Boris. Disse que ele esteve na tal casa onde está trabalhando. Acha que ele pode voltar lá?

— É possível, mas não posso afirmar com certeza.

— Estou entendendo. Acho que o melhor é eu comprar um carro e me vestir de motorista. Ficarei de plantão nas proximidades do prédio. Se Boris aparecer, você me faz um sinal e vou atrás dele. O que acha da idéia?

— É esplêndida! Mas podem se passar semanas sem que ele apareça!

— É um risco que temos de correr. Fico contente que tenha gostado do plano.

Julius se levantou.

— Para aonde vai?

— Vou comprar o carro, é claro! — respondeu Julius, surpreso. — Qual é a marca de que você mais gosta? Acho que vamos precisar muito de um carro antes de isso tudo terminar.

— Oh! — exclamou Tuppence, com a voz um pouco abafada. — Gosto muito de Rolls-Royce, mas...

— Sem problemas. Concordo com o que achar melhor. Vou comprar um imediatamente.

— Mas isso é impossível! Todo mundo tem que esperar séculos para receber um Rolls-Royce!

— Pode ficar tranqüila que isso não acontecerá com o pequeno Julius — garantiu o Sr. Hersheimmer. — Voltarei com o carro dentro de meia hora.

Tuppence levantou-se.

— Está sendo extremamente generoso, Julius. Mas não consigo deixar de sentir que é uma esperança vã. Ainda acho que o Sr. Carter poderá resolver tudo.

— Pois eu não penso assim.

— Por quê?

— É apenas um palpite.

— Mas ele tem que fazer alguma coisa. Não há ninguém mais que possa ajudar. Por falar nisso, esqueci de contar a você uma coisa estranha que me aconteceu esta manhã.

Tuppence relatou seu encontro com Sir James Peel Edgerton. Julius se mostrou bastante interessado.

— O que será que ele quis insinuar?

— Não tenho a menor idéia — respondeu Tuppence, pensativa. — Mas tenho me perguntado se, à maneira ambígua de um advogado, ele não estava tentando me alertar.

— E por que haveria de fazer isso?

— Não sei, Julius. Mas me pareceu um homem bondoso e muito inteligente. Eu não me incomodaria de procurá-lo e contar toda a história.

Para espanto de Tuppence, Julius se opôs com veemência à idéia.

— É melhor não deixarmos que nenhum advogado se meta. Esse sujeito não iria nos ajudar em nada.

— Pois eu acho que ele poderia ajudar, sim — insistiu Tuppence, de maneira obstinada.

— Pois saiba que está enganada. Até já. Estarei de volta em meia hora.

Julius voltou 35 minutos depois. Pegou Tuppence pelo braço e a levou até a janela.

— Lá está o carro!

Tuppence não pôde conter uma exclamação reverente ao contemplar o carro. Julius comentou, complacente:

— Posso lhe garantir que anda que é uma beleza.

— Como foi que o conseguiu? — indagou Tuppence, ainda aturdida.

— O carro estava sendo despachado para um figurão.

— E o que fez?

— Fui até a casa dele. Disse que sabia que o carro valia cada centavo dos 20 mil dólares que ele havia pago. E acrescentei que valia 50 mil dólares para mim, se ele concordasse em me ceder.

— E então? — indagou Tuppence, inebriada.

— Ele concordou, é claro.

12
Um amigo em necessidade

Sexta-feira e sábado passaram sem que acontecesse nada de especial. Tuppence recebeu uma resposta sucinta ao apelo que fizera ao Sr. Carter. Ele ressaltava que os Jovens Aventureiros haviam aceitado a missão por sua própria conta e risco, tendo sido advertidos dos perigos. Se algo acontecera a Tommy, o Sr. Carter lamentava profundamente, mas não podia fazer nada.

Tuppence estava deprimida. Sem Tommy, a aventura perdera todo o sabor. E, pela primeira vez, ela começou a desconfiar da possibilidade de sucesso. Enquanto estiveram juntos, ela jamais duvidara do resultado final. Embora estivesse acostumada a tomar a dianteira e se orgulhasse de sua inteligência ágil, na verdade se apoiava em Tommy muito mais do que percebera na ocasião. Tommy possuía algo eminentemente equilibrado e lúcido, um bom senso e uma percepção das coisas que eram inabaláveis. Sem ele, Tuppence se sentia quase como um navio sem leme. Era curioso o fato de que Julius, embora obviamente mais esperto que Tommy, não proporcionasse a mesma sensação a

Tuppence. Ela acusara Tommy de ser um pessimista e não restava a menor dúvida de que ele sempre via as desvantagens e dificuldades possíveis. Tuppence, ao contrário, uma otimista incurável, tendia a ignorar todos os obstáculos. Mas, apesar disso, confiava muito nos julgamentos de Tommy. Ele podia pensar devagar, mas o fazia com toda segurança.

Tuppence teve a impressão de perceber, pela primeira vez, o caráter sinistro da missão que haviam aceitado com tanta temeridade. A história toda começara como uma página de romance. Mas agora, terminado o encanto, tudo se apresentava como uma realidade sombria. No fim das contas, a única coisa que realmente importava era a segurança de Tommy. No decorrer do dia, Tuppence teve que se esforçar várias vezes para conter as lágrimas. Em determinado momento, ela censurou a si mesma com veemência: "Pare de choramingar, sua tola! É claro que gosta dele. Afinal, conhece-o desde pequena. Mas não há necessidade de bancar uma idiota sentimental!"

Nesse meio-tempo, não houve qualquer notícia de Boris. Ele não apareceu no apartamento, e Julius e o Rollys-Royce esperavam em vão. Tuppence entregou-se a novas meditações. Embora reconhecesse a procedência das objeções de Julius, ainda não abandonara a idéia de apelar para Sir James Peel Edgerton. Chegara mesmo a verificar o endereço dele no Livro Vermelho. Será que ele tencionara realmente adverti-la naquele dia? Se isso ocorreu, por quê? Tuppence concluiu que tinha pelo menos o direito de pedir uma explicação. Ele a fitara com uma expressão bondosa e compreensiva. Talvez pudesse revelar alguma coisa a respeito da Sra. Vandemeyer que servisse de pista para o paradeiro de Tommy.

Tuppence acabou decidindo, com aquele seu gesto característico de dar de ombros, que valia a pena tentar. Teria folga na tarde de domingo. Iria se encontrar com Julius, conseguiria persuadi-lo e seguiriam juntos para puxar a barba do leão em seu covil.

Quando o momento chegou, Julius exigiu uma dose considerável de persuasão. Mas Tuppence se manteve firme, insistindo repetidas vezes, ao fim de seus argumentos:

— Não pode fazer mal algum.

Julius acabou cedendo e os dois seguiram de carro até Carlton House Terrace.

A porta foi aberta por um mordomo impecável. Tuppence se sentiu um pouco nervosa. Afinal, talvez fosse uma desfaçatez colossal de sua parte. Decidira não perguntar se Sir James "estava em casa", mas adotar uma atitude mais pessoal.

— Quer perguntar ao Sir James se ele pode me receber por alguns minutos? Tenho uma mensagem importante para transmitir.

O mordomo se retirou. Voltou logo depois, com a informação:

— Sir James irá recebê-los. Venham por aqui, por favor.

Ele os levou até uma sala nos fundos da casa, mobiliada como uma biblioteca. A coleção de livros era espetacular. Tuppence constatou que toda uma parede estava ocupada por livros sobre crime e criminologia. Havia diversas poltronas de couro e uma lareira antiquada aberta. Junto à janela, havia uma escrivaninha de tampo corrediço, atulhada de papéis, à qual estava sentado o dono da casa.

Ele se levantou quando Tuppence e Julius entraram.

— Têm um recado para mim?

Ele reconheceu Tuppence e sorriu.

— Ora, mas é você! Trouxe algum recado da Sra. Vandemeyer?

— Não é bem isso, senhor — disse Tuppence. — Para dizer a verdade, só disse que tinha um recado para que me recebesse. Ah, sim... Sr. Hersheimmer, Sir James Peel Edgerton.

— Prazer em conhecê-lo — disse o norte-americano, estendendo a mão.

Depois da apresentação, Sir James puxou duas cadeiras, oferecendo:

— Não querem se sentar?

Assim que se acomodou, Tuppence não perdeu mais tempo:

— Deve estar pensando, Sir James, que é muito atrevimento de minha parte vir até aqui deste jeito. Afinal, não tem nada a ver com o assunto que me traz à sua presença e é um homem importante. E Tommy e eu não temos a menor importância.

Tuppence parou para respirar.

— Tommy? — repetiu Sir James, olhando para o norte-americano.

— Não, esse é Julius — Tuppence apressou-se em explicar. — Desculpe a confusão. É que estou muito nervosa e não estou conseguindo me expressar direito. O que estou querendo saber é o que realmente quis me dizer no outro dia. Estava procurando me alertar a respeito da Sra. Vandemeyer, não é mesmo?

— Pelo que me lembro, minha cara jovem, limitei-me a comentar que hoje em dia não é difícil arrumar bons empregos.

— Sei disso. Mas foi uma insinuação, não é mesmo?

— Talvez tenha sido — admitiu Sir James.

— Pois quero saber mais. Quero saber por que me fez tal insinuação.

Sir James sorriu ao perceber a ansiedade de Tuppence.

— E se a dama em questão decidir mover um processo por difamação de caráter contra mim?

— Sei que os advogados sempre são extremamente cuidadosos, Sir James. Mas não podemos dizer "sem prejulgamento" primeiro e depois falarmos tudo o que pensarmos?

— Nesse caso, sem prejulgamento – disse Sir James, sem parar de sorrir. – Eu diria que, se tivesse uma irmã mais moça obrigada a ganhar a vida, não gostaria de vê-la trabalhando para a Sra. Vandemeyer. Achei que era minha obrigação adverti-la. Aquele não é um lugar apropriado para uma jovem inexperiente. Isso é tudo o que posso dizer a você.

— Estou entendendo, Sir James. E gostaria de agradecer ao senhor. Mas não sou realmente uma jovem inexperiente. Sabia que a Sra. Vandemeyer era uma mulher perigosa quando fui trabalhar lá. Aliás, foi justamente por isso que aceitei o emprego...

Tuppence fez uma pausa ao constatar a expressão de perplexidade no rosto do advogado. Mas continuou logo em seguida:

— Acho melhor contar ao senhor toda a história, Sir James. Tenho a impressão de que perceberia logo se eu não lhe contasse a verdade. Portanto, acho melhor contar tudo desde o início. Qual é a sua opinião, Julius?

— Já que está mesmo disposta a contar tudo, vá direto aos fatos – respondeu o norte-americano, que até aquele momento não dissera uma só palavra.

— É isso mesmo, conte-me tudo – pediu Sir James. – Quero saber quem é Tommy.

Assim, encorajada, Tuppence contou toda a história. O advogado ouviu com atenção e ao final comentou:

— Muito interessante... Eu já sabia grande parte do que me contou. Tenho inclusive algumas teorias a respeito dessa

Jane Finn. Até agora vocês dois se saíram muito bem, mas é lamentável que o... Como é mesmo que o conhecem?... Ah, sim, que o Sr. Carter os tenha metido num caso desses. Por falar nisso, como foi que o Sr. Hersheimmer entrou na história? Não deixou isso muito claro.

Foi o próprio Julius quem respondeu, sustentando o olhar penetrante do advogado:

— Sou primo em primeiro grau de Jane.

— Hum...

Tuppence voltou a falar:

— O que acha que pode ter acontecido com Tommy, Sir James?

— Não sei.

O advogado se levantou e começou a andar de um lado para o outro, lentamente.

— Eu estava acabando de providenciar tudo para poder tirar alguns dias de folga, minha jovem. Ia pegar o trem noturno para a Escócia e me dedicar à pesca por algum tempo. Mas há diversas espécies de pescarias. Acho que vou ficar por aqui, a fim de verificar o que é possível fazer para encontrar o jovem Tommy.

— Oh! — exclamou Tuppence, cruzando as mãos, extasiada.

— De qualquer maneira, como eu já disse antes, é lamentável que... Carter tenha escolhido duas crianças para a missão. Peço que não se sinta ofendida, Srta...

— Cowley, Prudence Cowley. Mas meus amigos só me chamam de Tuppence.

— Pois então permita que a chame de Srta. Tuppence, pois tenho certeza de que vamos ser amigos. Não se sinta ofendida porque eu acho que é muito jovem. Afinal, a juventude é um defeito facilmente superável. Quanto à situação do seu jovem amigo Tommy...

Ele deixou a frase no meio, deliberadamente. Tuppence cruzou as mãos nervosamente.

— O que acha?

— Vou ser franco: ao que tudo indica, a situação dele não é nada boa. É quase certo que ele andou se metendo onde sua presença não era lá muito desejável. Mas nem por isso deve perder toda e qualquer esperança.

— E vai nos ajudar? Eu não disse, Julius?

Tuppence respirou fundo e depois explicou:

— Ele não queria vir...

— Entendo – disse o advogado, lançando outro olhar penetrante para Julius. – E por que não queria vir, meu jovem?

— Achei que não havia qualquer utilidade em preocupá-lo com algo tão insignificante.

— Acontece, meu jovem, que esse caso insignificante, como o chama, está ligado diretamente a um negócio muito grande, talvez muito maior do que você ou a Srta. Tuppence possam imaginar. Se esse rapaz estiver vivo, poderá nos prestar informações extremamente valiosas. Portanto, temos que encontrá-lo.

— Mas como? – gritou Tuppence. – Já pensei em tudo e não consegui encontrar uma solução!

Sir James sorriu.

— Mas há uma pessoa bastante próxima que provavelmente sabe onde ele está ou pelo menos onde pode estar.

— E quem é essa pessoa? – perguntou Tuppence, perplexa.

— A Sra. Vandemeyer.

— Tem razão. Só que ela jamais nos diria qualquer coisa.

— É nesse ponto que eu entro em cena. Acho que poderei fazer com que a Sra. Vandemeyer diga tudo o que eu quero saber.

— Como? – insistiu Tuppence, arregalando os olhos.

— Ora, simplesmente fazendo perguntas a ela – respondeu Sir James, com a maior tranqüilidade. – Como já deve saber, é assim que costumamos agir.

Ele tamborilou os dedos sobre a mesa e Tuppence sentiu outra vez a força extraordinária que emanava daquele homem.

— E se ela não disser? – indagou Julius, de maneira abrupta.

— Creio que ela dirá. Tenho alguns argumentos poderosos para convencê-la a falar. E na hipótese improvável de não o conseguir, sempre se pode recorrer ao suborno.

— Tem toda razão! – gritou Julius, batendo com o punho fechado na mesa. – E é nessa hora que eu entro em cena! Pode contar comigo, se for necessário, para oferecer a ela um milhão de dólares! É isso mesmo... um milhão de dólares!

Sir James sentou-se e por um momento ficou a olhar para Julius em silêncio, antes de finalmente dizer:

— É uma soma vultosa, Sr. Hersheimmer

— Acho que não há outro jeito. Não estamos lidando com gente capaz de aceitar meia dúzia de moedas.

— Ao câmbio atual, dá mais ou menos 250 mil libras.

— Sei disso. Talvez esteja pensando que estou me gabando, mas posso entregar o dinheiro imediatamente e ainda sobrará o bastante para pagar seus honorários.

Sir James corou ligeiramente.

— Não há razão para me pagar honorários, Sr. Hersheimmer. Não sou detetive particular.

— Desculpe. Acho que fui um pouco precipitado. Mas é que ando me sentindo mal por causa desse problema de dinheiro. Há poucos dias, quis oferecer uma recompensa substancial por informações sobre Jane, mas a Scotland Yard, uma instituição venerável, aconselhou-me a não fazê-lo. Disse que era indesejável.

— E eles provavelmente estão certos — comentou Sir James, secamente.

— Julius não está prometendo o que não pode cumprir — interveio Tuppence. — Ele tem dinheiro que não acaba mais.

— O velho juntou dinheiro em grande estilo — explicou Julius. — E agora vamos acertar tudo. Qual é o seu plano?

Sir James pensou por um momento.

— Não há tempo a perder. Quanto mais cedo entrarmos em ação, melhor será.

Ele virou-se para Tuppence e acrescentou:

— Sabe se a Sra. Vandemeyer vai jantar fora esta noite?

— Acho que sim. Mas ela não pretende voltar muito tarde, pois não pediu a chave da porta.

— Ótimo! Telefonarei para ela por volta das 22 horas. A que horas você deve estar de volta?

— Por volta de 21h30 ou 22 horas. Mas posso voltar antes, se for necessário.

— Não deve fazer isso de jeito nenhum. Pode despertar suspeitas se não aproveitar a folga até a hora prevista. Volte para o apartamento às 21h30. Chegarei lá às 22 horas. O Sr. Hersheimmer ficará esperando na frente do prédio, talvez num táxi.

— Ele tem um Rolls-Royce novinho em folha! — revelou Tuppence, com visível orgulho.

— Melhor ainda. Se conseguirmos arrancar o endereço, poderemos seguir para lá imediatamente, levando a Sra. Vandemeyer conosco, caso seja necessário. Estamos combinados?

— Claro! — exclamou Tuppence, extasiada.

Ela se levantou, acrescentando:

— Oh, já estou me sentindo muito melhor!

— Não deve acalentar esperanças demasiadas, Srta. Tuppence.

Julius virou-se para o advogado:

— Virei buscá-lo por volta das 21h30. Está certo?

— É uma boa idéia. Não há necessidade de ter dois carros esperando. E agora, Srta. Tuppence, gostaria de lhe dar um conselho: vá jantar e procure comer bem. E tente não pensar no que temos pela frente.

Ele apertou as mãos de ambos. Um momento depois, ao descerem os degraus da entrada, Tuppence murmurou, extasiada:

— Oh, Julius, ele não é maravilhoso?

— Reconheço que ele de fato parece ser um bom sujeito. E que eu estava enganado quando disse que era inútil vir procurá-lo. Vamos voltar para o Ritz?

— Eu gostaria de andar um pouco, pois estou me sentindo agitada. Pode me deixar no parque? Ou prefere dar uma volta comigo?

— Tenho que encher o tanque do carro. E preciso também enviar alguns cabogramas.

— Está certo. Irei me encontrar com você no Ritz às 19 horas. Poderemos jantar na suíte. Não quero aparecer no restaurante nestes trajes.

— Não há problema. Pedirei a Felix para me ajudar a escolher os pratos. Ele é o chefe dos garçons ou algo assim. Até já.

Tuppence olhou para o relógio ao começar a caminhar rapidamente pelo Serpentine. Eram quase 18 horas. Recordou-se de que não tomara o chá, mas estava agitada demais para sentir fome. Foi até Kensington Gardens e depois voltou, caminhando mais devagar, sentindo-se infinitamente melhor com o ar fresco e o exercício. Não era fácil seguir o conselho de Sir James e não pensar nos possíveis acontecimentos daquela noite. Ao se aproximar de Hyde Park, a tentação de voltar ao South Audley Mansions tornou-se quase irresistível.

Acabou decidindo que não haveria mal nenhum em simplesmente dar uma olhada no prédio. Talvez pudesse depois se resignar a esperar com paciência até as 22 horas.

South Audley Mansions continuava a parecer exatamente o mesmo. Tuppence não sabia exatamente o que esperava encontrar, mas a vista do prédio, com seus tijolos vermelhos, não contribuiu em nada para atenuar a inquietação crescente e totalmente irracional que a invadira. Já estava começando a se afastar quando ouviu um assobio estridente e avistou o fiel Albert correndo ao seu encontro.

Tuppence franziu a testa. Não estava combinado chamar qualquer atenção para a sua presença ali. Mas talvez fosse algo importante, pois Albert estava visivelmente alterado.

— Ei, ela está indo embora!
— Ela quem?
— A Rita Ligeira! A Sra. Vandemeyer! Está fazendo as malas e acaba de me pedir para providenciar um táxi!
— O quê? – gritou Tuppence, agarrando o braço dele.
— É verdade! Imaginei que talvez ainda não soubesse!
— Albert, você é mesmo incrível! Se não fosse por você, talvez tivéssemos perdido a pista dela!

Albert corou de prazer diante do elogio.

— Não há tempo a perder – disse Tuppence, atravessando a rua. – Tenho que detê-la! Preciso impedi-la de partir a qualquer custo, até que... Há algum telefone na portaria, Albert?

O garoto sacudiu a cabeça.

— Quase todos os apartamentos têm telefone. Mas há um telefone público na esquina.

— Pois vá até lá imediatamente e ligue para o Ritz Hotel. Peça para falar com o Sr. Hersheimmer e diga a ele para ir buscar Sir James e vir para cá, pois a Sra. Vandemeyer está tentando escapar. Se não encontrar o Sr. Hersheimmer, ligue diretamente para Sir James Peel Edgerton. Encontrará o número do telefone dele no catálogo. Conte a ele o que está acontecendo. Não vai esquecer os nomes?

Albert repetiu-os.

— Pode confiar em mim, moça. Farei tudo direitinho. E o que vai fazer agora? Não acha que é perigoso subir para falar com ela?

— Não se preocupe comigo, Albert. Trate apenas de dar os telefonemas que estou mandando, o mais depressa possível.

Respirando fundo, Tuppence entrou no prédio e subiu quase correndo até o apartamento 20. Não sabia como iria deter a Sra. Vandemeyer até a chegada dos dois homens. Mas precisava fazer isso... e sozinha... de um jeito ou de outro. O que teria provocado aquela partida precipitada? Será que a Sra. Vandemeyer desconfiava dela?

Especulações eram inúteis. Tuppence apertou com firmeza a campainha. Poderia descobrir alguma coisa com a cozinheira.

Ninguém veio atender. Tuppence apertou novamente a campainha, mantendo o dedo no botão por mais algum tempo. Finalmente ouviu passos lá dentro e um momento depois a própria Sra. Vandemeyer abriu a porta. Franziu as sobrancelhas ao ver Tuppence.

— O que veio fazer aqui?

— Senti uma dor de dente, senhora. Achei melhor voltar para casa e descansar.

A Sra. Vandemeyer não disse nada. Recuou e deixou Tuppence entrar no saguão. Só depois é que voltou a falar, dizendo friamente:

— É uma tremenda infelicidade sua. É melhor ir direto para a cama.

— Posso ficar na cozinha, senhora. Pedirei à cozinheira...

— A cozinheira não está – interrompeu a Sra. Vandemeyer, um tanto rispidamente. – Eu a mandei sair. Como está vendo, será muito melhor você ir para a cama.

De repente, Tuppence sentiu medo. Havia um tom estranho na voz da Sra. Vandemeyer que não a agradava. Além disso, ela estava lentamente empurrando-a para o corredor. Tuppence virou-se, acuada.

— Não estou querendo...

Abruptamente, Tuppence sentiu um aro de aço frio encostar em sua têmpora. E a Sra. Vandemeyer disse, com uma voz fria e ameaçadora:

— Sua idiota! Pensa por acaso que já não sei de tudo? Não, não precisa responder! Mas se tentar resistir ou gritar eu a matarei como se fosse um cão raivoso!

O aço frio foi comprimido ainda mais contra a têmpora de Tuppence. A Sra. Vandemeyer acrescentou:

— E agora siga em frente... até o meu quarto. Daqui a pouco, depois que tivermos acertado as contas, poderá ir para a cama, como eu havia ordenado inicialmente. E vai dormir... isso mesmo, minha pequena espiã, vai dormir e muito bem!

Havia uma suavidade hedionda naquelas últimas palavras que absolutamente não agradou a Tuppence. Mas, naquele momento, nada mais podia fazer além de seguir para o quarto da Sra. Vandemeyer. A pistola não se afastou de sua cabeça por um momento sequer. O quarto estava na maior confusão, com roupas espalhadas por toda parte. No meio do chão, havia uma mala e uma caixa de chapéus, cheias pela metade.

Tuppence conseguiu controlar-se, com grande esforço. A voz tremia um pouco, mas ela disse bravamente:

— Pare com isso! Sabe perfeitamente que não pode atirar em mim, pois todo mundo no prédio iria ouvir e muita gente viria correndo para ver o que teria acontecido.

— Estou disposta a correr esse risco – respondeu a Sra. Vandemeyer, com um tom jovial. – Mas fique tranqüila que nada lhe acontecerá, desde que não grite por socorro... e tenho certeza de que isso não vai acontecer. É uma garota muito esperta. Conseguiu me enganar direitinho. Confesso que não desconfiei de você. Tenho certeza de que agora é capaz de compreender que *eu* estou por cima e *você* está por baixo. Sente-se na cama. Ponha as mãos sobre a cabeça. E se tem amor à vida, não se mova em hipótese alguma!

Tuppence obedeceu, passivamente. O bom senso lhe dizia que não tinha outra coisa a fazer além de se conformar com a situação. Se gritasse por socorro, não havia muita possibilidade de alguém ouvi-la. E era bem possível que a Sra. Vandemeyer cumprisse a promessa de lhe dar um tiro. Assim, cada minuto que ganhasse seria extremamente valioso. A Sra. Vandemeyer largou o revólver em cima do lavatório, ao alcance da mão. Sempre vigiando Tuppence atentamente, pegou um vidro que estava em cima do mármore e despejou uma parte do conteúdo num copo, completando-o em seguida com água.

— O que é isso? – perguntou Tuppence bruscamente.

— Algo que a fará dormir profundamente.

Tuppence empalideceu e sussurrou:

— Vai me envenenar?

— Talvez — respondeu a Sra. Vandemeyer, sorrindo de forma agradável.

— Pois não vou beber — afirmou Tuppence, com firmeza. — Prefiro levar um tiro. Pelo menos haverá algum barulho e alguém poderá ouvir. Não vou me deixar matar como um cordeirinho.

A Sra. Vandemeyer bateu o pé.

— Não seja idiota! Acha mesmo que vou cometer um assassinato para pôr toda a polícia no meu encalço? Se tivesse um mínimo de bom senso, já teria compreendido que o envenenamento é algo que absolutamente não me convém. Isso é apenas um remédio para dormir, mais nada. Vai acordar amanhã de manhã. Simplesmente não quero me dar ao trabalho de amarrá-la e amordaçá-la. É a alternativa... e posso garantir que não vai gostar! Posso ser muito rude, se preferir assim. Portanto, beba logo isso como uma boa moça e não vai se arrepender.

Tuppence acreditou nela. O argumento que apresentara parecia verdadeiro. Era um método simples e eficaz de tirá-la do caminho por algum tempo. Não obstante, não lhe agradava a idéia de ser docilmente drogada sem fazer pelo menos um esforço para recuperar a liberdade. Tinha certeza de que, se a Sra. Vandemeyer escapasse, não haveria mais nenhuma outra chance de encontrar Tommy.

Tuppence tinha um processo mental extremamente rápido. Todas essas reflexões passaram por sua mente quase que de uma só vez. Descobriu uma pequena chance, reduzida e problemática, mas decidiu arriscar tudo em um supremo esforço.

E iniciando a execução de seu plano, arremessou-se subitamente para a frente e caiu de joelhos diante da Sra. Vandemeyer, agarrando-lhe a saia freneticamente.

– Não acredito! – gemeu ela. – Sei que é veneno... tenho certeza de que é veneno! Oh, não me obrigue a beber! Pelo amor de Deus, não me obrigue a tomar isso!

A voz de Tuppence estava estridente de pavor. A Sra. Vandemeyer, segurando o copo, olhou para baixo com a boca contraída, desdenhando aquele colapso repentino.

– Levante-se, sua idiota! Não fique se lamuriando desse jeito! Não consigo imaginar onde foi encontrar coragem para representar o papel que assumiu!

Ela bateu outra vez com o pé e arrematou:

– Vamos, levante-se logo de uma vez!

Mas Tuppence continuou agarrada à saia dela, a se lamuriar, entremeando os soluços com apelos balbuciados de misericórdia. Cada minuto que conseguia ganhar era uma vantagem. Além disso, à medida que se lamuriava, ia se aproximando imperceptivelmente de seu objetivo.

A Sra. Vandemeyer soltou uma exclamação impaciente e puxou Tuppence, obrigando-a a ficar de joelhos.

– Tome isso logo de uma vez!

Ela comprimiu o copo contra os lábios de Tuppence, que deixou escapar um último gemido de desespero.

– Jura que não vai me fazer mal?
– Claro que não! Deixe de ser idiota!
– Jura?
– Está bem, está bem! Juro que não vai lhe fazer mal nenhum!

Tuppence levantou a mão esquerda, trêmula, na direção do copo

– Então eu vou tomar...

Ela abriu a boca, docilmente. A Sra. Vandemeyer deixou escapar um suspiro de alívio, relaxando a vigilância por um momento. Subitamente, Tuppence deu uma pancada no copo de baixo para cima, com toda força de que dispunha.

O líquido se derramou sobre o rosto da Sra. Vandemeyer. Aproveitando a confusão momentânea, Tuppence estendeu rapidamente a mão direita e pegou o revólver, que estava na beira do lavatório. No momento seguinte, ela tinha pulado para trás e o revólver apontava para o coração da Sra. Vandemeyer. A mão estava milagrosamente firme.

No momento de vitória, Tuppence traiu um sentimento de triunfo nada esportivo:

— Quem é que está agora por cima e quem está por baixo?

O rosto da Sra. Vandemeyer estava convulsionado pela raiva. Por um instante, Tuppence chegou a pensar que ela iria atacá-la, o que a deixaria num dilema extremamente desagradável, já que não tinha a menor intenção de puxar o gatilho. Contudo, com um tremendo esforço, a Sra. Vandemeyer conseguiu se controlar e um último sorriso diabólico se estampou em seu rosto.

— No fim das contas, estou vendo que não é realmente uma idiota! Saiu-se muito bem, garota. Mas saiba que vai pagar por isso... e vai pagar muito caro! Tenho boa memória.

— Estou surpresa que se tenha deixado enganar com tanta facilidade – afirmou Tuppence, de maneira desdenhosa. – Achou mesmo que eu fosse do tipo de pessoa que rastejaria a seus pés implorando misericórdia?

— Talvez ainda venha a fazer isso algum dia...

A maldade que a outra irradiava provocou um calafrio em Tuppence. Mas ela não ia se deixar dominar por isso, e disse de forma agradável:

— Acho melhor nos sentarmos. Nossa atitude no momento é um tanto melodramática. Não, na cama não. Puxe uma cadeira para junto da mesa. Isso mesmo. E agora vou me sentar à sua frente, com o revólver em posição... para evitar qualquer possibilidade de acidente. Esplêndido! Agora, já podemos conversar.

— Conversar sobre o quê? — indagou a Sra. Vandemeyer, rispidamente.

Tuppence fitou-a em silêncio, pensativa, por um minuto. Estava se recordando de várias coisas, entre as quais as palavras de Boris:

— Seria capaz de nos vender!

E a resposta da Sra. Vandemeyer:

— O preço teria que ser fabuloso.

É verdade que a resposta fora dada em tom jocoso, mas será que não teria um fundo de verdade? Há muito tempo atrás, Whittington não perguntara: "Quem andou dando com a língua nos dentes? Rita?"

Será que Rita Vandemeyer era o ponto fraco na blindagem do Sr. Brown?

Sem desviar os olhos do rosto da Sra. Vandemeyer, Tuppence respondeu calmamente:

— Podemos conversar sobre dinheiro...

A Sra. Vandemeyer estremeceu. Era evidente que não esperava por tal resposta.

— O que está querendo dizer com isso?

— Acabou de dizer que tinha boa memória. Mas acontece que uma boa memória não é tão útil quanto uma carteira recheada. Eu diria que pode dar vazão ao seu ódio imaginando todas as coisas terríveis que pretende fazer comigo. Mas será que isso seria prático? Pelo contrário, creio que a vingança é extremamente insatisfatória. É o que todo mundo sempre diz. Mas dinheiro... Ora, não há nada de insatisfatório no dinheiro, não é mesmo?

— Pensa mesmo que sou uma mulher capaz de trair meus amigos? — perguntou a Sra. Vandemeyer, de forma desdenhosa.

— Penso, sim... se o preço for suficiente.

— E acha que eu me venderia por umas míseras 100 libras ou algo assim?

— Claro que não. Eu estava pensando em mais. Digamos... 100 mil libras!

No último instante, o espírito econômico de Tuppence prevaleceu, impedindo-a de mencionar o milhão de dólares oferecido por Julius. A Sra. Vandemeyer ficou subitamente vermelha e balbuciou:

— Como?

Seus dedos brincavam de maneira nervosa com o broche que tinha na blusa. Nesse momento, Tuppence compreendeu que o peixe estava fisgado. Pela primeira vez, sentiu vergonha e horror de seu próprio espírito mercenário. Dava-lhe a sensação de que era igual à mulher sentada à sua frente.

— Cem mil libras – repetiu Tuppence.

A luz desapareceu dos olhos da Sra. Vandemeyer. Ela se recostou na cadeira e disse:

— Você não tem tanto dinheiro.

— Não tenho mesmo. Mas conheço alguém que tem.

— E quem é?

— Um amigo meu.

— Deve ser um milionário – comentou a Sra. Vandemeyer, ainda incrédula.

— E é mesmo. Ele é norte-americano e lhe pagará sem a menor hesitação. Pode ter certeza de que a proposta é verdadeira.

A Sra. Vandemeyer voltou a se acomodar na cadeira e disse lentamente:

— Estou inclinada a acreditar...

Houve um longo silêncio, que foi por fim quebrado pela Sra. Vandemeyer:

— O que seu amigo está querendo saber?

Tuppence teve um momento de hesitação, mas acabou chegando à conclusão de que o dinheiro era de Julius e os interesses dele deveriam vir em primeiro lugar.

— Ele quer saber onde está Jane Finn.

A Sra. Vandemeyer não demonstrou a menor surpresa.

— Não sei com certeza onde ela está neste momento.

— Mas pode descobrir?

— Claro que posso! Não haveria a menor dificuldade.

Com a voz tremendo um pouco, Tuppence acrescentou:

— Há também o problema de um amigo meu. Receio que algo tenha acontecido a ele, nas mãos de seu amigo Boris.

— Como é o nome dele?

— Tommy Beresford.

— Nunca ouvi falar. Mas posso perguntar a Boris. Ele me dirá tudo o que souber.

— Obrigada.

Tuppence se sentia cada vez mais animada e isso impeliu-a a esforços ainda mais audaciosos.

— Há mais uma coisa.

— E o que é?

Tuppence inclinou-se para a frente e baixou a voz:

— *Quem é o Sr. Brown?*

Seus olhos atentos perceberam o súbito empalidecer do bonito rosto da Sra. Vandemeyer, que fez um tremendo esforço para se controlar e permanecer calma. Mas a tentativa não passou de uma paródia.

Ela deu de ombros.

— Não deve saber muito a nosso respeito, se não sabe que *ninguém tem a menor idéia de quem é o Sr. Brown...*

— Mas você sabe — afirmou Tuppence, calmamente.

A cor abandonou novamente o rosto da outra.

— Por que pensa assim?

— Não sei — respondeu Tuppence, com toda sinceridade. — Mas tenho certeza de que sabe.

A Sra. Vandemeyer passou um longo tempo olhando fixamente para a frente.

— Tem razão, eu sei quem ele é. Eu era bonita, sabe... muito bonita...

— Ainda é — comentou Tuppence, com um tom de admiração genuína.

A Sra. Vandemeyer sacudiu a cabeça. Havia agora um brilho estranho nos olhos azuis. A voz, quando falou, soava extremamente perigosa:

— Não sou mais bonita o suficiente. E, ultimamente, de vez em quando sinto medo... É perigoso saber demais!

Ela se inclinou subitamente sobre a mesa.

— Jure que meu nome nunca será mencionado, que ninguém jamais saberá.

— Está bem, eu juro. E assim que ele for preso, você estará fora de perigo.

Uma expressão aterrorizada se estampou no rosto da Sra. Vandemeyer.

— Será mesmo? Será que algum dia poderei me sentir totalmente segura?

Ela agarrou bruscamente o braço de Tuppence.

— Tem certeza do dinheiro?

— Claro que tenho.

— Quando poderei recebê-lo? Não pode haver nenhuma demora.

— Meu amigo estará aqui dentro de mais alguns minutos. Talvez ele tenha que passar alguns cabogramas ou algo assim. Mas não haverá qualquer demora maior, pois ele é do tipo que gosta de resolver tudo com rapidez.

A Sra. Vandemeyer assumiu uma expressão decidida.
— Então está combinado. É uma soma alta. E, além disso... — ela fez uma pausa, um sorriso estranho contraindo seus lábios. — ...jamais se deve desprezar uma mulher como eu!

Ela continuou a sorrir por mais um minuto, os dedos tamborilando de leve sobre a mesa. Subitamente, estremeceu e empalideceu.

— O que foi isso?
— Não ouvi nada.

A Sra. Vandemeyer olhou ao redor, apavorada.
— Se alguém estiver ouvindo...
— Não diga bobagem. Quem poderia estar aqui?
— Até as paredes têm ouvidos. Estou realmente apavorada. Você não tem idéia de como ele é!
— Pense nas 100 mil libras — lembrou Tuppence suavemente.

A Sra. Vandemeyer passou a língua pelos lábios ressecados e repetiu:
— Não faz idéia de como ele é... mas vou contar logo. Ele é... Ai!

Com um grito de terror, ela se levantou de um pulo. A mão estendida apontava por cima da cabeça de Tuppence. Um instante depois, a Sra. Vandemeyer desabou no chão, desmaiada.

Tuppence se virou para ver o que a deixara tão assustada.

E avistou, parados na porta, Sir James Pell Edgerton e Julius Hersheimmer.

13
A vigília

Sir James avançou rapidamente e inclinou-se sobre a mulher caída.

— É o coração. Ela levou um tremendo choque ao nos ver. Tragam conhaque... e depressa ou ela nos escapará por entre os dedos.

Julius correu para o lavatório.

— Aí não! — alertou Tuppence. — O conhaque está no armário da sala de jantar. É a segunda porta do corredor.

Sir James e Tuppence levantaram a Sra. Vandemeyer e levaram-na para a cama. Molharam seu rosto, sem qualquer resultado. O advogado sentiu o pulso dela e murmurou:

— O pulso está muito fraco. Gostaria que o rapaz voltasse logo com o conhaque.

Foi nesse momento que Julius retornou ao quarto, trazendo um copo com conhaque até a metade. Entregou-o a Sir James. Enquanto Tuppence levantava a cabeça da Sra. Vandemeyer, o advogado tentou despejar um pouco de conhaque entre os lábios fechados. A mulher por fim entreabriu os lábios. Tuppence pegou o copo e o levou aos lábios dela, dizendo:

— Beba isto.

A Sra. Vandemeyer obedeceu. O conhaque devolveu um pouco de cor ao rosto pálido e reanimou-a de maneira maravilhosa. Ela tentou se sentar, mas caiu de costas na cama no mesmo instante, levando a mão ao peito.

— É o meu coração... — sussurrou. — Não posso falar...

A Sra. Vandemeyer fechou os olhos. Sir James continuou a sentir-lhe o pulso por mais um minuto e depois sacudiu a cabeça, comentando:

— O perigo já passou.

Os três se afastaram da cama e foram conversar em um canto, em voz baixa. Todos estavam conscientes de uma certa sensação de anticlímax. Era evidente que, no momento, não havia a menor possibilidade de interrogar a Sra. Vandemeyer. Por enquanto, sentiam-se frustrados e não havia nada que pudessem fazer.

Tuppence contou como a Sra. Vandemeyer se declarara disposta a revelar a identidade do Sr. Brown e como concordara em descobrir e revelar o paradeiro de Jane Finn. Julius não conteve seu entusiasmo:

— Esplêndido, Srta. Tuppence! Tenho certeza de que a dama vai achar as 100 mil libras tão apetitosas amanhã de manhã como achou esta noite. Não precisamos nos preocupar. Quando tocar o dinheiro vivo, vai contar tudo!

Havia bastante bom senso no comentário, e Tuppence se sentiu confortada. Pensativo, Sir James disse:

— Tudo isso é verdade. Mesmo assim, acho que seria melhor se não tivéssemos interrompido no momento exato em que ela ia começar a contar tudo. Agora, só nos resta esperar até amanhã de manhã.

Ele olhou para o corpo inerte estendido na cama. A Sra. Vandemeyer estava totalmente imóvel, de olhos fechados. Sir James sacudiu a cabeça.

— Ora, não há motivo para desânimo! — exclamou Tuppence, procurando animar a todos. — Afinal, amanhã de manhã saberemos de tudo. Só acho que não devemos sair deste apartamento.

— Não poderíamos deixar de guarda o menino que a ajudou?

— Albert? Não é possível. Se ela voltar a si e decidir escapar, Albert não conseguirá impedi-la.

— Ela não vai querer escapar e perder os dólares que estão ao alcance de suas mãos.

— Não esteja tão certo disso. Ela parecia sentir pavor do "Sr. Brown".

— É mesmo? Estava apavorada de verdade?

— Estava. Chegou a olhar ao redor, assustada, murmurando que até mesmo as paredes tinham ouvidos.

— Talvez ela estivesse se referindo a um ditafone — comentou Julius, interessado.

— A Srta. Tuppence está certa — interveio Sir James. — Não devemos deixar este apartamento... Nem que seja apenas pela segurança da Sra. Vandemeyer.

Julius fitou-o com uma expressão espantada:

— Acha que ele poderia tentar liquidá-la? Mas como conseguiria saber o que aconteceu esta noite?

— Está esquecendo da sua própria sugestão de um ditafone — respondeu Sir James, secamente. — Estamos enfrentando um inimigo formidável. Se tomarmos todo cuidado, é bem possível que ele venha cair em nossas mãos. Mas não podemos negligenciar qualquer precaução. Temos uma testemunha importante e precisamos protegê-la de qualquer maneira. Sugiro que a Srta. Tuppence vá se deitar e que nós dois, Dr. Hersheimmer, nos revezemos na vigília.

Tuppence já ia protestar. Mas, por acaso, olhou na direção da cama e percebeu que a Sra. Vandemeyer estava com os olhos entreabertos, uma expressão de medo e maldade no rosto. Tuppence mudou de idéia e não disse nada.

Perguntou-se por um momento se o desmaio e o ataque do coração não teriam passado de uma gigantesca encenação. Mas, recordando a palidez impressionante, concluiu que essa suposição não merecia crédito. E enquanto Tuppence olhava, a expressão desapareceu como que num passe de magia e a Sra. Vandemeyer voltou a ficar inerte e imóvel como antes. A jovem imaginou que talvez tivesse sonhado. Mas decidiu que ficaria alerta.

— Acho que está na hora de sairmos do quarto — ponderou Julius.

Os outros concordaram com a sugestão. Sir James sentiu novamente o pulso da Sra. Vandemeyer e disse em voz baixa para Tuppence:

— Já está normal. Tenho certeza de que ela estará em perfeitas condições depois de uma noite de repouso.

Tuppence ainda hesitou ao lado da cama. Ficara bastante impressionada com a intensidade da expressão que surpreendera no rosto da Sra. Vandemeyer. E foi nesse momento que a Sra. Vandemeyer voltou a entreabrir os olhos. Parecia estar fazendo um tremendo esforço para falar. Tuppence inclinou-se sobre ela.

— Não... vá...

Ela ainda murmurou alguma coisa que parecia ser "com sono", mas não conseguiu continuar. Passou algum tempo com os olhos fechados e depois tentou novamente.

Tuppence se inclinou mais ainda. A voz era quase inaudível.

— O Sr. ... Brown...

A voz parou. Os olhos entreabertos ainda transmitiam uma mensagem de agonia. Em um impulso súbito, Tuppence disse:

— Passarei a noite inteira no apartamento.

Houve um rápido brilho de alívio, antes que as pálpebras se fechassem outra vez. Aparentemente, a Sra. Vandemeyer estava dormindo. Mas suas palavras haviam provocado uma nova inquietação em Tuppence. O que será que ela quis dizer com aquele sussurrado "Sr. Brown"? Tuppence se pegou olhando para trás, por cima do ombro.

O imenso guarda-roupa assumiu subitamente uma aparência sinistra. Havia espaço suficiente para um homem se esconder ali dentro... Sentindo-se um pouco envergonhada, ela foi até o armário e abriu a porta. Não havia ninguém, é claro. Inclinou-se e olhou debaixo da cama. Não havia qualquer outro esconderijo possível.

Tuppence deu de ombros, com seu jeito característico. Era um absurdo, estava se deixando dominar pelos nervos. Saiu do quarto, caminhando lentamente. Julius e Sir James estavam falando em voz baixa. Sir James virou-se para ela e disse:

— Feche a porta por fora, Srta. Tuppence, por gentileza. E tire a chave. Não devemos deixar qualquer possibilidade de alguém entrar nesse quarto.

A gravidade de sua atitude deixou Tuppence impressionada. Ela se sentiu menos envergonhada de seu "ataque de nervos".

— Ei, estamos nos esquecendo do garoto que ajudou Tuppence! — lembrou-se Julius subitamente. — Acho melhor eu descer e tratar de acalmá-lo. O garoto é dos bons, Tuppence!

— Por falar nisso, como conseguiram entrar? Esqueci de perguntar até agora.

— Albert me telefonou. Corri para buscar Sir James e viemos direto para cá. O garoto estava à nossa espera, bastante preocupado com o que poderia ter acontecido com você. Tinha tentado ouvir do lado de fora da porta do apartamento, mas nada conseguira ouvir. Sugeriu que subíssemos no elevador movido a carvão em vez de tocarmos a campainha. Foi o que fizemos. Albert ainda está lá embaixo e a esta altura deve estar mais nervoso do que nunca.

Assim que acabou de falar, Julius partiu abruptamente. Sir James virou-se para Tuppence:

— Conhece o apartamento melhor do que eu, Srta. Tuppence. Onde sugere que fiquemos de vigia?

Tuppence pensou por um momento.

— Acho que o *boudoir* da Sra. Vandemeyer é o lugar mais confortável para ficarmos.

Foram para lá. Sir James olhou ao redor e assentiu em aprovação.

— Está ótimo. E agora, minha cara jovem, vá se deitar e durma um pouco.

Tuppence sacudiu a cabeça de forma decidida.

— Eu não conseguiria dormir, Sir James. Passaria a noite inteira sonhando com o Sr. Brown.

— Mas vai ficar exausta.

— Não, não vou ficar. E, de qualquer maneira, prefiro realmente ficar acordada.

Sir James desistiu.

Julius voltou alguns minutos depois. Tranqüilizara Albert e recompensara-o generosamente por seus serviços. Também tentou persuadir Tuppence a ir se deitar, mas em vão. Ao ver que era inútil, disse de maneira incisiva:

— Mas pelo menos deve comer alguma coisa. Onde fica a despensa?

Tuppence orientou-o. Julius voltou logo depois com uma torta fria e três pratos.

Depois de comer vorazmente, Tuppence se sentiu propensa a repelir suas apreensões de meia hora antes. O poder do dinheiro não podia falhar.

— E agora, Srta. Tuppence – disse Sir James –, gostaríamos de ouvir suas aventuras.

— Isso mesmo – concordou Julius.

Tuppence narrou suas aventuras com alguma complacência. Julius interrompia o relato de vez em quando com uma exclamação de "Bravo"! Sir James não disse nada até o fim da narrativa, limitando-se então a comentar, de maneira tranqüila:

— Agiu muito bem, Srta. Tuppence.

O que deixou Tuppence ruborizada de prazer. Julius disse:

— Há uma coisa que não consigo entender. O que a teria feito perceber que estava na hora de escapar?

— Não tenho a menor idéia — confessou Tuppence.

Sir James coçou o queixo, pensativo.

— O quarto estava na maior desordem. Isso leva a crer que a fuga não era premeditada. Dá a impressão de que ela recebeu um aviso repentino de alguém para partir imediatamente.

— Deve ter sido do Sr. Brown — comentou Julius, zombeteiro.

O advogado fitou-o em silêncio por mais de um minuto antes de dizer:

— Por que não? Não se esqueça de que até você levou a pior no encontro que teve com ele.

Julius ficou vermelho de irritação.

— Fico furioso quando me recordo que lhe entreguei a fotografia de Jane como um cordeirinho. Se algum dia eu puser de novo as mãos naquela foto, garanto que nunca mais vai me escapar!

— Essa possibilidade parece extremamente remota — comentou o advogado.

— Acho que tem razão — admitiu Julius com toda franqueza. — Além do mais, estou atrás é da original. Onde acha que ela pode estar, Sir James?

O advogado sacudiu a cabeça.

— É impossível dizer. Mas tenho uma idéia do lugar onde ela esteve.

— Tem mesmo? E onde foi?

Sir James sorriu.

— No lugar de suas aventuras noturnas, a casa de saúde em Bournemouth.

— Mas isso é impossível! Eu mesmo perguntei.

— Perguntou apenas, meu caro, se alguma moça com o nome de Jane Finn tinha sido internada ali. Mas se eles internaram sua prima lá, não há a menor dúvida de que o fizeram com um nome falso.

— Mas é isso mesmo! – gritou Julius. – E eu que nem tinha pensado nisso!

— Era o óbvio, meu caro.

— Talvez o médico também esteja envolvido – sugeriu Tuppence.

Julius sacudiu a cabeça.

— Não creio. Simpatizei com ele imediatamente. Estou quase certo de que o Dr. Hall é um homem honesto.

— Disse Dr. Hall? – indagou Sir James. – Estranho... realmente muito estranho...

— O que é estranho? – perguntou Tuppence.

— Encontrei-o esta manhã. Há anos que o conheço e nos encontramos de vez em quando. E esta manhã nos cruzamos na rua. Ele me disse que estava no Métropole.

Sir James virou-se para Julius e indagou:

— O Dr. Hall lhe disse que estava vindo para Londres?

Julius sacudiu a cabeça.

— Se tivesse mencionado o nome esta tarde – acrescentou Sir James – eu teria sugerido que voltasse a procurá-lo para obter mais informações, levando o meu cartão como apresentação.

— Acho que sou um idiota – murmurou Julius, com uma humildade inesperada. – Devia ter imaginado que eles certamente iriam usar um nome falso.

— E como podia pensar direito em qualquer coisa depois do tombo que levou daquela árvore? – interveio Tuppence. – Tenho certeza de que qualquer outro teria morrido.

— Mas acho que isso não tem mais nenhuma importância – declarou Julius. – A Sra. Vandemeyer está em nossas mãos e isso é tudo o que precisamos.

— Tem razão – concordou Tuppence, com uma curiosa falta de segurança na voz.

O grupo ficou em silêncio. Pouco a pouco, a magia da noite os foi dominando. Os móveis estalavam misteriosamente, as cortinas farfalhavam de forma imperceptível. De repente, Tuppence levantou-se de supetão.

— Tenho certeza de que o Sr. Brown está em algum lugar deste apartamento! Posso senti-lo!

— Mas como isso seria possível, Tuppence? Esta porta dá para o saguão. Ninguém poderia entrar pela porta da frente sem que víssemos e ouvíssemos.

— Não sei como é possível, mas estou *sentindo* a presença dele aqui!

Ela lançou um olhar suplicante para Sir James, que comentou seriamente:

— Com o devido respeito ao seu pressentimento, Srta. Tuppence, e ao meu também, diga-se de passagem, creio que é humanamente impossível que alguém mais esteja neste apartamento sem o nosso conhecimento.

Tuppence se sentiu um pouco tranqüilizada com tais palavras. E confessou:

— Passar a noite inteira sentada aqui deixa a gente um pouco nervosa.

— Tem razão – concordou Sir James. – Estamos como pessoas que realizam uma sessão espírita. Talvez pudéssemos obter resultados maravilhosos se houvesse um médium presente.

– Acredita no espiritismo? – indagou Tuppence, arregalando os olhos.

O advogado deu de ombros.

– Não resta a menor dúvida de que há alguma verdade nisso. Mas a maioria dos testemunhos não sobreviveria a um denso interrogatório.

As horas se arrastaram. À primeira claridade da madrugada, Sir James abriu as cortinas. Eles contemplaram um espetáculo a que poucos londrinos assistem: a lenta escalada do sol sobre a cidade adormecida. E, de alguma forma, com a presença do sol os temores e fantasias da noite pareciam agora um tanto absurdos. Tuppence reanimou-se rapidamente, voltando à sua disposição normal.

– Hurra! – gritou ela. – Vai ser um dia maravilhoso. E vamos encontrar Tommy. E Jane Finn também. Tudo vai dar certo. Perguntarei ao Sr. Carter se não pode me fazer uma *dame*!

Às 7 horas, Tuppence ofereceu-se para preparar um chá. Voltou com uma bandeja onde estavam o bule e quatro xícaras.

– Para quem é a quarta xícara? – perguntou Julius.

– Para nossa prisioneira, é claro. Será que podemos chamá-la assim?

– Levar um chá para ela parece o anticlímax para os acontecimentos da noite passada – comentou Julius, pensativo.

– Também acho – admitiu Tuppence. – Mas vamos lá. Talvez seja melhor vocês dois me acompanharem, para o caso dela me atacar ou algo assim. Afinal, não sabemos com que disposição ela irá acordar.

Sir James e Julius acompanharam-na até a porta.
— Onde está a chave? Oh, tinha esquecido! Está comigo. Tuppence enfiou a chave na fechadura e girou-a. Parou em seguida e murmurou:
— E se ela tiver escapado?
— É absolutamente impossível — tranqüilizou-a Julius.
Sir James não disse nada.

Tuppence respirou fundo, abriu a porta e entrou no quarto. Deixou escapar um suspiro de alívio ao verificar que a Sra. Vandemeyer continuava deitada na cama.
— Bom dia — disse Tuppence jovialmente. — Eu lhe trouxe um chá.

A Sra. Vandemeyer não respondeu. Tuppence pôs a xícara na mesinha ao lado da cama e foi abrir as venezianas. Ao virar-se, constatou que a Sra. Vandemeyer continuava deitada do mesmo jeito, sem ter feito qualquer movimento. Sentindo o coração se contrair com um medo súbito, Tuppence correu para a cama. A mão que segurou estava fria como gelo... A Sra. Vandemeyer jamais falaria novamente...

Seu grito atraiu os outros. Não foi preciso muito tempo para confirmar que a Sra. Vandemeyer estava morta... e que devia ter morrido há algumas horas. Era evidente que morrera durante o sono.
— Tanto azar assim é impossível! — gritou Julius, desesperado.

Sir James estava mais calmo, embora houvesse um brilho estranho em seus olhos. Limitou-se a comentar:
— Talvez não tenha sido um golpe de azar...
— Não está pensando... Mas isso é inteiramente impossível! Ninguém poderia ter entrado aqui!
— Não, não poderia. Mas... Ela estava prestes a trair o Sr. Brown e morre inesperadamente. Será que foi mesmo por acaso?

— Mas como...

— Isso mesmo... *como*! É o que precisamos descobrir.

Ele ficou parado onde estava por um longo tempo, em silêncio, coçando o queixo. Depois, repetiu:

— É o que precisamos descobrir...

Tuppence sentiu que, se fosse o Sr. Brown, não gostaria de ouvir o tom daquelas poucas palavras.

O olhar de Julius se fixou na janela.

— A janela está aberta. Será que...

Tuppence sacudiu a cabeça.

— A varanda só vai até o *boudoir*. E nós passamos a noite inteira lá.

— Ele podia ter escapado...

Sir James interrompeu Julius:

— Os métodos do Sr. Brown nunca são tão pouco refinados assim. Agora, temos que chamar um médico. Antes, porém, talvez devêssemos verificar se há algo neste quarto que possa ter algum valor para nós.

Apressadamente, os três revistaram o quarto. As cinzas na lareira indicavam que a Sra. Vandemeyer andara queimando papéis pouco antes de sua tentativa de fuga. Mas nada restava de importante ou pelo menos não foi encontrado, nem no quarto nem nos outros aposentos, aos quais também estenderam a busca.

Subitamente, apontando para um cofre antiquado, embutido na parede, Tuppence disse:

— Lá está! Creio que é para as jóias, mas talvez encontremos algo mais.

A chave estava na fechadura e Julius abriu rapidamente o cofre. Demorou um pouco a revistá-lo.

— Encontrou alguma coisa? — indagou Tuppence, impaciente.

Houve uma longa pausa antes que Julius finalmente respondesse, fechando o cofre:

— Não tem nada.

Cinco minutos depois um jovem médico chegou ao apartamento, convocado com toda urgência. Reconheceu Sir James e o tratou com extrema deferência.

— Foi um ataque cardíaco ou, possivelmente, uma dose excessiva de algum medicamento para dormir.

O médico farejou o ar e acrescentou:

— Estou sentindo no ar um leve cheiro de cloral...

Tuppence lembrou-se do copo que derrubara. Uma idéia súbita fê-la aproximar-se do lavatório. Descobriu o vidro do qual a Sra. Vandemeyer derramara algumas gotas no copo.

Naquela ocasião, o vidro estava três-quartos cheio. E agora... *estava vazio*.

14
Uma consulta

Tuppence ficou surpresa e desconcertada com a facilidade e simplicidade com que tudo foi providenciado graças à habilidade de Sir James. O jovem médico aceitou a teoria de que a Sra. Vandemeyer tomara uma dose excessiva de cloral. Ele duvidava que houvesse necessidade de um inquérito. Mas, se fosse exigido, informaria imediatamente a Sir James. Ele sabia que a Sra. Vandemeyer estava prestes a viajar para o exterior e que as criadas já tinham sido dispensadas? Sir James e seus jovens amigos estavam fazendo uma visita de despedida quando a Sra. Vandemeyer subitamente passara mal. Não querendo deixá-la sozinha, haviam passado a noite no apartamento. Será que conheciam algum parente? Não, não conheciam, mas Sir James encaminhou-o ao procurador da Sra. Vandemeyer.

Pouco depois, apareceu uma enfermeira para cuidar de tudo e os três deixaram o malfadado prédio.

— O que vamos fazer agora? — indagou Julius, com um gesto de desespero. — Acho que estamos inteiramente perdidos!

Sir James coçou o queixo, pensativo.

— Há ainda uma possibilidade. Quem sabe o Dr. Hall não é capaz de nos dar alguma informação importante?

— Isso mesmo! Eu tinha até esquecido!

— A possibilidade não é das maiores, mas nem por isso devemos ignorá-la. Creio que já lhes disse que ele está no Métropole. Sugiro que o procuremos o mais depressa possível. Que tal tomarmos um banho e comermos alguma coisa e depois seguirmos direto para lá?

Combinaram que Tuppence e Julius voltariam para o Ritz e depois iriam buscar Sir James. O programa foi cumprido à risca. Chegaram ao Métropole pouco depois das 11 horas. Perguntaram pelo Dr. Hall e um dos empregados foi chamá-lo. O médico apareceu poucos minutos depois.

— Pode nos dar alguns minutos, Dr. Hall? — solicitou Sir James, cordialmente. — Permita que o apresente à Srta. Cowley. Creio que já conhece o Sr. Hersheimmer.

Uma expressão zombeteira surgiu nos olhos do Dr. Hall ao apertar a mão de Julius.

— Ora se não é o meu jovem amigo do episódio da árvore! O tornozelo já está bom?

— Está inteiramente curado, doutor, graças ao seu eficiente tratamento.

— E já conseguiu resolver aquele problema de coração? Ha! Ha! Ha!

— Ainda estou procurando resolver doutor.

Sir James interveio:

— Podemos ter uma conversa em particular, Dr. Hall?

— Mas claro! Creio que há uma sala aqui perto onde não seremos incomodados.

Ele seguiu na frente. Sentaram-se todos ao chegarem à sala e o Dr. Hall fitou Sir James com uma expressão inquisitiva.

— Dr. Hall, estou bastante ansioso em encontrar uma determinada jovem, a fim de obter um depoimento dela. Tenho razões para acreditar que ela já esteve internada em sua casa de saúde em Bournemouth. Estarei transgredindo a ética profissional se interrogá-lo a respeito disso?

— É um depoimento legal?

Sir James hesitou por um momento antes de responder:

— É, sim.

— Nesse caso, estou pronto a lhe fornecer qualquer informação que esteja ao meu alcance. Qual é o nome da moça? O Sr. Hersheimmer perguntou-me e se bem estou lembrado...

— O nome não tem a menor importância – interrompeu-o Sir James, de forma abrupta. – É quase certo que ela tenha sido internada sob um nome falso. Mas poderia me informar se por acaso conhece uma certa Sra. Vandemeyer?

— A Sra. Vandemeyer da South Audley Mansions nº 20? Conheço-a superficialmente.

— Já sabe o que aconteceu?

— Como assim?

— Já sabe que a Sra. Vandemeyer morreu?

— Santo Deus! Eu não tinha a menor idéia! Quando foi que ela morreu?

— Ela tomou uma dose excessiva de cloral ontem à noite.
— Deliberadamente?
— Creio que foi acidental. Mas não posso dizê-lo com certeza. Seja como for, ela foi encontrada morta esta manhã.
— Que coisa mais triste! Era uma mulher extraordinariamente bonita. Presumo que era amigo dela, já que está a par de todos os detalhes.
— Estou a par dos detalhes porque... porque fui eu que a encontrei morta.
— Deve ter sido um choque e tanto! – murmurou o médico, estremecendo.
— Foi mesmo – disse Sir James, coçando o queixo, pensativo.
— É uma notícia muito triste. Mas qual é a relação que pode haver entre a morte da Sra. Vandemeyer e o objetivo da investigação que está realizando?
— A relação é muito simples, Dr. Hall. A Sra. Vandemeyer não internou em sua casa de saúde uma parente ainda jovem que estava aos cuidados dela?
Julius inclinou-se para a frente, ansioso. O pequeno médico respondeu calmamente:
— Isso de fato aconteceu.
— E qual era o nome...?
— Janet Vandemeyer. Fui informado de que era a sobrinha da Sra. Vandemeyer.
— E quando ela foi internada?
— Se não me engano, em junho ou julho de 1915.
— Era um caso de doença mental?
— Ela é perfeitamente sã, se é isso o que está querendo saber. A Sra. Vandemeyer informou-me que a moça estava em sua companhia no *Lusitania* quando esse malfadado navio foi torpedeado, sofrendo um terrível abalo em conseqüência disso.

— Será que estamos na pista certa? – indagou Sir James, olhando para os dois jovens.

— Como eu disse antes, não passo de um idiota! – exclamou Julius.

O Dr. Hall fitou os três com uma expressão de curiosidade.

— Falou que precisava dessa moça para um depoimento legal, Sir James. E se ela não estiver em condições de prestá-lo?

— Como assim? Acabou de dizer que ela é perfeitamente sã.

— E é realmente. Mas se quiser um depoimento dela a respeito de qualquer acontecimento anterior a 7 de maio de 1915, a moça infelizmente nada poderá dizer.

Todos ficaram espantados. O pequeno médico assentiu e acrescentou, em tom triste:

— É uma pena, sobretudo porque o assunto deve ser importante, Sir James. Mas ela nada poderá dizer.

— Mas por que, doutor? Por quê?

O médico desviou o olhar benevolente para o jovem e ansioso norte-americano.

— Porque Janet Vandemeyer está sofrendo de completa perda de memória.

— *O quê?*

— É isso mesmo. Um caso interessante... deveras interessante. É verdade que não é tão raro assim, como podem pensar. Há diversos outros casos parecidos na história médica. Seja como for, é o primeiro desse tipo sob os meus cuidados pessoais. E devo admitir que achei-o muito interessante.

Havia algo um tanto vampiresco na satisfação do homenzinho. Sir James disse, lentamente:

— E ela não se lembra de nada...

— Exatamente. Não recorda coisa alguma anterior a 7 de maio de 1915. A partir dessa data, a memória dela é tão boa quanto a sua ou a minha.

— E qual é a recordação mais antiga dela?

— É a de ter desembarcado com os outros sobreviventes. Tudo antes está em branco. Ela não sabia o próprio nome, de onde viera ou onde estava. Não conseguia nem mesmo falar a própria língua.

— Mas isso não é estranho demais? – indagou Julius.

— Não, meu caro senhor. Ao contrário, é uma reação normal, tendo em vista as circunstâncias. Um abalo severo sempre afeta o sistema nervoso. A perda de memória é sempre possível e quase que invariavelmente ocorre de maneira parecida. Sugeri a consulta a um especialista de Paris que se dedicou ao estudo desses casos. Mas a Sra. Vandemeyer objetou, temendo a publicidade.

— Não era difícil prever que ela assumiria essa posição – comentou Sir James, sombriamente.

— Aceitei a posição. É inevitável uma certa notoriedade em casos desse tipo. E a moça era ainda muito jovem, devia ter 19 anos. Achei que seria lamentável se a enfermidade dela fosse muito comentada. Isso poderia inclusive prejudicar suas possibilidades de recuperação. Além do mais, não existe qualquer tratamento específico para casos assim. É realmente uma questão de tempo.

— Uma questão de tempo?

— Isso mesmo. Mais cedo ou mais tarde, a memória acaba voltando, tão subitamente quanto desapareceu. E é bem provável que a moça esqueça inteiramente o período decorrido desde que perdeu a memória, retomando a vida onde a interrompeu. Ou seja, por ocasião do afundamento do *Lusitania*.

— E quando prevê que isso irá acontecer?

O Dr. Hall deu de ombros.

— Eis algo que não sei dizer. Às vezes é uma questão de meses, mas há casos em que a perda de memória se prolongou por vinte anos. Um outro choque pode precipitar os acontecimentos. Um choque devolve o que outro tirou.

— Outro choque? — murmurou Julius, pensativo.

— Exatamente. Há um caso no Colorado...

E a voz do pequeno médico foi se entusiasmando enquanto discorria sobre o assunto.

Julius parecia não estar escutando. Mergulhara em seus próprios pensamentos e estava de rosto franzido. Subitamente, ele emergiu de suas meditações, desferindo um golpe violento na mesa, com o punho cerrado. Todos os outros tiveram um sobressalto, o médico mais que os outros.

— Já sei o que fazer! Gostaria de saber sua opinião médica sobre o plano que imaginei, doutor. Se Jane cruzasse novamente o Atlântico, se a mesma coisa acontecesse, o submarino, o navio torpedeado, os botes e tudo mais, será que isso poderia fazer com que recuperasse a memória? Não seria um choque violento o bastante para o seu ego subconsciente, ou qualquer que seja o nome, voltar a funcionar direito?

— É uma especulação das mais interessantes, Sr. Hersheimmer. Na minha opinião pessoal, daria certo. Infelizmente, não há a menor possibilidade de as mesmas circunstâncias se repetirem como está sugerindo.

— Talvez não em decorrência de causas naturais. Mas estou sugerindo uma encenação.

— Como assim?

— Não haveria a menor dificuldade. Basta alugar um transatlântico...

— Um transatlântico! — repetiu o Dr. Hall, surpreso.

— Podemos contratar também alguns passageiros, alugar um submarino... Esse deve ser o único problema. Os governos costumam ser muito ciumentos com suas máquinas de guerra. Não vão querer vender um submarino ao primeiro que aparecer. Mas acho que até isso pode ser resolvido. Já ouviu falar em suborno, doutor? O dinheiro consegue qualquer coisa! Creio que não precisaremos disparar realmente um torpedo. Se todo mundo começar a correr e a gritar que o navio está afundando, creio que isso será suficiente para uma jovem inocente como Jane. Quando meterem nela um colete salva-vidas e a arrastarem para um bote, com um bando de artistas bem ensaiados tendo ataques histéricos no convés... tenho certeza de que ela pensará que está de volta a maio de 1915. O que acha da idéia?

O Dr. Hall ficou olhando para Julius em silêncio. Tudo o que não conseguia dizer no momento estava eloqüente em sua expressão.

— Não, não estou doido — esclareceu Julius. — A coisa é perfeitamente possível. Fazem isso todos os dias lá nos Estados Unidos para os filmes. Nunca viu uma colisão de trens no cinema? Qual é a diferença entre comprar um trem e comprar um transatlântico? Desde que a coisa seja nossa, podemos fazer o que bem quisermos!

O Dr. Hall finalmente recuperou a voz:

— Mas a despesa, meu caro senhor! A despesa! Será simplesmente colossal!

— O dinheiro não me preocupa — explicou Julius calmamente.

O médico virou o rosto suplicante para Sir James, que sorriu.

— O Sr. Hersheimmer é um homem de posses, Dr. Hall... em condições de fazer tudo o que está dizendo.

O olhar do médico voltou a se fixar em Julius, agora sutilmente diferente. Já não via mais um jovem excêntrico, que tinha o hábito de cair de árvores. Os olhos do Dr. Hall expressavam a deferência devida a um homem realmente rico. E ele murmurou:

— É um plano admirável, realmente extraordinário! Como no cinema... Muito interessante! Receio que estejamos um pouco ultrapassados em nossos métodos aqui na Inglaterra. E vejo que está realmente disposto a executar esse plano extraordinário.

— Pode apostar até o último dólar que estou mesmo!

O Dr. Hall acreditou, o que era um tributo à nacionalidade de Julius. Se um inglês tivesse sugerido tal plano, o médico teria sérias dúvidas a respeito de sua sanidade mental.

— Não posso garantir a cura, meu caro senhor. Acho melhor deixar isso bem claro desde o início.

— Não há problemas — respondeu Julius. — Basta trazer Jane e deixe o resto comigo.

— Jane?

— Está bem, a Srta. Janet Vandemeyer. Podemos dar um telefonema interurbano para a sua casa de saúde e pedir que a tragam até aqui ou terei que ir buscá-la de carro?

O médico estava aturdido.

— Peço que me desculpe, Sr. Hersheimmer, mas pensei que tivesse compreendido.

— Compreendido o quê?

— A Srta. Vandemeyer não está mais sob meus cuidados.

15
Tuppence recebe um pedido de casamento

Julius levantou-se de forma brusca.
— O quê?
— Pensei que já soubesse disso.
— E quando foi que ela partiu?
— Deixe-me ver... Hoje é segunda-feira, não é mesmo? Deve ter sido na última quarta-feira... É isso mesmo! Foi na mesma noite em que... caiu da minha árvore.
— Naquela noite? Antes ou depois?
— Hum... Foi depois. Chegou um recado urgente da Sra. Vandemeyer. A jovem e a enfermeira encarregada dela partiram no trem noturno.

Julius afundou novamente na cadeira, murmurando:
— Estou lembrando... a enfermeira Edith... foi embora com uma paciente... Oh, Deus! E pensar que estive tão perto!

O Dr. Hall estava confuso.
— Não estou compreendendo. A moça não está com a tia?

Tuppence sacudiu a cabeça. Já ia falar quando um olhar de advertência de Sir James a conteve. O advogado levantou-se.

— Eu lhe agradeço profundamente por todas as informações que nos deu, Hall. Mas, infelizmente, teremos que recomeçar a busca pela Srta. Vandemeyer. Sabe por acaso o paradeiro da enfermeira que a acompanhou?

O médico sacudiu a cabeça.
— Não recebemos qualquer notícia dela, como já era de se esperar. Pelo que eu soube, a enfermeira Edith deveria

permanecer por algum tempo com a Srta. Vandemeyer. Mas o que pode ter acontecido? A jovem não pode ter sido seqüestrada.

— É o que vamos verificar — comentou Sir James, de forma séria.

— Acha que devo ir à polícia?

— Claro que não! É bem possível que ela esteja com outros parentes.

O Dr. Hall não estava inteiramente satisfeito, mas percebeu que Sir James estava decidido a não dizer mais nada. Compreendeu que tentar arrancar mais alguma informação do famoso advogado seria pura perda de tempo e de esforço. Assim, despediu-se dos visitantes, que logo deixaram o hotel. Por alguns minutos, os três ficaram parados junto ao carro, conversando.

— Mas que coisa irritante! — exclamou Tuppence. — Quem haveria de imaginar que Julius chegou a passar umas poucas horas sob o mesmo teto que Jane Finn?

— Fui um maldito idiota... — murmurou Julius, de maneira triste.

— Você não poderia saber — consolou-o Tuppence, apelando em seguida para Sir James: —, não é mesmo?

— Eu o aconselharia a não se preocupar — disse o advogado, de forma bondosa. — Não adianta chorar sobre o leite derramado.

— Temos de pensar é no que faremos a seguir — disse Tuppence, sempre prática.

Sir James deu de ombros.

— Pode pôr um anúncio procurando pela enfermeira que acompanhou a moça. É a única idéia que me ocorre no momento e devo confessar que não acredito que isso possa resultar em algo de concreto. Afora isso, não há mais nada que possamos fazer.

— Nada? — balbuciou Tuppence. — E Tommy?

— Só podemos esperar o melhor, minha cara jovem. Isso mesmo, não podemos perder as esperanças.

Mas, por cima da cabeça abaixada de Tuppence, os olhos de Sir James encontraram-se com os de Julius. Ele sacudiu a cabeça de maneira quase imperceptível. Julius compreendeu. O advogado considerava o caso perdido. O rosto do jovem norte-americano assumiu uma expressão sombria. Sir James segurou a mão de Tuppence.

— Deve me informar imediatamente se acontecer alguma coisa. As cartas serão encaminhadas ao lugar para onde irei.

— Vai viajar?

— Não se lembra de que já lhe falei a respeito? Vou para a Escócia.

— Falou, sim. Mas eu pensei...

Tuppence hesitou. Sir James deu de ombros.

— Minha cara jovem, creio que não há mais nada que eu possa fazer. Nossas pistas nos levaram a um beco sem saída. Pode estar certa de que não há mais nada que possamos fazer. Mas, se surgir algo novo, terei a maior satisfação em aconselhá-la no que for possível.

Essas palavras de Sir James deixaram Tuppence profundamente desolada.

— Acho que tem razão — murmurou ela. — E, de qualquer forma, muito obrigada por tentar nos ajudar. Adeus.

Julius estava se inclinando sobre o carro. Uma expressão momentânea de compaixão surgiu nos olhos de Sir James ao contemplar o rosto desolado de Tuppence.

— Não fique tão abatida, Srta. Tuppence — disse ele, em voz baixa. — Não se esqueça de que nem sempre passamos as férias inteiras nos divertindo. Sempre podemos ter também algum trabalho.

Algo no tom dele fez com que Tuppence levantasse a cabeça bruscamente. Sir James sacudiu a cabeça, com um sorriso.

— Não vou dizer mais nada. Já foi um grande erro ter falado esse pouco. Há uma coisa que não deve nunca esquecer: jamais diga tudo o que sabe... nem mesmo à pessoa que mais conhece neste mundo. Entendeu? E agora... adeus!

Ele se afastou. Tuppence ficou olhando para as suas costas. Estava começando a compreender os métodos de Sir James. Antes, ele já lhe lançara outra insinuação com o mesmo jeito descuidado. Será que era mesmo outra insinuação? Qual seria o significado por trás daquelas poucas palavras? Será que era uma indicação de que ele ainda não abandonara o caso? Será que Sir James pretendia continuar a trabalhar em segredo, enquanto...

Suas meditações foram interrompidas por Julius, que a trouxe de volta à realidade com um "vamos entrar".

— Você está bastante pensativa — comentou ele, assim que partiram. — Ele disse mais alguma coisa?

Tuppence abriu a boca impulsivamente, mas fechou-a um instante depois. As palavras de Sir James ainda ressoavam em seus ouvidos: "Jamais diga tudo o que sabe... nem mesmo à pessoa que mais conhece neste mundo." E, de repente, outra recordação lhe ocorreu. Julius estava parado diante do cofre no apartamento, a pergunta dela e a pausa antes da resposta: "Não tem nada." Será que não havia nada realmente? Ou Julius teria encontrado algo que preferira guardar para si mesmo? Se ele podia guardar um segredo, Tuppence também tinha o mesmo direito. E ela respondeu:

— Nada de importante.

Tuppence viu Julius lançar-lhe um olhar de lado.

— O que me diz de darmos uma volta pelo parque?
— Se você quiser...

Os dois passearam sob as árvores, em silêncio, por algum tempo. Estava um dia maravilhoso. A brisa que soprava reanimou Tuppence.

— Srta. Tuppence, acha que algum dia vou conseguir encontrar Jane?

Julius falou em tom desanimado. Era uma disposição tão estranha nele que Tuppence virou-se e o fitou, surpresa. Ele assentiu.

— Estou mesmo desanimado e pensando em abandonar a busca. Sir James deu a entender que já não há mais qualquer esperança. Não gosto muito dele e parece que não há possibilidade de nos darmos bem. Mas ele é sem dúvida muito esperto e não largaria o caso se houvesse alguma chance de sucesso, por menor que fosse. Não acha que estou certo?

Tuppence sentiu-se constrangida, mas ateve-se à sua convicção de que Julius lhe escondera alguma coisa e por isso manteve-se firme em sua posição, limitando-se a sugerir:

— Ele sugeriu que puséssemos um anúncio à procura da enfermeira.

— E o fez com aquele tom de voz de quem diz que não vai adiantar nada. Já estou cansado de tudo. E estou pensando em voltar aos Estados Unidos.

— Não faça isso! – gritou Tuppence. – Temos de encontrar Tommy!

— Eu já tinha até esquecido de Beresford – admitiu Julius, em tom de arrependimento. – Tem toda razão. Precisamos encontrá-lo de qualquer jeito. Mas depois disso... Sabe, eu tinha uma porção de sonhos quando comecei esta viagem, mas agora descobri que esses sonhos são inúteis.

Estou disposto a esquecê-los. Gostaria que me dissesse uma coisa, Srta. Tuppence.

— O que deseja saber?

— Há alguma coisa entre você e Beresford?

— Não estou entendendo. — Respondeu Tuppence, com toda dignidade, acrescentando no mesmo instante, de forma um tanto inconseqüente: — Além do mais, está redondamente enganado!

— Não existe nenhum sentimento mais profundo entre vocês dois?

— Claro que não! Tommy e eu somos apenas amigos... mais nada!

— Acho que todas as pessoas que se amam já disseram isso, em uma ou outra ocasião.

— Isso é bobagem! — explodiu Tuppence. — Será que pareço o tipo de moça que se apaixona por todo homem que encontra?

— Não, não parece. Mas, ao contrário, parece o tipo de garota pela qual os homens volta e meia estão se apaixonando!

— Oh! — exclamou Tuppence, surpreendida. — Isso é um elogio?

— Claro que é! E agora vamos definir as coisas. Suponhamos que nunca encontremos Beresford e... e...

— Diga logo de uma vez! Posso perfeitamente enfrentar os fatos! Suponhamos que Tommy... tenha morrido! E daí?

— E toda essa história tenha terminado. O que pretende fazer depois?

— Não sei.

— Vai ficar terrivelmente sozinha...

— Pode deixar que sei me cuidar! — retrucou Tuppence de maneira ríspida, ressentida, como sempre fazia diante de qualquer manifestação de compaixão.

— O que me diz do casamento? — indagou Julius. — Tem alguma opinião a respeito?

— Claro que pretendo me casar! Isto é, se...

Tuppence fez uma pausa, desejando ansiosamente poder recuar. Mas acabou seguindo em frente, bravamente:

— ...conseguir encontrar alguém que seja rico o bastante para fazer com que o casamento valha a pena. Não acha que estou sendo franca demais? Deve me desprezar por isso...

— Jamais desprezo o instinto para os bons negócios. Qual a importância que tem em mente?

— Importância? — repetiu Tuppence, perplexa. — Está querendo saber se prefiro um homem muito importante?

— Nada disso. Estou querendo saber qual a soma... a quantia que deseja.

— Ah, sim... Ainda não pensei nisso.

— E já pensou em mim?

— *Você?*

— Claro.

— Oh, eu não poderia!

— Por que não?

— Já lhe disse que eu não poderia!

— Mas por que não?

— Porque não me pareceria justo.

— Não vejo o que pode haver de injusto. Estou apenas pagando para ver. Eu a admiro imensamente, Srta. Tuppence, muito mais do que a qualquer uma das outras moças que já conheci. É um bocado corajosa. Eu adoraria a oportunidade de lhe dar uma boa vida. Basta dizer uma palavra e sairemos correndo para algum joalheiro de alta classe a fim de resolvermos a questão das alianças.

— Não posso... — balbuciou Tuppence.

— Por causa de Beresford?
— Não!
— Por que então?

Tuppence continuou a sacudir a cabeça de forma violenta, sem dizer nada.

— Não pode ter a esperança de encontrar alguém que tenha mais dólares do que eu.

— O problema não é esse! – balbuciou Tuppence, soltando uma risada quase histérica. – Mas mesmo lhe agradecendo imensamente e tudo o mais, é melhor dizer logo não.

— Eu pediria que me fizesse o favor de pensar até amanhã.

— Não vai adiantar nada...

— Mesmo assim, eu gostaria que só decidíssemos isso amanhã.

— Está bem – murmurou Tuppence, docilmente.

Nenhum dos dois voltou a falar até chegarem ao Ritz.

Tuppence subiu para o quarto. Sentia-se moralmente abalada depois do conflito com a vigorosa personalidade de Julius. Sentou-se diante do espelho, contemplando o próprio reflexo por alguns minutos.

— Sua tola! – disse ela por fim, fazendo uma careta. – Sua tolinha! Tudo o que você quer... tudo o que sempre sonhou! E sem pensar diz um não, como uma idiota! É a sua única chance. Por que não aceita? Por que não a agarra com unhas e dentes? O que mais está querendo?

Como em resposta a essa pergunta, seus olhos se fixaram nesse momento em um pequeno retrato de Tommy, que estava em cima da penteadeira. Por um momento, ainda lutou para se controlar. Mas acabou abandonando todo fingimento, levou a fotografia aos lábios e desatou a soluçar.

— Oh, Tommy, Tommy! Eu o amo tanto... e talvez nunca mais volte a vê-lo!

Depois de cinco minutos, Tuppence levantou-se, assoou o nariz e empurrou os cabelos para trás.

— Já chega! — disse para si mesma, com toda a firmeza. — Vamos encarar os fatos de frente. Parece que me apaixonei... e por um rapaz idiota, que provavelmente não me dá a menor importância.

Ela fez uma pausa. Levou algum tempo para recomeçar a falar, como se estivesse argumentando com um oponente invisível:

— A verdade é que não sei realmente o que ele pensa. Tommy nunca se atreveria a me dizer. Afinal, sempre combati os sentimentos. E neste momento estou sendo mais sentimental do que qualquer outra pessoa! Como as mulheres são idiotas! Sempre achei isso. Acho que vou dormir com essa fotografia debaixo do travesseiro e passarei a noite inteira sonhando com Tommy. É terrível descobrir que se está renegando todos os princípios que sempre foram defendidos!

Tuppence sacudiu a cabeça tristemente enquanto revia sua renúncia.

— Não sei o que dizer a Julius. Oh, Deus, como me sinto idiota! Terei que dizer alguma coisa, ele é tão norte-americano e meticuloso que vai querer uma explicação. Será que ele descobriu alguma coisa naquele cofre?

Os pensamentos de Tuppence enveredaram por outro caminho. Ela recordou de forma sistemática os acontecimentos da noite anterior. De certa forma, pareciam estar vinculados às palavras enigmáticas de Sir James...

De repente, ela estremeceu e ficou bastante pálida. Os olhos, fascinados, fixaram-se à sua frente, as pupilas dilatadas.

— Impossível! — murmurou ela. — Absolutamente impossível! Devo estar louca por pensar uma coisa dessas...

Era monstruoso... mas, ao mesmo tempo, explicava tudo...

Depois de pensar mais um pouco, Tuppence pôs-se a escrever um bilhete, avaliando cuidadosamente cada palavra. Por fim sacudiu a cabeça, como se estivesse satisfeita. Colocou o bilhete em um envelope e endereçou-o a Julius. Saiu para o corredor que ia dar na sala de estar dele e bateu na porta. Como já esperava, a sala estava vazia. Ela deixou o bilhete em cima da mesa.

Um garoto, empregado do hotel, estava esperando diante da porta de seu quarto, quando voltou.

– Chegou um telegrama, Srta. Cowley.

Tuppence pegou o telegrama e abriu-o cuidadosamente. E soltou um grito. O telegrama era de Tommy!

16
Novas aventuras de Tommy

De uma escuridão marcada por pontadas de dor terrível, Tommy recuperou aos poucos os sentidos. Quando afinal abriu os olhos, a única coisa de que tinha consciência era uma dor torturante nas têmporas. Percebeu, vagamente, que estava em um ambiente estranho. Onde estaria? O que acontecera? Piscou os olhos, ainda fraco. Não era o seu quarto no Ritz. E que diabo havia com sua cabeça?

– Oh, céus! – murmurou ele, tentando se sentar.

Tinha acabado de se lembrar. Estava naquela casa sinistra no Soho. Deixou escapar um gemido e caiu outra vez. Ainda com as pálpebras semicerradas, fez um reconhecimento cauteloso do que podia avistar.

— Ele está voltando a si – disse uma voz muito perto do ouvido de Tommy.

Ele a reconheceu no mesmo instante. Pertencia ao alemão barbado e eficiente. Por isso, decidiu continuar inerte por mais algum tempo. Sentia que não deveria demonstrar tão cedo que já havia recuperado os sentidos. Além do mais, até que a dor na cabeça se tornasse um pouco menos intensa, seria incapaz de pensar e reagir com lucidez. Dolorosamente, procurou reconstituir o que acontecera. Era evidente que alguém se aproximara em silêncio às suas costas enquanto escutava à porta, derrubando-o com um golpe violento na cabeça. Sabiam agora que era um espião e com certeza iriam liquidá-lo. Estava em uma situação extremamente difícil. Ninguém sabia onde ele estava. Assim sendo, não podia contar com ajuda de fora e teria que depender apenas de si mesmo. "Lá vou eu!", pensou Tommy, repetindo a exclamação anterior:

— Oh, céus!

Dessa vez, conseguiu se sentar. O alemão se adiantou e colocou um copo junto aos lábios de Tommy, ordenando:

— Beba!

Tommy obedeceu. A força da bebida fê-lo engasgar, mas clareou sua mente de maneira maravilhosa.

Descobriu que estava deitado em um sofá na sala onde fora realizada a reunião. O alemão estava de um lado e do outro avistou o porteiro de rosto sinistro que o deixara entrar na casa. Os outros estavam agrupados a uma pequena distância. Tommy constatou que alguém estava faltando: o homem conhecido como Número 1 não se encontrava mais ali.

— Sente-se melhor? – perguntou o alemão, retirando o copo vazio.

— Sinto-me, sim, obrigado – respondeu Tommy, mais bem disposto.

— É uma sorte que o seu crânio seja tão duro, meu jovem amigo. O bom Conrad bateu com toda força.

Ele indicou o porteiro de rosto sinistro com um aceno de cabeça. O homem sorriu. Tommy virou a cabeça com um tremendo esforço e disse:

— Então você é Conrad? Acho que foi também muita sorte sua o fato de meu crânio ser tão duro. Ao vê-lo agora, quase que sinto pena de tê-lo ajudado a evitar o encontro final com o carrasco.

O homem grunhiu, enquanto o alemão dizia calmamente:

— Conrad não correria esse risco.

— Tem direito a essa opinião – comentou Tommy. – Sei que está em moda menosprezar a polícia, mas confesso que continuo a acreditar em sua eficiência.

A atitude dele era extremamente despreocupada. Tommy Beresford era um desses jovens ingleses que não se distinguem por qualquer faculdade intelectual especial, mas que dão o melhor de si quando se encontram em uma situação difícil. Esquecem a cautela e a falta de confiança como se tivessem tirado uma luva. Tommy sabia que dependia de seus próprios recursos para escapar, e por trás daquele comportamento despreocupado vasculhava o cérebro furiosamente em busca de uma saída.

O alemão voltou a falar com sua frieza característica:

— Tem alguma coisa a declarar antes de ser executado como espião?

— Tenho uma porção de coisas a dizer – respondeu Tommy, com a mesma civilidade anterior.

— Nega que estivesse escutando atrás da porta?

— Não, não nego. E devo realmente pedir desculpas por isso. Mas a conversa estava tão interessante que superou meus escrúpulos.

— Como conseguiu entrar?

— Foi o caro Conrad quem me abriu a porta — contou Tommy, sorrindo desdenhosamente para o homem. — Hesito em sugerir a aposentadoria de um fiel servidor, mas acho que deviam arrumar um cão de guarda melhor.

Conrad rosnou, impotente, e falou rispidamente quando o alemão barbado o fitou:

— Ele disse a senha. Como eu poderia saber?

— É isso mesmo — interveio Tommy. — Como ele poderia saber? Não culpe o pobre coitado. Além do mais, foi a ação precipitada dele que me proporcionou a oportunidade e o prazer de conhecer vocês todos.

Ele teve a impressão de que suas palavras causaram alguma inquietação no grupo, mas o vigilante alemão logo controlou a situação com um aceno de mão imperioso.

— Os mortos não falam — disse ele, calmamente.

— Ah, mas eu ainda não estou morto!

— Mas estará muito em breve, meu jovem amigo.

Os outros murmuraram seu assentimento. O coração de Tommy bateu mais depressa, mas ele não perdeu a tranqüilidade e disse com firmeza:

— Acho que não. Faço muitas objeções a morrer tão jovem.

Ele percebeu que todos estavam perplexos, constatando isso pela expressão do alemão, que lhe perguntou:

— Pode nos dar uma só razão para que não o matemos agora?

— Posso dar várias. Até agora já me fez várias perguntas. Permita que lhe faça uma só, para variar. Por que não me mataram antes que eu recuperasse os sentidos?

O alemão hesitou e Tommy tratou de tirar proveito da pequena vantagem:

— Porque não tinham a menor idéia do quanto eu sabia... e onde obtivera as informações. Se me matarem agora, jamais saberão.

Mas, nesse momento, Boris não conseguiu mais conter suas emoções. Adiantou-se, sacudindo os braços e gritando:

— Seu espião maldito! Vamos executá-lo sumariamente! Matem-no! Matem-no!

Houve um troar de aplausos.

— Está ouvindo? — disse o alemão, sem desviar os olhos de Tommy. — O que tem a dizer sobre isso?

— O que tenho a dizer?

Tommy deu de ombros.

— Eles não passam de uns tolos. Seria melhor que se fizessem algumas perguntas. Como foi que entrei nesta casa? Lembrem-se do que disse o bom Conrad... com *a própria senha de vocês*, não é mesmo? E como foi que descobri essa senha? Ou será que estão pensando que bati na porta e disse a primeira coisa que me passou pela cabeça?

Tommy ficou satisfeito com as palavras finais de seu discurso. Só lamentou que Tuppence não estivesse presente para apreciar todo o sabor que havia nelas.

— Isso é verdade! — disse o proletário subitamente. — Camaradas, fomos traídos!

Houve um murmúrio aterrador. Tommy sorriu para os conspiradores, encorajando-os.

— Assim é melhor. Como podem esperar ter sucesso em qualquer empreitada se não sabem usar o cérebro?

— Vai revelar quem nos traiu — o alemão afirmou. — Mas pode estar certo de que isso não irá salvá-lo. Tenho certeza de que nos dirá tudo o que sabe. Boris conhece muitas maneiras de obrigar as pessoas a falar.

— Não diga bobagens! — reagiu Tommy de forma desdenhosa, procurando dominar um frio desagradável na boca do estômago. — Não irão me torturar nem me matar.
— E por que não? — indagou Boris.
— Porque estariam matando a galinha dos ovos de ouro.

Houve uma pausa momentânea. Parecia que a segurança persistente de Tommy estava finalmente prevalecendo. Eles já não estavam mais tão seguros de si como a princípio. O homem de roupas surradas contemplou Tommy em silêncio por algum tempo, com atenção, e disse em seguida:

— Ele está blefando, Boris.

Tommy o odiou. Será que o homem conseguira ler seus pensamentos? Com um esforço visível, o alemão voltou a se concentrar em Tommy e disse de forma ríspida:

— O que está querendo dizer?
— O que acha? — contra-atacou Tommy, vasculhando desesperadamente a mente à procura de uma saída.

Subitamente, Boris adiantou-se e sacudiu o punho cerrado diante do nariz de Tommy:

— Fale, seu porco inglês, fale!
— Não fique tão nervoso, meu bom companheiro — disse Tommy, calmo. — É o problema de vocês, estrangeiros. Não conseguem manter a calma. Eu lhe faço uma pergunta: dou a impressão de ser um homem que pensa que existe alguma possibilidade, por menor que seja, de vocês me matarem?

Ele olhou ao redor, com uma expressão confiante, sentindo-se contente por saber que os homens não podiam ouvir as batidas violentas de seu coração, as quais desmentiam inteiramente as palavras que acabara de pronunciar.

— Não, não parece — admitiu Boris, visivelmente contrariado.

"Graças a Deus que ele não sabe ler pensamentos", pensou Tommy. E, ao mesmo tempo, procurou aprofundar a vantagem adquirida:

— E por que estou tão confiante? Porque sei de algo que me deixa em condições de propor uma barganha.

— Uma barganha? — repetiu o alemão.

— Isso mesmo... um acordo. Minha vida e liberdade em troca de...

Ele fez uma pausa.

— Em troca de quê?

O grupo se inclinou para a frente, ansioso. Seria possível ouvir um alfinete caindo no chão.

Tommy falou bem devagar:

— Os documentos que Danvers trouxe dos Estados Unidos no *Lusitania*.

O efeito de suas palavras foi realmente elétrico. Todos se adiantaram ao mesmo tempo. O alemão acenou para que tornassem a recuar. Ele se inclinou na direção de Tommy com o rosto vermelho de inquietação:

— *Himmel*! Quer dizer que está com os documentos?

Com uma tranqüilidade magnífica, Tommy sacudiu a cabeça. O alemão insistiu:

— Mas onde estão?

Tommy tornou a sacudir a cabeça.

— Não tenho a menor idéia.

— Mas... mas...

O alemão estava tão aturdido e furioso que não conseguiu dizer mais nada. Tommy olhou ao redor. Percebeu a raiva e a confusão em todos os rostos. Mas sua calma e segurança haviam alcançado um resultado positivo. Ninguém duvidava de que havia algo por trás de suas palavras.

— Não sei onde estão os documentos... mas creio que posso encontrá-los. Tenho uma teoria...

— Essa não!

Tommy levantou a mão, silenciando os clamores de protesto e repulsa.

— Chamo de teoria... mas tenho plena certeza dos fatos, que são só do meu conhecimento e de mais ninguém. Seja como for, o que vocês têm a perder? Se eu conseguir encontrar os documentos... vocês me darão a vida e a liberdade em troca. Negócio fechado?

— E se recusarmos? — perguntou o alemão.

Tommy recostou-se no sofá, comentando:

— Faltam menos de duas semanas para o dia 29...

O alemão hesitou por um momento. Depois, fez um sinal para Conrad:

— Leve-o para o outro quarto.

Tommy ficou sentado na cama do quarto miserável ao lado durante cinco minutos. O coração batia violentamente. Arriscara tudo de uma só vez. Como eles iriam decidir? Enquanto pensava, angustiado, não deixava de falar zombeteiramente com Conrad, irritando ao máximo o rude vigia, levando-o à beira do furor homicida.

Por fim, a porta foi aberta e o alemão ordenou a Conrad que o levasse de volta.

— Vamos torcer para que o juiz não tenha posto a touca preta — comentou Tommy de maneira jocosa. — Vamos logo, Conrad, leve-me até lá. O prisioneiro espera pela sentença, senhores!

O alemão estava outra vez sentado atrás da mesa. Fez um gesto para que Tommy se sentasse à sua frente.

— Aceitamos sua proposta... sob determinadas condições — disse ele, num tom ríspido. — Terá que nos entregar os documentos antes de poder sair daqui em liberdade.

— Mas que idiotice! – disse Tommy, cordialmente. – Como poderei procurar os documentos se me mantiverem preso aqui?

— O que estava esperando?

— Preciso estar em liberdade para resolver o problema à minha maneira.

O alemão soltou uma risada.

— Acha mesmo que somos crianças para deixá-lo escapar tão facilmente, com uma história fantasiosa repleta de promessas?

— Tem razão – disse Tommy, pensativo. – Embora fosse infinitamente mais simples para mim, não imaginava que fossem concordar com esse plano. Mas podemos chegar a um meio-termo. O que me dizem de pôr o bom Conrad para me acompanhar? Ele é um fiel servidor e sabe usar os punhos muito bem.

— Preferimos que continue aqui – disse o alemão, friamente. – Um de nós irá executar suas instruções, de forma meticulosa. Se surgirem complicações, ele voltará a procurá-lo para fazer um relato da situação e pedir novas instruções.

— Está me deixando de mãos amarradas – queixou-se Tommy. – O caso é muito delicado e quem quer que escolham irá certamente meter os pés pelas mãos. E se isso acontecer, onde ficarei? Não creio que nenhum de vocês tenha o mínimo de tato.

O alemão deu um murro na mesa.

— Essas são as nossas condições. Se não quiser aceitar... é a morte!

Tommy recostou-se na cadeira com uma expressão resignada.

— Gosto do seu estilo. É brusco, mas eficiente. Está certo. Mas uma coisa é essencial: tenho que ver a moça.

— Que moça.

— Jane Finn, é claro.

O alemão fitou-o com uma expressão curiosa, por um longo tempo, antes de dizer, lentamente, como se estivesse escolhendo as palavras:

— Não sabe que ela não está em condições de lhe dizer coisa alguma?

O coração de Tommy bateu um pouco mais depressa. Será que conseguiria se encontrar frente a frente com a moça que estava procurando?

— Não pedirei que ela me diga nada – respondeu ele, calmamente. – Isto é, não quero que me diga nada em palavras.

— Por que então deseja vê-la?

Tommy demorou algum tempo para responder:

— Para observar o rosto dela quando lhe fizer uma pergunta.

Novamente, surgiu nos olhos do alemão uma expressão que Tommy não conseguiu entender.

— Ela não será capaz de responder à sua pergunta.

— Isso não tem importância. Quero apenas ver o rosto dela quando lhe fizer a pergunta.

— E acha que isso lhe dirá alguma coisa?

O alemão soltou uma risada áspera e sinistra. Mais do que nunca, Tommy sentiu que havia um fator qualquer que não podia compreender. O alemão fitou-o com atenção e disse suavemente:

— Será que, no fim das contas, você sabe mesmo tanto quanto pensamos?

Tommy sentiu que sua superioridade já não era tão completa quanto um momento antes. Dera um escorregão qualquer. E estava perplexo. O que dissera de errado? Em um súbito impulso, ele disse:

— É possível que haja coisas que vocês saibam e que eu desconheça. Não tenho a pretensão de estar a par de todos os detalhes do espetáculo de vocês. Mas tenho um trunfo guardado na manga que vocês ignoram. E é com isso que estou contando. Danvers era um sujeito muito esperto...

Ele parou de falar abruptamente, como se já tivesse dito coisa demais. O rosto do alemão se desanuviou um pouco e ele murmurou:

— Danvers... Estou entendendo...

Depois de uma longa pausa, o alemão acenou para Conrad, ordenando:

— Leve-o lá para cima. Já sabe para onde.
— Espere um pouco! – disse Tommy. – E a garota?
— Talvez seja possível dar um jeito.
— É imprescindível.
— Vamos ver o que se pode fazer. Somente uma pessoa pode tomar essa decisão.
— E quem é? – perguntou Tommy, já sabendo da resposta.
— O Sr. Brown.
— E eu irei vê-lo?
— Talvez.
— Vamos! – disse Conrad, bruscamente.

Tommy levantou-se obediente. Ao passarem pela porta, seu carcereiro fez um gesto para que subisse a escada. Conrad foi logo atrás. No andar de cima, Conrad abriu uma porta e Tommy entrou em um quarto pequeno. Conrad acendeu um bico de gás e depois saiu. Tommy ouviu o barulho da chave sendo passada na fechadura.

Começou a examinar sua prisão. Era um quarto menor que o do andar inferior e a atmosfera parecia estranhamente sufocante. Tommy não demorou a compreender que isso acontecia porque não havia nenhuma janela. Deu a volta pelo quarto. As paredes eram incrivelmente sujas, como tudo o mais. Havia quatro gravuras inteiramente tortas penduradas nas paredes. Eram cenas de *Fausto*: Marguerite com sua caixa de jóias, a cena da igreja, Siebel e suas flores, Fausto e Mefistófeles. A última cena fez Tommy recordar-se do Sr. Brown. Trancado naquele quarto fechado, sentia-se isolado do mundo, e o poder sinistro do arquicriminoso parecia mais real. Por mais que pensasse em gritar, ninguém poderia ouvi-lo. Era quase uma tumba...

Com um tremendo esforço, Tommy tratou de se controlar. Deitou-se na cama e pôs-se a pensar. A cabeça lhe doía terrivelmente. Além disso, estava começando a sentir fome. O silêncio de sua prisão era deprimente.

— Aconteça o que acontecer — disse Tommy para si mesmo, procurando se animar —, verei o chefe... o misterioso Sr. Brown. E com um pouco de sorte no meu blefe, poderei ver também a misteriosa Jane Finn. Depois disso...

Depois disso, Tommy foi forçado a reconhecer que as perspectivas pareciam as mais sombrias possíveis.

17
Annette

Os problemas do futuro, no entanto, logo se desvaneceram diante das dificuldades do presente. Entre essas, a mais imediata e urgente era a fome. Tommy possuía um apetite saudável e vigoroso. O bife com fritas partilhados no almoço pareciam agora pertencer a outra década. Pesarosamente, ele reconheceu que não teria qualquer sucesso em uma greve de fome.

Andou a esmo por sua prisão. Por uma ou duas vezes, renunciou à dignidade e bateu no chão. Mas ninguém respondeu aos seus sinais.

— Mas que diabo! — gritou Tommy finalmente, indignado. — Eles não vão querer me matar de fome!

Um medo súbito o invadiu. Quem sabe se não seria aquela uma das maneiras de fazer um prisioneiro falar, técnica em que Boris parecia ser perito? Pensando melhor, Tommy afastou a possibilidade.

— A culpa é daquele animal de cara rabugenta, o tal de Conrad — concluiu ele. — Eis um sujeito de quem terei o maior prazer de me vingar um dia desses. Tenho certeza de que issc é pura maldade da parte dele.

Reflexões adicionais levaram-no a pensar como seria agradável bater com alguma coisa bem dura na cabeça de ovo de Conrad. Tommy afagou com carinho a própria cabeça, entregando-se aos prazeres da imaginação. Uma idéia brilhante lhe ocorreu. Por que não converter a imaginação em realidade? Não restava a menor dúvida de que Conrad era o ocupante da casa. Os outros, com a possível exceção do alemão barbado, usavam-na apenas como ponto de reunião. Assim, por que não ficar emboscado atrás da porta, à espera de Conrad, golpeando-o na cabeça com uma cadeira ou com um dos quadros quando ele entrasse no quarto? É claro que tomaria cuidado para não bater com força demais. E depois... depois iria embora! Se encontrasse alguém ao sair, então... Tommy animou-se ao pensar num combate a socos. Era algo que o atraía mais do que o combate verbal naquela tarde. Inebriado com seu plano, Tommy tirou da parede a gravura de Fausto e Mefistófeles, colocando-se em posição. Suas esperanças eram altas. O plano parecia-lhe muito simples, mas excelente.

O tempo foi passando e Conrad não apareceu. A noite e o dia eram a mesma coisa no quarto-prisão, mas o relógio de pulso de Tommy o informou que já eram 21 horas. Tommy refletiu sombriamente que, se o jantar não chegasse em breve, só lhe restaria esperar pelo café-da-manhã. Às 22 horas, perdeu toda e qualquer esperança e deitou-se na cama para procurar consolo no sono. Cinco minutos depois, todas as suas atribulações estavam esquecidas.

O barulho da chave girando na fechadura despertou-o do sono leve. Como não pertencia à categoria dos heróis que são famosos por despertarem na plena posse de todas as suas faculdades, Tommy simplesmente piscou para o teto e imaginou vagamente onde estava. Recordou-se no mesmo instante e olhou para o relógio. Eram 8 horas.

— Deve ser o café-da-manhã — deduziu o jovem.

A porta se abriu. Tarde demais, Tommy se lembrou do seu plano de eliminar o antipático Conrad. Um instante depois, ele ficou contente por não ter executado o plano, pois não foi Conrad quem entrou no quarto e sim uma moça. Ela trazia uma bandeja, que pôs em cima da mesa.

Tommy examinou-a à luz fraca do bico de gás. Concluiu imediatamente que era uma das jovens mais lindas que já vira. Os cabelos eram de um castanho brilhante, com reflexos dourados, como se houvesse raios de sol aprisionados a se debaterem em suas profundezas. Os olhos eram cor de avelã, com um tom dourado que fazia pensar novamente em raios de sol.

Uma idéia delirante ocorreu a Tommy e ele perguntou, muito agitado:

— Você é Jane Finn?

A moça sacudiu a cabeça, um pouco espantada.

— Meu nome é Annette, senhor.

Ela falava um inglês suave, mas hesitante.

— Oh, diabo! – exclamou Tommy, desolado, arriscando em seguida um palpite: — *Française?*

— *Oui, monsieur. Monsieur parle français?*

— Quase nada. O que é isso? O café-da-manhã?

A moça assentiu. Tommy saiu da cama e foi inspecionar a bandeja. Tinha um pão, alguma margarina e uma caneca de café.

— O serviço não é igual ao do Ritz – comentou ele, soltando um suspiro. – Mas tendo em vista as circunstâncias, não posso deixar de agradecer ao Senhor pelo que estou finalmente recebendo. Amém.

Tommy puxou uma cadeira e a moça virou-se para sair.

— Espere um pouco! – gritou Tommy. – Há uma porção de coisas que eu gostaria de perguntar a você, Annette. O que está fazendo nesta casa? Não me diga que é sobrinha, filha ou qualquer outra coisa assim de Conrad, pois não irei acreditar.

— Sou eu que faço o serviço, *senhor*. E não sou parente de ninguém.

— Está certo. Sei que não esqueceu o que lhe perguntei assim que entrou. Alguma vez já ouviu falar nesse nome?

— Acho que já ouvi as pessoas por aqui falarem algumas vezes em Jane Finn.

— E não sabe onde ela está?

Annette sacudiu a cabeça.

— Ela não está por acaso nesta casa?

— Oh, não, *senhor*! Tenho que ir agora... eles estão me esperando!

Ela saiu apressadamente do quarto. Tommy ouviu a chave girar na fechadura. E enquanto atacava o pão, ia pensando:

"Quem serão *eles*? Com um pouco de sorte, essa moça pode me ajudar a sair daqui. Ela não parece ser da quadrilha."

Annette voltou às 13 horas com outra bandeja, mas dessa vez Conrad a acompanhava.

– Bom dia – disse Tommy, cordialmente. – Pelo que estou vendo, ainda não tomou banho, não é mesmo?

Conrad grunhiu ameaçador.

– Não gosta de brincadeiras, hein, companheiro? Mas não precisa ficar zangado. Nem sempre se pode unir beleza e inteligência. O que temos para o almoço? Guisado, não é mesmo? Como foi que eu soube? Elementar, meu caro Watson! O cheiro de cebola é inconfundível!

– Continue à vontade com essa sua conversa fiada, pois não levará muito tempo para ter que começar a falar sério – resmungou Conrad.

O comentário era bastante desagradável em suas insinuações, mas Tommy o ignorou. Sentou-se à mesa e disse, com um aceno de mão:

– Retire-se, lacaio! Não estrague com sua presença o apetite de seus superiores!

Naquela noite, Tommy se sentou na cama e pensou muito. Será que Conrad voltaria a acompanhar a moça? Se tal não acontecesse, deveria tentar atraí-la como aliada? Ele acabou decidindo que não podia deixar de recorrer a tudo o que fosse possível. Sua situação era desesperadora.

Às 20 horas, ao ouvir o ruído já familiar da chave girando na fechadura, levantou-se rapidamente. A moça estava sozinha.

– Feche a porta – ordenou Tommy. – Quero falar com você.

Ela obedeceu.

– Preciso da sua ajuda para sair daqui, Annette.

Ela sacudiu a cabeça.

— É impossível. Três deles estão no andar de baixo.

— Oh! – exclamou Tommy, secretamente satisfeito pela informação. – Mas você me ajudaria, se pudesse?

— Não, senhor.

— E por que não?

A moça hesitou.

— Acho que eles são a minha própria gente. E você os espionou. Eles têm o direito de mantê-lo aqui.

— Eles não prestam, Annette. Se me ajudar, eu a levarei para longe das garras deles. E provavelmente irá ganhar muito dinheiro.

Mas a moça tornou a negar.

— Não posso, senhor. Tenho medo deles.

Ela virou-se para sair.

— Não faria alguma coisa para ajudar outra moça? – gritou Tommy. – Ela tem mais ou menos a sua idade. Não estaria disposta a salvá-la das garras deles?

— Está se referindo a Jane Finn?

— Exatamente.

Ela fitou-o em silêncio por um momento, passando em seguida a mão pela testa.

— Jane Finn... Estou sempre ouvindo esse nome. Parece-me familiar.

Tommy adiantou-se ansiosamente.

— Não sabe coisa alguma a respeito dela?

Mas a moça tornou a virar-se abruptamente.

— Não sei de nada... a não ser o nome.

Ela se encaminhou para a porta. Subitamente, soltou um grito. Tommy ficou perplexo. Annette estava olhando a gravura que ele encostara na parede na noite anterior. Por um momento, Tommy percebeu uma expressão de terror nos olhos dela. Inexplicavelmente, a expressão mudou para alívio. Um instante depois, a moça saiu do quarto. Tommy não conseguiu entender. Será que ela imaginara que ele pretendia atacá-la com o quadro? Claro que não. Ele tornou a pendurar o quadro na parede, pensativo.

Mais três dias se passaram, na mais sombria inação. Tommy sentia a tensão cada vez mais lhe afetar os nervos. Não via ninguém além de Conrad e Annette. A moça agora estava mais calada. Falava apenas em monossílabos. Podia-se perceber uma expressão de suspeita nos olhos dela. Tommy tinha a impressão de que acabaria enlouquecendo se aquele confinamento se prolongasse por muito mais tempo. Soube por Conrad que estavam esperando ordens do "Sr. Brown". Talvez, pensou Tommy, ele estivesse no exterior ou fora de Londres e tivessem que esperar por sua volta antes de fazerem qualquer coisa.

Mas, na noite do terceiro dia, Tommy teve um brusco despertar.

Ainda não eram 19 horas quando ouviu o barulho de passos no corredor. A porta foi aberta um minuto depois. Conrad entrou, acompanhado pelo Número 14, o homem de aparência diabólica. Tommy sentiu um aperto no coração ao vê-los.

— Boa noite, governador – disse o homem, zombeteiramente. – Trouxe a corda, companheiro?

O silencioso Conrad estendeu-lhe um rolo de corda fina. No instante seguinte, as mãos do Número 14, horrivelmente hábeis, estavam passando as cordas em torno das pernas e braços de Tommy enquanto Conrad o segurava.

— Mas que diabo...?

Tommy parou de falar ao perceber o sorriso sinistro e expressivo de Conrad.

O Número 14 concluiu rapidamente a tarefa. Em poucos minutos, Tommy era uma simples trouxa, impotente, incapaz de qualquer movimento. Conrad finalmente falou:

— Pensou que tinha conseguido nos enganar, hein? Veio com aquela história do que sabia e do que não sabia, querendo fazer uma barganha com a gente... E era tudo blefe! Puro blefe, nada além de blefe! Não sabia de nada! Mas agora vai ter que pagar, seu porco imundo!

Tommy ficou calado. Não havia nada a ser dito. Fracassara. De um jeito ou de outro, o onipotente Sr. Brown conseguira descobrir o seu ardil. Subitamente, ocorreu-lhe uma idéia.

— Um excelente discurso, Conrad – disse ele, de maneira aprovadora. – Mas por que iriam me amarrar desse jeito se fosse acontecer o que está dizendo? Não seria mais razoável deixar que o bondoso cavalheiro ao nosso lado me cortasse a garganta sem mais delongas?

— Não perde por esperar! – alertou-o o Número 14, inesperadamente. – Acha mesmo que somos inexperientes a ponto de executá-lo aqui e dar uma oportunidade à polícia de bisbilhotar? Sua Senhoria vai ter o que merece amanhã de manhã. Até lá, não vamos correr nenhum risco.

— Nada podia ser mais claro que as suas palavras... a não ser o seu rosto e o que nele está estampado.

— Cale-se! – ordenou o Número 14.

— Será um prazer. Mas continuo a dizer que estão cometendo um erro... e vocês mesmos é quem sairão perdendo mais.

— Não vai mais conseguir nos enganar. Pensa por acaso que ainda está refestelado no Ritz?

Tommy não respondeu. Estava empenhado em imaginar como o Sr. Brown descobrira sua identidade. Concluiu que Tuppence, dominada por uma terrível preocupação, acabara indo procurar a polícia. Seu desaparecimento fora noticiado e a quadrilha somara dois e dois.

Os dois homens saíram, trancando a porta. Tommy ficou entregue aos seus pensamentos. Não eram dos mais agradáveis. Já estava começando a sentir as pernas e os braços dormentes. Estava totalmente impotente e não lhe restava mais qualquer esperança.

Cerca de uma hora havia se passado quando ouviu a chave girar lentamente na fechadura. A porta foi aberta. Era Annette. O coração de Tommy bateu um pouco mais depressa. Esquecera inteiramente a moça. Seria possível que ela tivesse vindo ajudá-lo?

Subitamente, ele ouviu a voz de Conrad:

— Saia daí, Annette! Ele não vai querer jantar esta noite!

— *Oui, oui, je sais bien.* Mas tenho que pegar a outra bandeja. Precisamos das coisas que estão nela.

— Está bem, mas não demore!

Sem olhar para Tommy, a moça foi até a mesa e pegou a bandeja. Depois, levantou a mão e apagou a luz.

— Mas que diabo! — exclamou Conrad, aparecendo na porta. — Por que apagou a luz?

— Sempre apago. Devia ter dito antes para não apagar hoje. Quer que acenda de novo, senhor Conrad?

— Não precisa. Saia logo daí!

— *Le beau petit monsieur...* — murmurou Annette, parando junto da cama, no escuro. — Amarrou-o direitinho, hein? Parece até uma galinha no espeto!

O tom divertido dela deixou Tommy desconcertado. Um instante depois, ele ficou ainda mais desconcertado ao sentir a mão de Annette deslizar de leve por cima da corda e colocar algo pequeno e frio na palma de sua mão.

— Vamos logo, Annette!
— *Mais me voilà.*
A porta foi fechada. Tommy ouviu Conrad dizer:
— Tranque a porta e me dê a chave.

Os passos se afastaram. Tommy estava paralisado de espanto. O objeto que Annette pusera em sua mão era um pequeno canivete, com a lâmina aberta. Pela maneira cuidadosa como ela evitou fitá-lo e por sua atitude ao apagar a luz, Tommy chegou à conclusão de que o quarto estava sendo vigiado. Devia haver um orifício de espreita em algum ponto das paredes. Recordando agora como a moça se mostrara cautelosa, Tommy deduziu que estava sendo vigiado o tempo todo. Será que dissera alguma coisa que pudesse denunciá-lo? Era pouco provável. Revelara a vontade de escapar e o desejo de encontrar Jane Finn. Mas nada disso poderia ser uma pista para sua verdadeira identidade. É verdade que a pergunta a Annette mostrara que, pessoalmente, não conhecia Jane Finn. Mas também nunca afirmara o contrário. Havia agora outra questão mais importante: será que Annette sabia mais do que dissera? Será que suas negativas não se destinavam primariamente aos homens que estavam de vigia? Tommy não conseguiu chegar a nenhuma conclusão a respeito.

Mas a questão vital, que excluía todas as outras, era diferente: será que, amarrado como estava, conseguiria cortar a corda? Tommy tentou, com cuidado, passar a lâmina aberta, para cima e para baixo, na corda que unia os dois pulsos. Era um movimento difícil e não demorou muito para que soltasse um grito abafado de dor ao cortar a própria carne. Mas ele continuou a passar a lâmina sobre a corda, de maneira lenta e obstinada. Cortou a própria carne mais uma vez, mas afinal sentiu a corda afrouxar. Com as mãos livres, o resto foi fácil. Cinco minutos depois, ele se levantou, com alguma dificuldade, pois as pernas estavam dormentes. Sua primeira providência foi passar uma atadura improvisada no pulso sangrando. Depois, sentou-se na beira da cama e pôs-se a pensar. Conrad ficara com a chave da porta. Assim, não podia contar com qualquer outra ajuda de Annette. A única saída do quarto era a porta. Assim, teria obrigatoriamente de esperar até que os dois homens voltassem para buscá-lo. E quando eles voltassem... Tommy sorriu. Movendo-se com infinita cautela no quarto escuro, ele encontrou e tirou da parede o famoso quadro. Sentiu prazer ao pensar que seu plano inicial não seria desperdiçado. Agora, nada mais tinha a fazer a não ser esperar. E Tommy esperou.

A noite passou lentamente. Tommy sobreviveu a uma eternidade de horas. Mas, finalmente, ouviu passos. Ele ficou em pé, respirou fundo e segurou o quadro com toda a firmeza.

A porta se abriu. Uma luz fraca veio de lá de fora. Conrad entrou, seguindo direto para o bico de gás, a fim de acendê-lo. Tommy lamentou que ele tivesse entrado primeiro. Teria sido extremamente agradável desforrar-se de Conrad naquele momento. O Número 14 entrou logo atrás. E no momento em que ele cruzou a porta, Tommy bateu o quadro com toda força em sua cabeça. O Número 14 caiu, em meio a um tremendo estrépito de vidro quebrado. No mesmo instante, Tommy saiu do quarto e bateu a porta. A chave estava na fechadura. Ele girou-a e retirou-a no momento em que Conrad, dentro do quarto, se arremessava contra a porta, com uma rajada de imprecações.

Tommy hesitou por um momento. Ouviu o barulho de alguém se mexendo no andar inferior. Um instante depois, o alemão gritou:

— *Gott im Himmel*! O que esta acontecendo aí em cima, Conrad?

Tommy sentiu uma mão pequena segurar a sua. Virou a cabeça e deparou com Annette a seu lado. Ela apontou para uma escada frágil que devia levar a algum sótão.

— Vamos subir! Depressa!

Annette quase que o arrastou escada acima. Um momento depois, estavam em um sótão empoeirado, cheio de móveis e coisas velhas. Tommy olhou ao redor.

— Este lugar não serve. É uma verdadeira armadilha. Não tem outra saída.

— Fique quieto! E espere um pouco!

A moça levou um dedo aos lábios. Foi até o alto da escada e ficou escutando. Os golpes contra a porta eram terríveis. O alemão e outro homem estavam tentando arrombá-la. Annette explicou, sussurrando:

— Eles pensam que você ainda está lá dentro. Não podem ouvir o que Conrad diz. A porta é muito grossa.

— Pensei que pudessem ouvir tudo o que se diz dentro do quarto.

— E podem mesmo. Há um orifício de vigia que dá para o outro quarto. Foi muita esperteza sua adivinhar. Mas eles não vão se lembrar disso, pois estão preocupados exclusivamente em entrar no quarto.

— É bem possível. Mas...

— Deixe tudo comigo.

Annette se abaixou. Espantado, Tommy observou-a amarrar a ponta de um barbante comprido na alça de um jarro grande e rachado. Ao terminar, ela virou-se para Tommy:

— Está com a chave da porta?

— Estou, sim.

— Então me dê.

Tommy entregou a chave.

— Vou descer agora. Acha que pode ir até o meio da escada e depois pular para ficar atrás dela, sem que o vejam?

Tommy assentiu.

— Tem um armário grande no fundo do patamar. Fique lá atrás. E leve esta ponta do barbante. Assim que eu deixar os outros saírem, puxe com toda força!

Antes que Tommy tivesse tempo de dizer mais alguma coisa, Annette já estava descendo silenciosamente a escada. Aproximou-se da porta, gritando:

— *Mon Dieu! Mon Dieu! Qu'est-ce qu'il y a?*

O alemão virou-se para ela, soltando uma imprecação.

— Saia daqui! Volte para o seu quarto!

Cautelosamente, Tommy desceu até a metade da escada e depois balançou-se para ficar atrás dela. Contanto que eles não se virassem, estava tudo bem. Foi agachar-se atrás do armário. Os dois homens ainda estavam entre ele e a escada.

— Ei! — gritou Annette, parecendo tropeçar em alguma coisa e inclinando-se em seguida. — *Mon Dieu, voilà la clef!*

O alemão arrancou a chave da mão dela. Abriu a porta. Conrad cambaleou para fora, praguejando.

— Onde é que ele está? Vocês o agarraram?

— Não vimos ninguém — disse o alemão bruscamente, empalidecendo. — De quem está falando?

Conrad soltou outra imprecação.

— Ele escapou!

— Isso é impossível! Teria que passar por nós!

Nesse momento, com um sorriso extasiado, Tommy deu um puxão no barbante. Houve um estrondo de louça quebrando no sótão lá em cima. No mesmo instante, os homens subiram correndo a frágil escada, desaparecendo na escuridão do sótão.

Rápido como um relâmpago, Tommy saiu de seu esconderijo e desceu a escada correndo, puxando Annette. Não havia ninguém no saguão. Ele puxou os trincos e a corrente, conseguindo finalmente abrir a porta. Virou-se e descobriu que Annette tinha desaparecido.

Tommy ficou paralisado. Será que ela tornara a subir a escada? Que loucura a dominara? Tommy estava furioso e impaciente, mas não saiu do lugar. Não iria sem Annette.

Subitamente, ouviu um clamor lá em cima, uma exclamação em alemão e depois a voz clara e alta de Annette:

— *Ma foi,* ele escapou! E muito depressa!. Quem poderia imaginar uma coisa dessas?

Tommy ainda estava pregado no chão. Será que aquilo era uma ordem para que ele escapasse sozinho? Imaginou que era.

Um instante depois, ainda mais altas, outras palavras desceram até ele:

— Esta é uma casa terrível! Quero voltar para Marguerite! Para Marguerite! *Para Marguerite!*

Tommy correu de volta até a base da escada. Annette estava querendo que ele fosse embora sozinho, que a deixasse ali. Mas por quê? Tinha que tentar levá-la consigo, não importa o que custasse. E foi nesse instante que sentiu um aperto no peito. Conrad descia a escada, aos pulos, e soltou um grito selvagem ao avistá-lo. Os outros vinham logo atrás.

Tommy deteve o ímpeto de Conrad com um soco violento. Acertou em cheio no queixo e Conrad desabou como um tronco derrubado. O segundo homem tropeçou no corpo dele e caiu também. Em um ponto mais alto da escada, houve um clarão súbito e uma bala passou zunindo pelo ouvido de Tommy. Ele compreendeu que seria melhor para a sua saúde sair daquela casa o mais depressa possível. Nada podia fazer em relação a Annette. Mas, pelo menos, desforrara-se de Conrad, o que era uma satisfação. O soco acertara em cheio.

Ele pulou para a porta, batendo-a ao sair. A praça estava deserta. Um furgão de padaria estava estacionado diante da casa. Era evidente que seria levado para longe de Londres naquele veículo. Seu corpo seria encontrado a muitos quilômetros da casa no Soho. O motorista pulou para a calçada e tentou impedir a fuga de Tommy. O rapaz desfechou outro golpe violento e o motorista esparramou-se na calçada.

Tommy saiu correndo... e já não era sem tempo. A porta da frente se abriu e uma rajada de balas acompanhou-o. Felizmente, nenhuma delas o acertou. Ele virou na primeira esquina.

"Há uma coisa a meu favor: eles não se atreverão a continuar atirando", pensou Tommy. "Atrairão a polícia se continuarem e tenho certeza de que isso é algo que não desejam."

Ele ouviu os passos de seus perseguidores e passou a correr ainda mais depressa. Estaria em segurança assim que deixasse para trás aquelas ruas secundárias desertas. Certamente encontraria um guarda nas ruas mais movimentadas. Não que desejasse realmente pedir a ajuda da polícia, se pudesse evitar isso. Caso contrário, ele teria de dar explicações e seria um constrangimento geral. Um instante depois, Tommy teve motivos para agradecer a sua sorte. Tropeçou em um corpo prostrado, que levantou-se imediatamente com um grito alarmado e saiu correndo. Tommy refugiou-se em um portal. E logo depois teve o prazer de ver seus dois perseguidores, um dos quais era o alemão, indo atrás do desconhecido.

Sem maiores dificuldades, Tommy seguiu para um Banho Turco, que sabia estar aberto a noite inteira. Emergiu à luz do dia movimentado com uma nova disposição, capaz de voltar a formular planos.

Em primeiro lugar, precisava de uma refeição decente. Nada comera desde o meio-dia anterior. Entrou em uma lanchonete e pediu ovos com bacon e café. Leu um jornal matutino enquanto comia. Empertigou-se de forma súbita. Havia uma longa notícia sobre Kramenin, que era descrito como "o homem por trás do bolchevismo" na Rússia e que acabara de chegar a Londres... na opinião de alguns, como um enviado não-oficial. Sua carreira era apresentada por alto e afirmava-se que tinha sido ele e não os líderes nominais quem fizera a Revolução Russa.

No meio da página estava a fotografia dele.

– Então é ele o Número 1! – murmurou Tommy, com a boca cheia de ovos com bacon. – Tenho que agir depressa!

Ele pagou o que comera e seguiu direto para Whitehall. Deu o seu nome e o recado de que era urgente. Alguns minutos depois, foi levado à presença do homem que ali não era conhecido como "Sr. Carter". O rosto dele estava franzido.

– Não devia ter vindo até aqui à minha procura dessa forma. Pensei que tivesse deixado isso bem claro.

– E deixou, senhor. Mas julguei que o problema era importante e urgente demais para perder tempo.

E o mais sucintamente possível, Tommy relatou as aventuras dos últimos dias.

Na metade do relato, o Sr. Carter interrompeu-o para dar algumas ordens enigmáticas pelo telefone. Todos os vestígios de desagrado já haviam desaparecido de seu rosto. Quando Tommy acabou de falar, ele assentiu em aprovação:

– Fez muito bem, rapaz. Cada momento é da maior importância. Seja como for, receio que chegaremos tarde.

Eles não ficarão esperando por nós na casa. Devem ter partido imediatamente. De qualquer maneira, é possível que tenham deixado alguma coisa que possa servir como pista. Disse que identificou o Número 1 como sendo Kramenin? Isso é muito importante. Precisamos desesperadamente de alguma coisa contra ele, para evitar que o Gabinete tome decisões precipitadas. Tem alguma idéia de quem são os outros? Disse que dois rostos lhe pareceram familiares, não é mesmo? E acha que um deles é um líder sindical? Dê uma olhada nessas fotografias e veja se consegue reconhecê-lo.

Um minuto depois, Tommy separou uma das fotografias. O Sr. Carter demonstrou alguma surpresa.

— É Westway! Eu não teria pensado nele. Apresenta-se como um moderado. Quanto ao outro sujeito, creio que tenho um bom palpite.

Ele entregou outra fotografia a Tommy e sorriu diante da exclamação de reconhecimento do rapaz.

— Eu estava certo. Quer saber quem é ele? Um irlandês, membro do Parlamento, favorável ao Reino Unido. Mas tudo não passa de um disfarce, é claro. Já suspeitávamos dele, mas não tínhamos prova alguma. Agiu muito bem, rapaz. Disse que a data é o dia 29, não é mesmo? Isso nos dá pouco tempo... realmente muito pouco tempo.

— Mas...

Tommy hesitou. O Sr. Carter leu seus pensamentos.

— Acho que podemos lidar facilmente com a ameaça de greve geral. O perigo é grande, mas temos uma boa chance. Mas se aquele tratado aparecer, estamos perdidos. A Inglaterra irá mergulhar na anarquia. Qual é o problema? O carro já está pronto? Vamos indo, Beresford. Daremos uma olhada na casa em que esteve preso.

Dois policiais estavam de guarda diante da casa no Soho. Um inspetor deu informações em voz baixa ao Sr. Carter, que comunicou a Tommy:

— Os pássaros voaram, como já tínhamos imaginado. Vamos dar uma olhada na casa.

A visita à casa deserta assumiu as características de um sonho para Tommy. Tudo continuava exatamente como antes, o quarto-prisão com os quadros tortos, o jarro quebrado no sótão, a sala de reuniões com a mesa comprida. Mas não havia em qualquer parte nenhum papel. Tudo fora destruído ou levado pelos fugitivos. E também não havia o menor sinal de Annette.

— O que contou a respeito da moça me deixa intrigado — comentou o Sr. Carter. — Acha mesmo que ela voltou deliberadamente?

— Foi o que me pareceu, senhor. Ela subiu correndo a escada enquanto eu abria a porta.

— Hum... Ela deve pertencer à quadrilha. Mas, sendo mulher, não podia deixar que um jovem bem-apessoado fosse morto. Mas é evidente que ela está do lado deles, caso contrário não teria voltado.

— Não consigo acreditar que ela seja realmente da quadrilha, senhor. Ela... pareceu-me diferente...

— Era uma moça bonita?

O sorriso do Sr. Carter fez Tommy corar até as raízes dos cabelos. E foi um tanto envergonhado que admitiu a beleza extraordinária de Annette.

— Por falar nisso, já entrou em contato com a Srta. Tuppence? Ela vem me bombardeando incessantemente com cartas sobre você.

— Tuppence? Receio que ela tenha se movimentado em excesso. Sabe se foi procurar a polícia?

O Sr. Carter sacudiu a cabeça.

— Como será então que eles me identificaram?

O Sr. Carter fitou-o com uma expressão inquisitiva e Tommy tratou de explicar. O outro assentiu, pensativo.

— Tem razão, é algo estranho. Ou será que a menção do Ritz foi puramente acidental?

— Pode ter sido, senhor. Mas creio que eles descobriram alguma coisa a meu respeito.

— Não há mais nada a fazer aqui – concluiu o Sr. Carter, olhando ao redor. – Gostaria de almoçar comigo?

— Agradeço imensamente, senhor. Mas acho melhor voltar ao Ritz e pegar Tuppence para almoçar.

— Claro, claro... Dê lembranças minhas a ela e diga-lhe que, da próxima vez, não deve ficar pensando que você foi assassinado.

Tommy sorriu.

— Não é fácil me matar, senhor.

— É o que estou vendo – constatou o Sr. Carter, secamente. – Até a próxima. E não se esqueça de que é agora um homem marcado e que deve tomar cuidado.

— Obrigado, senhor.

Pegando um táxi, Tommy seguiu para o Ritz, pensando com prazer na surpresa que Tuppence teria.

"O que será que ela andou fazendo durante todo esse tempo?", pensou ele. "Certamente ficou vigiando 'Rita'. Por falar nisso, deve ter sido a ela que Annette estava se referindo ao falar em Marguerite. Não pensei nisso na hora." O pensamento entristeceu-o um pouco, pois parecia comprovar que a Sra. Vandemeyer e a moça tinham uma relação íntima.

O táxi parou diante do Ritz. Tommy atravessou quase correndo o portal sagrado, na maior ansiedade. Mas seu entusiasmo foi saudado com uma ducha de água fria. Foi informado que a Srta. Cowley saíra 15 minutos antes.

18
O telegrama

Frustrado, Tommy foi ao restaurante e pediu uma refeição de primeira. Os quatro dias de cativeiro haviam ensinado a ele, outra vez, o valor de uma boa comida.

Estava levando à boca um pedaço saboroso da *Sole à la Jeanette* quando avistou Julius entrando no restaurante. Tommy acenou com o cardápio alegremente e conseguiu atrair a atenção do norte-americano. À vista de Tommy, os olhos do jovem Julius deram a impressão de que iam saltar. Ele atravessou o restaurante rapidamente e apertou e sacudiu a mão de Tommy, com um vigor que pareceu um tanto desnecessário para o jovem inglês.

— Santa Mãe de Deus! — gritou Julius. — É você mesmo?
— Claro que sou eu. Por que não haveria de ser?
— Por que não haveria de ser? Ora, homem, será que não sabe que foi dado como morto? Mais alguns dias e teríamos mandado rezar uma missa por você!
— Quem pensou que eu estivesse morto?
— Tuppence.
— Ela deve ter se lembrado do provérbio de que os bons morrem cedo. Mas deve haver em mim uma boa quantidade do pecado original, o que me permitiu sobreviver. Por falar nisso, onde ela está?
— Ela não está aqui?
— Não. Disseram-me na portaria que ela tinha acabado de sair.
— Deve ter ido fazer compras. Trouxe-a de carro para cá há cerca de uma hora. Mas será que não pode agora

esquecer essa sua fleuma britânica e contar o que aconteceu? Que diabo andou fazendo durante todo esse tempo?

— Se vai comer aqui, peça logo a comida. A história é bem longa.

Julius puxou uma cadeira para o lado oposto da mesa e fez um sinal para um garçom que estava por perto. Fez seu pedido e depois virou-se para Tommy.

— Comece logo a contar. Imagino que tenha algumas aventuras espetaculares.

— Não muitas — respondeu Tommy, modestamente.

E pôs-se a fazer o relato de tudo o que acontecera. Julius escutou atentamente, fascinado. Esqueceu inclusive de comer metade dos pratos que foram colocados à sua frente. Ao final, ele deixou escapar um suspiro prolongado e comentou:

— Bravo para você! Parece até uma dessas obras de mistério!

— E agora vamos falar sobre a outra frente — disse Tommy, estendendo a mão para um pêssego.

— Não posso deixar de admitir que também tivemos algumas aventuras.

Julius assumiu o papel de narrador. Começou por sua malsucedida expedição a Bournemouth, passando para o retorno a Londres, a compra do carro, a crescente apreensão de Tuppence, a visita a Sir James e as sensacionais ocorrências da noite anterior.

— Mas quem a matou? — indagou Tommy. — Não consigo entender.

— O médico estava brincando se achou que ela ingeriu o líquido deliberadamente — respondeu Julius, secamente.

— E qual é a opinião de Sir James?

— Por ser um jurista erudito, ele se comporta como uma ostra. Eu diria que ele sempre faz o que se costuma chamar de "reservar-se um julgamento".

E Julius pôs-se a relatar os acontecimentos daquela manhã. Quando terminou, Tommy comentou, profundamente interessado:

— Quer dizer que Jane Finn perdeu a memória, hein? Isso explica por que eles me olharam de maneira tão esquisita quando falei em interrogá-la. Um descuido e tanto da minha parte. Mas não era o tipo de coisa que eu pudesse adivinhar.

— Eles não lhe deram a menor indicação do lugar onde Jane poderia estar?

Tommy sacudiu a cabeça, pesarosamente.

— Não deram a menor indicação. Mas, como sabe, sou um tanto imbecil. Devia ter encontrado um jeito de arrancar deles mais algumas informações.

— Acho que já tem muita sorte por estar aqui. Seu blefe foi uma boa idéia. Não sei se eu conseguiria pensar em algo parecido.

— Eu estava numa encrenca tão grande que tinha de pensar em alguma coisa.

Houve uma breve pausa e depois Tommy voltou a falar sobre a morte da Sra. Vandemeyer:

— Não resta mais a menor dúvida de que foi mesmo o cloral que a matou?

— Creio que não. Pelo menos os médicos disseram que foi um ataque cardíaco, provocado por uma dose excessiva. Ou qualquer coisa parecida. Já está tudo acertado. Não precisamos nem mesmo nos preocuparmos com a possibilidade de um inquérito. Mas acho que Tuppence e eu, assim como o emproado Sir James, todos tivemos a mesma idéia.

— O Sr. Brown? — arriscou Tommy.

— Exatamente.

Tommy assentiu.

— Seja como for, a verdade é que o Sr. Brown não tem asas. Não vejo como ele poderia ter entrado e saído do apartamento.

— O que me diz desse negócio de transmissão de pensamentos? Não poderia ter havido alguma influência magnética que irresistivelmente compeliu a Sra. Vandemeyer a cometer suicídio?

Tommy fitou-o com todo respeito.

— Boa idéia, Julius, muito boa mesmo. Sobretudo o palavreado. Mas confesso que não me entusiasma. Estou procurando por um Sr. Brown real, de carne e osso. Acho que os jovens detetives de talento devem entrar em ação sem qualquer hesitação, examinando todas as pistas, pondo a massa cinzenta para funcionar, até encontrarem a solução para o mistério. Vamos dar outra olhada na cena do crime. Eu gostaria que Tuppence estivesse aqui. O Ritz iria apreciar o espetáculo da alegre reunião!

Perguntaram novamente na portaria e verificaram que Tuppence ainda não havia voltado.

— Acho melhor dar uma olhada lá em cima — sugeriu Julius. — Ela pode estar na sala de estar da minha suíte.

Ele subiu. De repente, um garoto, empregado do hotel, aproximou-se de Tommy e disse de maneira tímida:

— Acho que a moça foi viajar de trem, senhor.

— O quê?

Tommy virou-se bruscamente para encarar o garoto, que ficou vermelho de vergonha.

— O táxi, senhor. Ouvi quando ela disse ao motorista que a levasse para Charing Cross o mais depressa possível.

Tommy não disse nada, continuando a olhar fixamente para o garoto com os olhos arregalados de surpresa. Sentindo-se encorajado, o garoto acrescentou:

— Foi o que pensei, quando ela pediu um guia A.B.C. e um Bradshaw.

— E quando foi que ela pediu? — indagou Tommy.

— Quando entreguei o telegrama.

— Telegrama?

— Isso mesmo, senhor.

— E a que horas foi isso?

— Por volta de meio-dia e meia, senhor.

— Diga-me exatamente o que aconteceu.

O garoto respirou fundo.

— Levei um telegrama para o quarto 891. A moça estava lá. Abriu o telegrama e soltou uma exclamação de espanto. E me disse, com uma cara muito alegre: "Traga-me um guia A.B.C. e um Bradshaw, Henry, o mais depressa possível." Meu nome não é Henry, mas...

— Não importa qual é o seu nome — interrompeu Tommy, já impaciente. — Conte logo o resto.

— Sim, senhor. Fui buscar o que ela me pediu. A moça me disse para esperar. Deu uma olhada nos horários, consultou o relógio e disse: "Peça lá embaixo que me providenciem um táxi imediatamente." E ela se pôs a ajeitar um chapéu, diante do espelho. Desceu logo depois. Vi quando ela entrou no táxi e mandou o motorista levá-la para Charing Cross.

O garoto parou de falar, voltando a reabastecer os pulmões de ar. Tommy continuou a observá-lo. Nesse momento, Julius voltou. Trazia na mão uma carta aberta.

— Tuppence foi fazer umas investigações por conta própria, Hersheimmer — informou Tommy, virando-se para ele.

— Mas que droga!

— Ela seguiu para Charing Cross na maior pressa depois de receber um telegrama.

Tommy avistou a carta na mão do norte-americano e acrescentou:

— Ora, ela deixou um bilhete para você. Isso é ótimo. Para aonde é que ela foi?

Quase que inconscientemente, Tommy estendeu a mão para a carta. Julius tratou de dobrá-la e guardou-a no bolso. Parecia estar bastante constrangido.

— Acho que isso nada tem a ver com a viagem de Tuppence. É sobre outra coisa... algo que pedi a ela que me respondesse.

— Ah...

Tommy estava perplexo. Ficou calado, como se esperasse por mais explicações.

— É melhor saber logo de tudo! — exclamou Julius abruptamente. — Esta manhã, pedi à Srta. Tuppence que se casasse comigo.

— Ah... — murmurou Tommy, mecanicamente.

Ele ficou completamente desconcertado. As palavras de Julius foram inesperadas. Por um momento, seu cérebro ficou atordoado, incapaz de pensar.

— Gostaria que soubesse que, antes de fazer o pedido à Srta. Tuppence, deixei bem claro que não queria interferir entre qualquer coisa que pudesse haver entre vocês dois....

Tommy despertou de sua letargia, apressando-se em dizer:

— Não há problemas, Julius. Tuppence e eu somos amigos há muitos anos. E mais nada.

Ele acendeu um cigarro, a mão tremendo um pouco.

— Era de se esperar que isso acontecesse, mais cedo ou mais tarde. Tuppence sempre disse que estava procurando por...

Tommy parou de falar abruptamente, seu rosto estava vermelho. Mas Julius não perdeu a calma:

— Não se preocupe. Sei que meus dólares serão o argumento decisivo. A Srta. Tuppence não fez segredo quanto a isso. Não é de enganar ninguém. Creio que vamos nos dar muito bem.

Tommy o olhou com curiosidade por um minuto inteiro, como se estivesse prestes a dizer alguma coisa. Mas depois mudou de idéia e permaneceu calado. Tuppence e Julius! Mas por que não? Ela não lamentara o fato de não conhecer homens ricos? Não confessara abertamente sua intenção de se casar por dinheiro, se algum dia tivesse tal oportunidade? O encontro com o jovem milionário norte-americano lhe proporcionara essa oportunidade... E seria pouco provável que Tuppence deixasse escapar uma chance dessas. Ela estava em busca de dinheiro. Sempre disse isso. Por que culpá-la só por ter permanecido fiel às suas convicções?

Apesar de todo esse raciocínio, Tommy acabou culpando-a. Sentiu-se dominado por um ressentimento intenso e extremamente ilógico. Era perfeito *dizer* aquelas coisas, mas uma moça *sincera* jamais se casaria por dinheiro. Tuppence era por demais fria e egoísta e ele ficaria muito feliz se nunca mais tornasse a vê-la! Ah, que mundo podre!

A voz de Julius interrompeu suas meditações:

— É isso mesmo, acho que vamos nos dar muito bem. Sempre ouvi dizer que uma garota invariavelmente recusa o primeiro pedido de casamento. É uma espécie de convenção.

Tommy segurou-lhe o braço.

— Recusa? Disse mesmo *recusa*?

— Isso mesmo. Eu ainda não havia dito a você? Ela acaba de me dar um "não", sem qualquer explicação. É o eterno feminino, como dizem os hunos, pelo que me contaram. Mas ela vai acabar mudando de idéia. Vou dar um jeito de...

Mas Tommy interrompeu-o bruscamente, esquecendo a compostura e indagando na maior ansiedade:
— O que ela disse no bilhete?
O obsequioso Julius entregou-lhe o bilhete.
— Não há qualquer informação sobre o lugar para onde ela foi — assegurou Julius. — Mas pode ler, se não está acreditando em mim.

O bilhete, escrito com a letra de colegial de Tuppence, que Tommy tão bem conhecia, dizia o seguinte:

Caro Julius:
É sempre melhor deixar as coisas bem claras. Não poderei pensar em casamento até que Tommy seja encontrado. Até lá, vamos deixar as coisas como estão.
Afetuosamente,

Tuppence

Tommy devolveu o bilhete. Seus olhos brilhavam. Sentia-se subitamente revitalizado. Tuppence voltara a ser tudo o que havia de mais nobre e desinteressado. Afinal, ela não rejeitara o pedido de Julius sem a menor hesitação? É verdade que o bilhete apresentava indícios de enfraquecimento, mas Tommy podia desculpá-la por isso. Era quase como um suborno a Julius para fazê-lo redobrar seus esforços na procura dele, Tommy. Mas Tommy concluiu que não fora exatamente essa a intenção de Tuppence. Ah, a querida Tuppence! Não havia uma só mulher no mundo que pudesse se comparar a ela! Quando a visse... Tommy interrompeu suas reflexões.

— Como acabou de dizer, Julius, não há a menor indicação do lugar para onde ela foi. Ei, Henry!

O garoto aproximou-se, obedientemente. Tommy tirou 5 *shillings* do bolso.

— Só mais uma coisa, Henry. Lembra-se do que a moça fez com o telegrama?

Henry respondeu sem hesitar:

— Ela o amassou e jogou na lareira, soltando um grito de alegria, senhor.

— Muito obrigado, Henry. Aqui estão seus 5 *shillings*. Vamos subir, Julius. Temos que descobrir esse telegrama.

Subiram a escada quase correndo. Tuppence deixara a chave na porta. O quarto continuava exatamente como ela o deixara. Na lareira, havia uma bola de papel amassada, laranja e branca. Tommy abriu o telegrama e alisou-o: "Venha imediatamente para Moat House, Ebury, Yorkshire, grandes novidades. Tommy."

Os dois se entreolharam, estupefatos. Julius foi o primeiro a falar:

— Não foi você que mandou esse telegrama?

— Claro que não! O que será que significa?

— Acho que significa o pior. Eles a pegaram.

— *O quê?*

— É isso mesmo. Assinaram seu nome no telegrama e ela caiu na armadilha como um cordeirinho.

— Santo Deus! O que vamos fazer agora?

— Temos que ir atrás dela. E imediatamente! Não há tempo a perder. Foi muita sorte ela não ter levado o telegrama. Se tivesse feito isso, provavelmente nunca conseguiríamos descobrir seu paradeiro. Mas temos que nos apressar. Onde está aquele guia Bradshaw?

A energia de Julius era contagiante. Se estivesse sozinho, Tommy provavelmente teria sentado e pensado nos acontecimentos durante meia hora antes de se decidir por algum plano de ação. Mas com Julius Hersheimmer por perto, a pressa era inevitável.

Depois de algumas imprecações, Julius acabou entregando o guia Bradshaw a Tommy, que estava mais familiarizado com seus mistérios. E Tommy largou-o um instante depois, preferindo estudar o guia A.B.C.

— Ah, aqui está! Ebury, Yorks. Partida de King's Cross. Ou de St. Pancras. O garoto deve ter-se enganado. Era King's Cross e não Charing Cross. Ela deve ter partido no trem das 12h50. O trem das 14h10 já foi. O próximo vai partir às 15h20... e é um trem que vai parando em todas as estações!

— Não podemos ir de carro?

Tommy sacudiu a cabeça.

— Mande o carro para lá, se quiser. Mas é melhor irmos de trem. Antes de mais nada, o importante é manter a calma.

Julius resmungou.

— Está certo. Mas fico furioso só de pensar que aquela moça inocente possa estar correndo algum perigo!

Tommy assentiu, distraidamente. Estava pensando. Um momento depois, ele disse:

— Ei, Julius, por que eles estão atrás dela?

— Como assim? Não estou entendendo.

— O que estou querendo dizer é que não creio que eles estejam querendo causar algum mal a Tuppence — explicou Tommy, franzindo as sobrancelhas sob a pressão de seus processos mentais. — Eles a querem como refém. Tuppence não corre perigo imediato. Se encontrarmos alguma coisa, ela pode se tornar extremamente importante para eles. Enquanto a tiverem em seu poder, eles dispõem de uma arma para nos controlar. Está entendendo agora?

— Acho que tem razão... — murmurou Julius, pensativo.

— Além do mais — acrescentou Tommy, como se fosse um pensamento posterior —, tenho muita fé em Tuppence.

A viagem foi cansativa, com incontáveis paradas e vagões superlotados. Tiveram que mudar de trem duas vezes, em Doncaster e em um pequeno entroncamento. Ebury era uma estação deserta, onde só havia um solitário carregador, ao qual Tommy se dirigiu imediatamente:

— Pode me indicar o caminho para Moat House?
— Moat House? Fica um bocado longe daqui. Está se referindo àquela casa grande perto do mar, não é mesmo?

Tommy assentiu, com a maior desfaçatez. Depois de escutarem as instruções meticulosas mas um tanto confusas do carregador, os dois jovens prepararam-se para deixar a estação. Estava começando a chover e eles levantaram as golas de seus casacos ao saírem para a estrada. Subitamente, Tommy parou.

— Espere um pouco, Julius.

Ele voltou correndo para a estação e abordou novamente o carregador.

— Lembra-se de uma moça que chegou aqui num trem anterior, o que saiu de Londres às 12h50? Provavelmente ela perguntou a você o caminho para Moat House.

Tommy descreveu Tuppence da melhor forma possível, mas o carregador sacudiu a cabeça negativamente. Diversas pessoas haviam chegado naquele trem. Não se recordava de qualquer moça em particular. Mas tinha certeza absoluta de que ninguém lhe perguntara o caminho para Moat House.

Tommy voltou para junto de Julius e relatou a conversa. A depressão o envolvia como se fosse uma armadura de chumbo. Estava convencido de que não teriam qualquer sucesso na busca. O inimigo tivera uma vantagem de três horas. E três horas era um prazo mais do que suficiente para o Sr. Brown. Ele não iria ignorar a possibilidade de o telegrama ser encontrado.

O caminho parecia interminável. Em determinado momento, seguiram pelo caminho errado e percorreram quase um quilômetro antes de descobrirem o engano. Já passava das 19 horas quando um garoto informou-os de que Moat House ficava logo depois da primeira curva da estrada.

Um portão de ferro todo enferrujado, rangendo sinistramente nas dobradiças! O mato estava alto nos lados do caminho da estrada, e este estava coberto de folhas! Havia algo naquele lugar que provocou um calafrio em ambos. Subiram pelo caminho deserto. O tapete de folhas amortecia o ruído dos passos. O dia estava quase chegando ao fim. Era como andar em um mundo de fantasmas. Lá em cima, os galhos se sacudiam e de vez em quando estalavam, com um murmúrio lúgubre. De vez em quando, uma folha úmida flutuava silenciosamente pelo ar e lhes provocava um sobressalto ao roçar, muito fria, no rosto de um ou de outro.

Avistaram a casa logo depois de uma curva no caminho. Também parecia vazia e deserta. As venezianas estavam fechadas, os degraus até a porta estavam cobertos de musgo. Será que Tuppence fora realmente atraída para aquele lugar tão desolado? Era difícil acreditar que pés humanos tivessem passado por ali nos últimos meses.

Julius deu um puxão na corda do sino enferrujado. O repique ecoou pelo vazio lá dentro. Ninguém apareceu. Tocaram outra vez e mais outra, mas não houve qualquer sinal de vida. Contornaram a casa. Estava tudo em silêncio, todas as janelas trancadas. Acreditaram no que seus olhos estavam vendo, a casa estava mesmo vazia.

— Não tem ninguém aqui – constatou Julius.

Voltaram lentamente até o portão.

— Deve haver alguma aldeia por perto — especulou o norte-americano. — Podemos descobrir alguma coisa lá. Eles devem saber se apareceu alguém por aqui recentemente.

— Não é uma má idéia... e é a única coisa que podemos fazer.

Continuaram a seguir pela estrada e pouco depois chegaram a uma pequena aldeia. Encontraram um operário nos arredores, carregando sua sacola de ferramentas. Tommy deteve-o e indagou a respeito da casa.

— Moat House? Está vazia. E há anos que está vazia. A chave está com a Sra. Sweeney, se querem ir até lá. É a primeira casa depois da agência dos correios.

Tommy agradeceu. Não demoraram a encontrar a agência, onde funcionava também uma loja de doces e outros artigos. Bateram na porta do chalé ao lado. Uma mulher de aspecto saudável e higiênico atendeu. Entregou-lhes a chave de Moat House sem a menor hesitação.

— Mas duvido muito que gostem da casa. Está precisando de muitos reparos. O teto está cheio de goteiras, entre outras coisas. Teriam que gastar muito dinheiro para arrumar tudo.

— Obrigado pelo aviso — disse Tommy de forma cordial. — Mas, de qualquer maneira, o fato é que as casas andam muito escassas nos dias de hoje.

— É isso mesmo! — concordou a mulher, efusivamente. — Minha filha e meu genro estão procurando por uma casa decente há não sei quanto tempo. É por causa da guerra. Deixou tudo na maior desordem. Mas se me permite a observação, creio que estará muito escuro para poderem examinar a casa direito. Não seria melhor esperarem até amanhã de manhã?

— Vamos dar uma olhada agora de qualquer maneira. Esperávamos chegar aqui antes, mas nos perdemos no caminho. Qual é o melhor lugar por aqui para se passar a noite?

A Sra. Sweeney pareceu ficar em dúvida.

— Tem o Yorkshire, mas não é grande coisa para dois cavalheiros.

— Ora, não se preocupe com isso. Servirá perfeitamente. Obrigado por tudo. Ah, sim... não apareceu por aqui hoje uma moça pedindo a chave de Moat House?

A mulher sacudiu a cabeça.

— Há muito tempo que ninguém vem ver a casa.

— Obrigado novamente.

Os dois voltaram a Moat House. Abriram a porta da frente e empurraram-na. A porta rangeu estridentemente. Julius riscou um fósforo e examinou o chão com atenção. Depois, sacudiu a cabeça.

— Sou capaz de jurar que ninguém anda por aqui há muito tempo. Olhe só para a poeira. Não há qualquer marca de pegadas.

Circularam pela casa deserta. Por toda parte, era a mesma coisa: grossas camadas de poeira, sem qualquer pegada.

— Não creio que Tuppence tenha estado nesta casa — comentou Julius.

— Ela deve ter entrado!

Julius sacudiu a cabeça, sem responder.

— Voltaremos amanhã de manhã — acrescentou Tommy. — Talvez possamos descobrir alguma coisa à luz do dia.

Tornaram a revistar a casa na manhã seguinte e, relutantemente, foram forçados a concluir que ninguém estivera naquela casa há um tempo considerável. Poderiam ter deixado imediatamente a aldeia se não fosse por uma afortunada descoberta de Tommy. Ao voltarem para o portão, ele soltou um grito repentino e, abaixando-se, pegou alguma coisa entre as folhas. Mostrou a Julius. Era um broche de ouro.

— E de Tuppence!
— Tem certeza?
— Absoluta! Já a vi usá-lo muitas vezes!
Julius respirou fundo.
— Acho que isso diz tudo. Agora, temos certeza de que pelo menos ela veio até aqui. Instalaremos nosso quartel-general no *pub* e faremos de tudo para encontrá-la. Alguém deve tê-la visto!

A campanha começou imediatamente. Tommy e Julius trabalharam juntos desesperadamente, mas o resultado foi sempre o mesmo. Ninguém vira por ali qualquer moça que correspondesse à descrição de Tuppence. Os dois ficaram aturdidos, mas não perderam o ânimo. Finalmente, resolveram mudar a tática. Era evidente que Tuppence não permanecera muito tempo nas proximidades de Moat House. Isso parecia indicar que ela fora subjugada e levada dali em um carro. Modificaram os interrogatórios. Alguém vira um carro perto de Moat House naquele dia? E novamente não tiveram qualquer sucesso nas investigações.

Julius telegrafou para Londres, mandando que lhe enviassem seu carro. Vasculhavam diariamente a região, com um empenho incessante. Uma limusine cinzenta, na qual depositavam muitas esperanças, foi investigada até Harrogate. Mas descobriram que pertencia a uma dama altamente respeitável.

Todos os dias partiam para uma nova busca. Julius parecia um cão de caça na coleira. Farejava até a pista mais tênue. Todos os carros que haviam passado pela aldeia naquele dia fatídico foram investigados. O norte-americano entrou quase que à força em diversas casas, interrogando meticulosamente os proprietários dos carros. Suas desculpas eram quase tão veementes quanto seus métodos, e raramente deixavam de neutralizar a indignação das vítimas.

Mas os dias foram passando e eles continuavam longe de descobrirem o paradeiro de Tuppence. O seqüestro fora tão bem planejado que a moça parecia, literalmente, ter desaparecido em pleno ar.

E outra preocupação começou a correr a mente de Tommy.

— Sabe há quanto tempo estamos aqui? — perguntou ele uma manhã a Julius, ao tomarem café. — Uma semana inteira! E continuamos sem descobrir a menor pista de Tuppence. E o pior é que *o próximo domingo é o dia 29!*

— É mesmo... — murmurou Julius, pensativo. — Eu tinha quase me esquecido do dia 29. Não tenho pensado em mais nada além de Tuppence.

— Eu também. Não cheguei a esquecer o dia 29, mas achei que não tinha a menor importância em comparação com a descoberta do paradeiro de Tuppence. Mas hoje é dia 23 e o tempo é cada vez mais curto. Precisamos encontrá-la de qualquer maneira antes do dia 29. Depois disso, a vida de Tuppence não valerá mais nada para eles, pois não precisarão mais de uma refém. Estou começando a pensar que cometemos um grande erro na maneira como temos tratado o problema. Perdemos um tempo enorme e não conseguimos chegar a lugar nenhum.

— Acho que está certo. Somos uma dupla de imbecis que morderam uma porção maior do que podiam mastigar. Vou deixar de enganar a mim mesmo imediatamente!

— O que está querendo dizer com isso?

— Vou fazer agora o que deveríamos ter feito há uma semana. Voltarei imediatamente para Londres e entregarei o caso nas mãos da sua polícia britânica. Tivemos a ilusão de que éramos detetives. Detetives! Foi uma tremenda tolice! Já chega para mim! Agora vou entregar o caso à Scotland Yard!

— Tem toda razão. Gostaria que tivéssemos tomado essa decisão imediatamente.

— Antes tarde do que nunca. Fomos uma dupla de crianças brincando de mocinho e bandido. E agora vou direto para a Scotland Yard pedir a eles que me peguem pela mão e mostrem o caminho que devo seguir! Acho que, no fim das contas, os profissionais são muito melhores que os amadores. Vai comigo?

Tommy sacudiu a cabeça.

— Para quê? Um de nós será suficiente. Posso perfeitamente continuar por aqui e investigar mais um pouco. Talvez aconteça alguma coisa. Nunca se sabe...

— Está certo. Voltarei em dois tempos, trazendo alguns detetives. Pedirei que enviem os melhores.

Mas os acontecimentos não seguiram o curso fixado por Julius. Mais tarde, naquele mesmo dia, Tommy recebeu um telegrama:

> Vá se encontrar comigo no Manchester Midland Hotel. Notícia importante. JULIUS.

Às 19h30, Tommy desembarcou do trem. Julius estava à sua espera na plataforma.

— Achei que viria neste trem, caso recebesse meu telegrama imediatamente.

Tommy segurou-lhe o braço.

— O que aconteceu? Tuppence foi encontrada?

Julius sacudiu a cabeça.

— Não. Mas encontrei este telegrama à minha espera em Londres. Tinha acabado de chegar.

Ele entregou o telegrama a Tommy, que arregalou os olhos ao lê-lo:

Jane Finn encontrada. Venham imediatamente para Manchester Midland Hotel. PEEL EDGERTON.

Julius tornou a pegar o telegrama e dobrou-o, murmurando, pensativo:
— Estranho... Pensei que aquele advogado tivesse abandonado o caso...

19
Jane Finn

— Meu trem chegou há meia hora – explicou Julius, ao deixarem a estação. – Imaginei que você viria neste trem antes mesmo de partir de Londres. Por isso, passei um telegrama com essas informações para Sir James. Ele reservou quartos para nós. Deveremos nos encontrar às 20 horas para o jantar.
— O que o fez pensar que ele havia perdido todo interesse pelo caso? – perguntou Tommy, curioso.
— O que ele disse – respondeu Julius, secamente. – O homem é fechado como uma ostra. Como todos os malditos advogados, ele não é de se comprometer com coisa alguma até ter certeza de que poderá fornecer a mercadoria.
— Não sei... – murmurou Tommy, pensativo.
Julius virou-se para ele.
— O que você não sabe?
— Se terá sido mesmo essa a verdadeira razão dele.
— Pode apostar que foi!
Tommy sacudiu a cabeça, ainda não convencido.

Sir James chegou às 20 horas em ponto e Julius apresentou Tommy. Sir James apertou-lhe a mão calorosamente.

— É um prazer conhecê-lo, Sr. Beresford. Tenho ouvido tanto a Srta. Tuppence falar a seu respeito...

Ele fez uma breve pausa, sorrindo involuntariamente, antes de acrescentar:

— ... que até parece que já o conheço há muito tempo.

— Obrigado, senhor — agradeceu Tommy, com seu sorriso mais cordial.

Como Tuppence, ele logo sentiu o magnetismo da personalidade do advogado. Fê-lo lembrar-se do Sr. Carter. Os dois homens, embora totalmente diferentes em termos de semelhança física, produziam um efeito parecido. Por trás da atitude de cansaço de um e da reserva profissional do outro havia a mesma qualidade da mente, afiada como um florete.

Ao mesmo tempo em que pensava nisso, Tommy sentiu que Sir James o examinava com atenção. Quando o advogado baixou os olhos, Tommy teve a sensação de que lera através dele, como se fosse um livro aberto. Não pôde deixar de se perguntar qual teria sido o julgamento final. Mas havia pouca possibilidade de sabê-lo. Sir James absorvia tudo, mas só devolvia o que desejava. Uma prova disso ocorreu quase que imediatamente.

Depois dos cumprimentos, Julius desferiu uma saraivada de perguntas ansiosas. Como Sir James conseguira localizar a moça? Por que não os avisara que continuava a trabalhar no caso? E assim por diante.

Sir James coçou o queixo e sorriu.

— Calma, calma... Ela foi encontrada e isso é o mais importante, não é mesmo? Vamos, diga, não é o mais importante de tudo?

— Claro que é! Mas como encontrou a pista dela? A Srta. Tuppence e eu pensamos que tivesse abandonado o caso.

— Ahn... — murmurou o advogado, lançando-lhe um olhar penetrante e recomeçando em seguida a coçar o queixo. — Pensou realmente isso, hein? Bom, muito bom...

— Mas agora acho que estávamos enganados.

— Não sei se podemos chegar a tanto. Mas não resta a menor dúvida de que é uma felicidade para todos o fato de a moça ter sido encontrada.

— Mas onde ela está? — indagou Julius, seus pensamentos enveredando por outro caminho. — Não deveria tê-la trazido?

— Isso seria impossível — respondeu Sir James.

— Por quê?

— Porque a moça sofreu um acidente e teve ferimentos leves na cabeça. Foi levada para uma enfermaria. Ao recuperar os sentidos, disse que se chamava Jane Finn. Assim que eu soube disso, providenciei para que ela fosse removida para a casa de um médico amigo meu. E depois passei a você um telegrama. Ela voltou a ficar inconsciente e não disse mais nada desde então.

— Ela está gravemente ferida?

— Não. Sofreu apenas algumas escoriações e pequenos cortes. Do ponto de vista médico, são ferimentos absurdamente leves para provocar o estado em que se encontra. É provável que isso resulte do choque por ter recuperado a memória.

— Quer dizer que ela recuperou a memória? — gritou Julius, muito entusiasmado.

Sir James tamborilou os dedos sobre a mesa, impacientemente.

— Claro que sim, Sr. Hersheimmer, já que foi capaz de dizer seu nome verdadeiro. Pensei que tivesse compreendido isso.

— E por acaso estava por perto quando isso aconteceu — comentou Tommy. — Parece até um conto de fadas.

Mas Sir James era cauteloso demais para se deixar levar, limitando-se a dizer, secamente:

— As coincidências são sempre muito estranhas.

Agora Tommy tinha certeza do que antes suspeitara. A presença de Sir James em Manchester não era apenas acidental. Longe de abandonar o caso, como Julius imaginara, o advogado conseguira, por meios que só ele sabia, encontrar a pista da moça desaparecida. A única coisa que deixava Tommy perplexo era a razão para tanto segredo. Acabou concluindo que era uma fraqueza de uma mente das leis.

Julius declarou:

— Assim que acabar o jantar, irei ver Jane imediatamente.

— Receio que isso seja impossível — informou Sir James. — Não é provável que permitam visitantes a essa hora da noite. Eu sugiro que o encontro seja amanhã, às 10 horas.

Julius ficou vermelho. Havia algo em Sir James que sempre provocava o seu antagonismo. Era um conflito de duas personalidades poderosas.

— De qualquer maneira, darei um pulo até lá esta noite, para ver se consigo convencê-los a esquecer esses regulamentos absurdos.

— Posso lhe garantir que será totalmente inútil, Sr. Hersheimmer.

As palavras soaram como o estampido de uma pistola. Tommy ficou surpreso. Julius estava bastante nervoso e agitado. A mão com que levou o copo aos lábios tremia ligeiramente. Mas os olhos estavam fixos em Sir James, com uma expressão de desafio. Por um momento, a hostilidade entre os dois deu a impressão de que iria explodir em chamas. Mas, por fim, Julius baixou os olhos, derrotado.

— Está certo – disse ele. – Reconheço que, no momento, é você quem manda.

— Obrigado. Então estamos combinados para amanhã às 10 horas?

Com a maior tranqüilidade, Sir James virou-se para Tommy e acrescentou:

— Devo confessar, Sr. Beresford, que foi uma surpresa e tanto para mim encontrá-lo aqui esta noite. Na última vez em que ouvi falar a seu respeito, seus amigos estavam extremamente preocupados com o senhor. E a Srta. Tuppence estava inclinada a pensar que se metera em alguma situação difícil.

— E foi realmente o que aconteceu, senhor!

Tommy sorriu, ao recordar, antes de arrematar:

— Acho que jamais estive numa situação tão difícil em toda a minha vida!

Estimulado pelas perguntas de Sir James, ele fez um relato abreviado de suas aventuras. O advogado fitava-o com um interesse intenso quando a história chegou ao fim. E comentou, em tom grave:

— Conseguiu sair-se muito bem numa situação realmente difícil. Dou-lhe os parabéns. Demonstrou uma engenhosidade extraordinária e representou muito bem o seu papel.

Tommy ficou vermelho como um camarão ao ouvir o elogio.

— Eu não teria conseguido escapar sem a ajuda da moça, senhor.

Sir James sorriu levemente.

— Tem razão. Foi muita sorte sua que ela tivesse... se entusiasmado por sua pessoa, digamos assim.

Tommy fez menção de protestar, mas Sir James continuou a falar:

— Quem sabe se ela não faz parte da quadrilha?

— Infelizmente, senhor, creio que não é isso o que acontece. Pensei a princípio que a estivessem mantendo lá à força. Mas a maneira como ela agiu não confirmou essa suposição. Afinal, preferiu voltar para junto deles, quando poderia ter escapado comigo.

Sir James concordou, pensativo.

— O que foi mesmo que ela disse? Se estou bem lembrado, contou que ela gritou que queria ser levada de volta para Marguerite, não é mesmo?

— Exatamente, senhor. Creio que ela estava se referindo à Sra. Vandemeyer.

— Ela sempre assinou Rita Vandemeyer. E todos os amigos só a chamavam de Rita. Apesar disso, é possível que essa moça tivesse o hábito de chamá-la por seu nome inteiro. E no momento em que estava gritando "Marguerite, Marguerite", a Sra. Vandemeyer já estava morta ou agonizava! Que coisa estranha... Há alguns pontos em sua história que me parecem um tanto obscuros... como a súbita mudança de atitude deles em relação a você, por exemplo. Por falar nisso, a casa foi revistada depois, não é mesmo?

— Foi, sim, senhor. Mas nada conseguimos encontrar.

— Era de se imaginar.

— Eles não deixaram a menor pista.

— Fico pensando...

O advogado tamborilou os dedos sobre a mesa outra vez, pensativo. Algo no tom de voz dele fez Tommy ter um sobressalto. Será que os olhos daquele homem poderiam ter visto alguma coisa onde os olhos dos outros nada haviam encontrado? Em um súbito impulso, Tommy disse:

— Gostaria que estivesse presente para revistar a casa, senhor!

— Eu também gostaria...

Sir James ficou calado por um momento e depois fitou-o, indagando:

— E o que tem feito desde então?

Tommy ficou confuso. Levou algum tempo para compreender que o advogado ainda não sabia. E disse lentamente:

— Esqueci que ainda não sabe o que aconteceu com Tuppence...

A preocupação angustiante, esquecida por um momento no entusiasmo de saber que Jane Finn fora encontrada, voltou a dominá-lo. O advogado baixou o garfo e a faca bruscamente.

— Aconteceu alguma coisa com a Srta. Tuppence?

— Ela desapareceu – informou Julius.

— Quando?

— Há uma semana.

— Como?

As perguntas de Sir James pareciam disparos de uma pistola. Tommy e Julius, se revezando, contaram todos os acontecimentos da última semana e seus esforços inúteis.

Sir James foi imediatamente à raiz do problema:

— Disse que o telegrama estava assinado com seu nome? Isso significa que eles sabem muita coisa a respeito de ambos. Não tinham certeza do quanto você descobriu naquela casa. O seqüestro da Srta. Tuppence foi um movimento para neutralizar sua fuga. Se necessário, vão obrigá-lo a ficar calado, ameaçando-o com o que pode acontecer a ela.

Tommy concordou.

— Foi exatamente isso o que pensei, senhor.

Sir James olhou fixamente para ele.

— Já tinha chegado a essa conclusão então? Nada mau, nada mau... O mais curioso é que, com certeza, eles nada sabiam a seu respeito quando o prenderam. Tem certeza de que não revelou a eles a sua identidade de alguma forma?

Tommy sacudiu a cabeça.

— Assim sendo — interveio Julius —, alguém deve tê-los informado de tudo... e não foi antes da tarde de domingo.

— Tem razão. Mas quem poderia ter sido?

— Ora, só pode ter sido o todo-poderoso e onisciente Sr. Brown!

Havia um tom desdenhoso na voz do norte-americano que fez Sir James fitá-lo atentamente.

— Não acredita no Sr. Brown, não é mesmo, Sr. Hersheimmer?

— Não, não acredito — respondeu o jovem norte-americano, categoricamente. — Isto é, não acredito nele como uma figura onisciente e onipotente. Acho que não passa de um figurão qualquer, que usa um nome falso para assustar as criancinhas. E, no fundo, é apenas uma figura decorativa. O verdadeiro cabeça disso tudo é aquele russo chamado Kramenin. Acho que ele é bem capaz de promover revoluções em três países ao mesmo tempo, se assim decidir! O tal de Whittington é provavelmente o chefe da seção inglesa da quadrilha.

— Discordo — afirmou Sir James, bruscamente. — O Sr. Brown realmente existe.

Ele virou-se para Tommy.

— Verificou, por acaso, de onde o telegrama foi enviado?

— Não, senhor.

— Hummm... Trouxe o telegrama?

— Está lá em cima, na minha mala.

— Gostaria de dar uma olhada nele. Mas não há pressa. Já perderam uma semana e mais um dia não fará muita diferença. Vamos cuidar primeiro da Srta. Jane Finn. Depois, passaremos a nos dedicar à libertação da Srta. Tuppence. Não creio que ela esteja correndo perigo imediato. Isto é, enquanto eles não souberem que encontramos Jane Finn e que ela recuperou a memória. Temos que manter isso em segredo a qualquer custo. Está combinado?

Os outros dois assentiram. Depois de acertar os detalhes para o encontro na manhã seguinte, o advogado se despediu.

Às 10 horas da manhã, os dois rapazes estavam no lugar combinado. Sir James encontrou-se com eles na porta. Era o único que parecia estar calmo. Apresentou-os ao médico.

— Sr. Hersheimmer, Sr. Beresford... Dr. Roylance. Como está a paciente?

— Está passando bem. Evidentemente, não tem a menor idéia da passagem do tempo. Perguntou esta manhã quantos passageiros do *Lusitania* haviam se salvado e se os jornais já tinham noticiado o afundamento. Isso já era de se esperar. Mas ela parece estar com alguma idéia fixa, que a preocupa bastante.

— Creio que iremos aliviá-la dessa preocupação. Podemos subir?

— Claro!

O coração de Tommy batia um pouco mais depressa ao subir atrás do médico. Jane Finn! A misteriosa, esquiva e tão procurada Jane Finn! Como o sucesso parecera improvável! E ali, naquela casa, a memória milagrosamente recuperada, estava a moça que tinha em suas mãos o futuro da Inglaterra. Um gemido subiu aos lábios de Tommy. Se ao menos Tuppence pudesse estar naquele momento ao seu lado para compartilhar o momento de triunfo do empreendimento conjunto... Mas ele tratou de afastar tais pensamentos. Sua confiança em Sir James era cada vez maior. Era o homem que iria descobrir de qualquer maneira o paradeiro de Tuppence. Até lá, devia se concentrar em Jane Finn. E, de repente, Tommy sentiu uma garra gelada apertar-lhe o coração. Estava parecendo fácil demais... E se a encontrassem morta... liquidada pelo misterioso Sr. Brown?

Um instante depois, Tommy estava rindo interiormente dessas fantasias melodramáticas. O médico abriu a porta de um quarto e eles entraram. A moça estava deitada na cama branca, a cabeça envolta por ataduras. Era exatamente a cena que se podia esperar, e até se podia pensar que fora muito bem representada.

A moça olhou de um para outro, os olhos arregalados e inquisitivos. Sir James foi o primeiro a falar:

— Srta. Finn, este é o seu primo, Sr. Julius P. Hersheimmer.

A moça corou quando Julius avançou e segurou-lhe a mão.

— Como vai, prima Jane?

Tommy percebeu um ligeiro tremor na voz do norte-americano.

— É realmente o filho de tio Hiram?

A voz dela, com um ligeiro sotaque do Oeste norte-americano, era emocionante. Pareceu vagamente familiar a Tommy, mas ele tratou de afastar tal impressão, como uma impossibilidade total.

— Claro que sou.

— Costumávamos ler a respeito do tio Hiram nos jornais. Mas nunca imaginei que fosse conhecê-lo um dia. Mamãe sempre achou que o tio Hiram jamais deixaria de ficar furioso com ela.

— O velho era assim mesmo – admitiu Julius. – Mas a nova geração é um pouco diferente. Essa inimizade de família não serve para nada. A primeira coisa em que pensei, assim que a guerra terminou, foi vir até aqui e procurá-la.

Uma expressão apreensiva se estampou no rosto da moça.

— Andaram me contando coisas... coisas terríveis... que perdi a memória... que nunca mais vou me lembrar de todos esses anos... anos da minha vida inteiramente perdidos...

— Não se lembra de nada do que aconteceu durante esse período?

A moça arregalou os olhos mais ainda.

— Não, não me lembro. Tenho a impressão de que foi há poucos momentos que embarcamos nos botes. Posso ver tudo nitidamente, como se estivesse acontecendo.

Ela fechou os olhos, estremecendo. Julius olhou para Sir James, que assentiu.

— Não precisa mais se preocupar, Jane. Não vale a pena. Mas há algo que precisamos saber já. Havia um homem no navio, levando documentos da maior importância. E os chefões deste país acham que ele entregou os documentos a você. Foi isso mesmo o que aconteceu?

A moça hesitou, olhando para os outros dois visitantes. Julius compreendeu.

— O Sr. Beresford foi encarregado pelo governo britânico de recuperar esses documentos, Jane. E Sir James Peel Edgerton é um grande advogado e membro do Parlamento. Poderia ocupar um cargo importante no gabinete, se assim desejasse. Foi graças a ele que conseguimos finalmente localizá-la. Assim, não precisa ter receio e pode nos contar toda a história. Danvers lhe entregou os documentos?

— Entregou. Disse que estariam melhor comigo, pois crianças e mulheres seriam salvas primeiro.

— Exatamente como pensamos — comentou Sir James.

— Ele disse que eram documentos muito importantes, vitais para os aliados. Mas isso tudo aconteceu há muito tempo e a guerra já acabou. Por que tanto interesse agora pelos documentos?

— Acho que a história se repete, Jane. A princípio houve muitos rumores a respeito desses documentos. Depois, os rumores cessaram. Mas, agora, todo o clamor está voltando... por razões um pouco diferentes. Pode, então, nos entregar os documentos agora?

— Não, não posso.

— O quê?

— Não estão comigo.

— Não... estão... com... você? – indagou Julius, separando as palavras com pequenas pausas.

— Não. Eu os escondi.

— Escondeu-os?

— Isso mesmo. Fiquei com medo. Todo mundo parecia estar me vigiando. E fui ficando cada vez mais apavorada.

Ela fez uma pausa, levando a mão à cabeça.

— É praticamente a última coisa de que me recordo antes de despertar no hospital.

— Continue, Jane – pediu Sir James, com sua voz incisiva. – Qual é a última coisa de que se lembra?

Ela virou-se para ele, obedientemente.

— Eu estava em Holyhead. Vim por aquele lado... não me lembro por quê...

— Isso não tem importância. Continue.

— Na confusão geral, escapei do cais. Ninguém me viu. Peguei um carro. Disse ao motorista que me levasse para fora da cidade. Olhei para trás quando saímos em campo aberto. Não havia nenhum outro carro nos seguindo. Avistei uma trilha ao lado da estrada. Mandei que o motorista parasse e me esperasse.

A moça fez agora uma pausa prolongada.

— A trilha levava ao penhasco e descia até o mar, através dos arbustos amarelados, que mais pareciam chamas douradas. Olhei ao redor. Não havia ninguém à vista. Na altura da minha cabeça havia um buraco no rochedo. Era pequeno, mal dava para enfiar minha mão, mas era bastante profundo. Tirei o oleado com os documentos, que estava pendurado em meu pescoço, enfiei-o nesse buraco, o mais fundo possível. Depois, arranquei um punhado de galhos de uma moita, espetando toda a minha mão, e tapei o buraco. Ninguém imaginaria que ali havia uma fenda. Marquei o lugar mentalmente, a fim de poder encontrá-lo de novo, quando fosse necessário. Naquele ponto da trilha, havia uma pedra de formato esquisito, parecia um cachorro sentado a suplicar alguma coisa. Voltei para o carro, que continuava esperando. Fui para a cidade e peguei o trem. Estava me sentindo um pouco envergonhada por ter me deixado dominar pela fantasia. Mas notei que o homem sentado à minha frente piscava furtivamente para a mulher ao meu lado. Voltei a ficar apavorada, ao mesmo tempo em que me sentia satisfeita por saber que os documentos estavam em lugar seguro. Saí para o corredor a fim de respirar um pouco de ar fresco. Pensei em ir para outro vagão. Mas a mulher me chamou de volta, dizendo que eu deixara cair alguma coisa. Quando me abaixei para olhar, alguma coisa me atingiu em cheio... bem aqui.

Ela pôs a mão atrás da cabeça, antes de acrescentar:

— Não me lembro de mais nada, até o momento em que acordei no hospital.

Houve uma pausa prolongada.

— Obrigado, Srta. Finn – agradeceu Sir James ao final. – Espero que não a tenhamos cansado demais.

— Oh, não, estou bem! Minha cabeça dói um pouco. Mas, tirando isso, sinto-me muito bem.

Julius adiantou-se e segurou novamente a mão dela.

— Até logo, prima Jane. Vou sair agora para buscar esses documentos. Mas voltarei o mais depressa possível e a levarei para Londres. E vai se divertir um bocado antes de voltarmos para os Estados Unidos. Assim, trate de ficar boa o mais depressa que puder!

20
Tarde demais

Realizaram na rua um conselho de guerra informal. Sir James tirou o relógio do bolso e verificou as horas.

— O trem que segue para Holyhead pára em Chester às 12h14. Se partirem imediatamente, acho que ainda conseguirão alcançá-lo.

Tommy ficou perplexo.

— Há mesmo necessidade de tanta pressa, senhor? Hoje ainda é dia 24.

— Sempre achei que faz muito bem aquele que cedo madruga — filosofou Julius, antes que o advogado tivesse tempo de responder. — Vamos agora mesmo para a estação.

Sir James estava com a testa ligeiramente franzida.

— Gostaria de poder ir com vocês. Mas, infelizmente, tenho que comparecer a uma reunião às 14 horas. É uma pena!

A relutância no tom de voz dele era evidente. Por outro lado, era evidente também que Julius estava mais do que disposto a dispensar, sem qualquer hesitação, a companhia do advogado.

— Acho que não há nada de complicado no que vamos fazer – disse ele. – Não passa de um jogo de esconde-esconde, nada mais.

— Espero que seja mesmo só isso – comentou Sir James.

— Claro que é! O que mais poderia acontecer?

— Ainda é muito jovem, Sr. Hersheimmer. Quando chegar à minha idade, provavelmente terá aprendido uma lição importante: "Jamais subestime seu adversário."

A gravidade com que ele falou impressionou a Tommy, mas não causou qualquer efeito em Julius.

— Acha que o Sr. Brown pode aparecer e querer se intrometer? Se ele aparecer, estarei preparado para recebê-lo!

Julius deu uma pancadinha no bolso do paletó.

— Estou armado. Little Willie sempre me acompanha onde quer que eu vá.

Ele tirou do bolso uma automática de aspecto impiedoso e afagou-a carinhosamente antes de tornar a guardá-la.

— Mas não precisarei recorrer a Little Willie nesta expedição. Não há ninguém para informar ao Sr. Brown sobre o lugar onde vamos.

Sir James deu de ombros.

— Não havia ninguém para informar ao Sr. Brown que a Sra. Vandemeyer pretendia traí-lo. Apesar disso, a *Sra. Vandemeyer morreu sem falar*.

Julius não fez qualquer comentário e Sir James acrescentou, em tom mais leve:

— Quero apenas que estejam precavidos. Também acho que não haverá problemas. Adeus e boa sorte. Não corram riscos desnecessários depois que se apossarem dos documentos. Se houver algum motivo para pensar que foram seguidos, destruam os documentos. Agora, tudo está nas mãos de vocês.

Ele apertou as mãos de ambos. Dez minutos depois, os dois jovens estavam sentados em um compartimento da primeira classe, a caminho de Chester. Nenhum dos dois falou por um longo tempo. Foi Julius quem rompeu o silêncio, com um comentário totalmente inesperado:

— Alguma vez já bancou o idiota na presença de uma garota, Tommy?

Depois do espanto inicial, Tommy vasculhou a memória por um momento e depois respondeu:

— Acho que não. Ou pelo menos não me lembro. Por quê?

— Há dois meses que venho me sentindo um tolo sentimental com relação a Jane. No momento em que vi a fotografia dela, meu coração fez todas aquelas piruetas que se descrevem nas novelas. Eu me sinto um pouco envergonhado em confessar, mas vim até aqui disposto a encontrá-la de qualquer maneira, resolver todos os problemas e levá-la de volta para os Estados Unidos como a Sra. Julius P. Hersheimmer!

— Oh! — exclamou Tommy, aturdido.

Julius descruzou as pernas bruscamente e continuou:

— Isso serve para mostrar como um homem pode se comportar como um idiota. Mas bastou ver a garota em carne e osso e fiquei curado!

— Sei! — exclamou Tommy, novamente, incapaz de dizer qualquer coisa.

— Não é nenhum menosprezo a Jane. É uma boa moça e tenho certeza de que algum sujeito vai se apaixonar logo por ela.

— Achei-a uma moça bastante atraente — comentou Tommy, recuperando finalmente a fala.

— Claro que é! Mas nem de longe é parecida com a sua fotografia. Ou melhor, é bastante parecida, pois a reconheci imediatamente. Se a visse no meio de uma multidão, eu teria dito, sem qualquer hesitação: "Ali está uma moça cujo rosto eu conheço." Mas havia alguma coisa naquela fotografia...

Julius sacudiu a cabeça, suspirando.

– Acho que o romance é a coisa mais esquisita do mundo...

– Deve ser mesmo – disse Tommy, friamente. – Especialmente se você chega aqui apaixonado por uma garota e pede outra em casamento duas semanas depois.

Julius teve o decoro de ficar desconcertado.

– É que eu estava cansado, pensei que nunca fosse encontrar Jane... e que tudo isso não passava de tolice. E depois... Ora, os franceses, por exemplo, são muito mais sensatos na maneira como encaram essas coisas. Eles não misturam o casamento e o romance...

Tommy corou.

– Mas que diabo! Se é isso...

Julius apressou-se em interrompê-lo:

– Ei, não seja precipitado! Não estava querendo dizer o que você está imaginando. Se quer saber, os norte-americanos são mais moralistas do que vocês. O que eu quis dizer é que os franceses tratam o casamento de uma maneira comercial. Encontram duas pessoas que são apropriadas uma para a outra, resolvem todas as questões de dinheiro e cuidam de tudo com um espírito prático e comercial.

– Se quer saber minha opinião, eu diria que estamos sendo práticos e comerciais demais atualmente. Estamos sempre dizendo coisas como: "Será que vai compensar?" ou "Os homens são ruins, mas as mulheres são piores".

– Acalme-se, filho. Não precisa ficar exaltado.

— Mas eu estou mesmo exaltado!

Julius julgou prudente não dizer mais nada.

Tommy teve bastante tempo para se acalmar até chegarem a Holyhead. O sorriso jovial já retornara ao seu rosto quando desembarcaram.

Depois de algumas perguntas e com a ajuda de um mapa rodoviário, concordaram sobre o caminho que deveriam seguir. Pegaram um táxi e partiram pela estrada para Treaddur Bay. Determinaram ao motorista que avançasse bem devagar e foram observando a estrada atentamente, a fim de não perderem a trilha. Encontraram-na pouco depois de deixarem a cidade. Tommy pediu que o motorista parasse e perguntou, em tom indiferente, se aquela trilha levava ao mar. Ao ser informado que sim, pagou ao motorista.

Um momento depois, o táxi estava voltando para Holyhead. Tommy e Julius ficaram observando-o desaparecer antes de enveredarem pela trilha estreita.

— Será que é realmente esta trilha? — indagou Tommy, ainda em dúvida. — Deve haver inúmeras pelo caminho.

— Claro que é! Olhe só para os tojos. Lembra-se do que Jane disse?

Tommy contemplou os arbustos dourados que margeavam a trilha nos dois lados e ficou convencido. Desceram um atrás do outro, com Julius na frente. Por duas vezes, Tommy virou a cabeça, inquieto. Julius olhou para trás.

— O que foi?

— Não sei. Apenas tenho a impressão de que alguém está nos seguindo.

— Isso é impossível. Se houvesse mesmo, nós já o teríamos visto.

Tommy teve que admitir que era verdade. Mesmo assim, sua inquietação foi aumentando. Contra a sua vontade, estava acreditando na onisciência do inimigo.

— Eu bem que gostaria que aquele sujeito nos seguisse — comentou Julius, apalpando o bolso. — Willie está ansioso por fazer um exercício!

— Sempre carrega a arma com você? — indagou Tommy, curioso.

— Quase sempre. Nunca se sabe o que se vai encontrar.

Tommy manteve um silêncio respeitoso. Estava impressionado com o pequeno Willie. Parecia remover para muito longe a ameaça do Sr. Brown.

A trilha seguia agora ao longo do penhasco, paralela ao mar. De repente, Julius parou, tão abruptamente que Tommy chegou a esbarrar nele.

— O que foi?

— Veja aquilo! Veja se não é o que estamos procurando!

Tommy olhou. Quase no meio da trilha, havia um pedregulho que tinha alguma semelhança com um *terrier* sentado. Recusando-se a partilhar a emoção de Julius, Tommy limitou-se a comentar:

— Ora, é simplesmente o que estávamos esperando encontrar, não é mesmo?

— Ah, a fleuma britânica! Claro que estávamos procurando por isso... Mas, mesmo assim, fico emocionado por encontrá-lo exatamente no lugar em que esperávamos!

Tommy, cuja calma era provavelmente mais artificial que natural, mexeu os pés, impaciente.

— Não vamos procurar o tal buraco?

Esquadrinharam a encosta do penhasco com todo o cuidado. Tommy ouviu-se murmurar, como um idiota:

— O tojo já não deve mais estar no lugar, depois de tantos anos.

Então Julius respondeu, solenemente:
— Acho que você está certo.
Subitamente, Tommy apontou, com a mão trêmula:
— Será aquela fenda ali?
Julius respondeu com voz também trêmula:
— Deve ser...
Os dois se entreolharam. Tommy comentou, como se recordasse:
— Quando eu estava na França, meu ordenança sempre dizia, quando deixava de me chamar na hora, que sentira um pressentimento. Jamais acreditei. Mas quer ele sentisse ou não, a verdade é que isso me deixava arrepiado. E estou tendo agora um estranho pressentimento...

Ele olhou para a fenda com uma expressão angustiada.
— Mas que diabo! É inteiramente impossível! Afinal, são cinco anos! Pense nisso! Garotos procurando ninhos de passarinhos, grupos fazendo piqueniques, milhares de pessoas passando por aqui! Os documentos não podem estar ainda aí! É uma chance em cem que não tenham sido encontrados! É contra toda a razão!

Tommy sentia que era impossível, provavelmente porque não podia acreditar em seu próprio sucesso em uma empreitada em que tantos outros haviam fracassado. Fora fácil demais. Portanto, não podia ser verdade. O buraco tinha que estar vazio.

Julius fitou-o com um sorriso e disse alegremente:
— Você está mesmo um bocado nervoso. Mas já vamos verificar se ainda está ou não no lugar!

Ele enfiou a mão na fenda e franziu o rosto.
— Está muito apertado. A mão de Jane é muito menor que a minha. Não estou sentindo nada... Ei, o que é isso? Achei!

Com um floreio, ele exibiu um pequeno pacote desbotado.

— É realmente o que estamos procurando! O oleado está costurado. Vou abrir com meu canivete.

O incrível acontecera. Tommy segurou o pequeno pacote com carinho. Tinham conseguido!

— Estranho... — murmurou ele. — Era de se pensar que as costuras estivessem apodrecidas. Mas continuam tão boas como se fossem novas.

Cortaram as costuras cuidadosamente e abriram o oleado. Lá dentro, havia um pequeno papel, dobrado. Desdobraram-no com dedos trêmulos. O papel estava em branco! Os dois se entreolharam, perplexos.

— Será um embuste? — arriscou Julius. — Será que Danvers não passava de um chamariz?

Tommy sacudiu a cabeça. A solução não o satisfazia. De repente, seu rosto se iluminou com um sorriso.

— Já sei! Está escrito com tinta invisível!

— Será?

— Vale a pena tentar. O calor geralmente faz aparecer o que está escrito. Pegue alguns gravetos. Vamos acender uma fogueira.

Poucos minutos depois, a pequena fogueira de gravetos e folhas secas estava ardendo. Tommy colocou o papel perto das chamas. O papel enroscou-se um pouco com o calor. E nada mais aconteceu.

Subitamente, Julius agarrou no braço dele e apontou para as letras que estavam começando a aparecer com uma cor marrom desbotada.

— Você conseguiu! Ei, sua idéia foi espetacular! Isso nunca teria me ocorrido!

Tommy manteve o papel na mesma posição por mais alguns minutos, até julgar que o calor já concluíra sua ação. Puxou o papel para ler e no mesmo instante soltou um grito.

Em letras marrons, estavam escritas as seguintes palavras:

COM OS CUMPRIMENTOS DO SR. BROWN

21
Tommy faz uma descoberta

Por um longo momento, os dois ficaram se olhando, apalermados, aturdidos pelo choque. De alguma forma, inexplicavelmente, o Sr. Brown se antecipara. Tommy aceitou a derrota com calma. O mesmo não aconteceu com Julius.

— Como ele conseguiu chegar na nossa frente? É isso que me deixa louco!

Tommy sacudiu a cabeça e murmurou:

— Isso explica o fato de as costuras serem novas. Devíamos ter adivinhado...

— Esqueça as malditas costuras! Como foi que ele chegou na nossa frente? Viemos o mais depressa possível! É inteiramente improvável que alguém tivesse chegado aqui mais depressa do que a gente! Além do mais, como foi que ele soube? Será que havia um ditafone no quarto de Jane? Só pode ter sido isso!

Mas o bom senso de Tommy levantou algumas objeções a essa hipótese:

— Ninguém poderia saber de antemão que ela iria parar naquela casa, e muito menos naquele quarto em particular.

– Tem razão – admitiu Julius. – Mas uma das enfermeiras pode ter sido subornada e ficado escutando na porta. O que acha dessa possibilidade?

– Acho que isso não faz a menor diferença – respondeu Tommy, subitamente muito cansado. – Ele pode ter descoberto o esconderijo há muitos meses e retirado os documentos, para depois... Não, por Deus! Isso não deve ter acontecido. Afinal, eles teriam divulgado os documentos no instante em que os recuperassem.

– Tem toda razão! Não foi isso o que aconteceu. Alguém veio até aqui hoje, uma hora ou mais na nossa frente. Só não consigo entender como foi que conseguiram!

– Eu gostaria que Peel Edgerton estivesse aqui conosco – comentou Tommy, pensativo.

– Por quê? Mesmo que ele viesse, a troca já estaria feita ao chegamos.

– Sei disso, mas...

Tommy hesitou. Não podia explicar o que estava sentindo, a idéia ilógica de que a presença do advogado teria de alguma forma evitado a catástrofe. Assim, retomou ao seu ponto de vista anterior:

– Não adianta agora tentar imaginar como foi feito. O jogo terminou. E perdemos. Agora, só me resta fazer uma coisa.

– E o que é?

– Voltar para Londres o mais depressa possível. O Sr. Carter deve ser avisado. Agora, é apenas uma questão de horas até que o golpe tenha seu desfecho. Seja como for, ele deve saber que o pior aconteceu.

O dever era dos mais desagradáveis, mas Tommy não tinha a menor intenção de se esquivar. Devia comunicar seu fracasso ao Sr. Carter. Depois disso, sua missão estava encerrada. Pegou o trem da meia-noite para Londres. Julius preferiu passar a noite em Holyhead.

Meia hora depois de chegar à capital, Tommy estava diante de seu chefe, com o rosto pálido e uma expressão angustiada.

— Vim comunicar os resultados da minha missão, senhor. Fracassei inteiramente.

— Está querendo dizer que o tratado...

— Está nas mãos do Sr. Brown.

— Hummm...

A expressão do Sr. Carter não se alterou, mas Tommy percebeu o brilho de desespero nos olhos dele. Isso convenceu-o, como nada mais poderia ter feito, que as perspectivas eram as mais sombrias possíveis, que não restava qualquer esperança.

Depois de um longo tempo, o Sr. Carter disse:

— Bom, não podemos renunciar à luta só por causa disso. Fico contente por saber agora com certeza. Devemos fazer tudo o que for possível.

Tommy não teve mais a menor dúvida: "Não há mais esperança e ele sabe disso." O Sr. Carter fitou-o e disse bondosamente:

— Não fique muito desconsolado, rapaz. Fez o possível. Estava enfrentando um dos maiores cérebros deste século e quase obteve sucesso. Não se esqueça disso.

— Obrigado, senhor. É muita generosidade sua.

— Culpo a mim mesmo. E o venho fazendo desde que recebi uma outra notícia.

Algo no tom dele chamou a atenção de Tommy. Sentiu um novo temor invadi-lo.

— Há mais alguma coisa, senhor?

— Infelizmente, há sim.

O Sr. Carter estendeu um papel que estava sobre sua mesa.

— Tuppence...? — balbuciou Tommy.

— Leia você mesmo.

As palavras datilografadas dançaram diante dos olhos de Tommy. Era a descrição de um chapéu verde, um casaco com um lenço no bolso, onde estavam bordadas as iniciais P.L.C. Tommy lançou um olhar angustiado para o Sr. Carter, que respondeu:

— Encontraram tudo isso na costa de Yorkshire, perto de Ebury. Ao que parece, houve algo terrível.

— Oh, Deus! *Tuppence!* Aqueles demônios... Jamais descansarei enquanto não tiver me vingado deles! Vou caçá-los até o fim do mundo! Vou...

A expressão de compaixão no rosto do Sr. Carter fez com que Tommy se calasse.

— Sei o que está sentindo, meu pobre rapaz. Mas não adianta. Vai desperdiçar suas forças inutilmente. Pode parecer algo cruel, mas o meu conselho é o seguinte: não aumente suas perdas. O tempo é misericordioso. Acabará esquecendo.

— Esquecer Tuppence? Jamais!

O Sr. Carter sacudiu a cabeça.

— É o que está pensando agora. Não suporta pensar... naquela moça tão corajosa! Lamento tudo o que aconteceu... lamento profundamente.

Tommy estremeceu e balbuciou, com um tremendo esforço:

— Estou tomando o seu tempo, senhor. Não há necessidade de culpar a si mesmo. Eu diria que fomos uma dupla de tolos ao aceitarmos a missão. Alertou-nos desde o início sobre os perigos que iríamos enfrentar. Agora, eu só desejaria que tivesse acontecido comigo. Adeus, senhor.

De volta ao Ritz, Tommy arrumou os seus poucos pertences mecanicamente, os pensamentos estavam longe dali. Ainda estava perturbado com a tragédia em sua existência alegre e banal. Como ele e Tuppence haviam se divertido juntos! E agora... oh!, ele não podia acreditar... não podia ser verdade! *Tuppence... morta!* A pequena Tuppence, cheia de vida! Era um sonho, um pesadelo terrível! Nada mais!

Trouxeram-lhe um bilhete, algumas palavras de condolências de Peel Edgerton, que lera a notícia no jornal. O título da notícia era imenso: EX-VOLUNTÁRIA DA GUERRA PROVAVELMENTE AFOGADA! O bilhete terminava com a oferta de um emprego em um rancho na Argentina, onde Sir James tinha um interesse considerável.

— Ah, o velho miserável! — murmurou Tommy, jogando o bilhete para o lado.

De repente, a porta se abriu e Julius entrou, com o ímpeto habitual. Tinha um jornal aberto na mão.

— Que história é essa? Parece que eles estão com alguma idéia idiota a respeito de Tuppence!

— É verdade, Julius.

— Está querendo dizer que eles a liquidaram?

Tommy assentiu.

— Quando eles encontraram o tratado, Tuppence deixou de ter qualquer utilidade. E, ao mesmo tempo, ficaram com receio de libertá-la.

— Mas que diabo! — exclamou Julius. — Logo a pequena Tuppence! Era a garota mais corajosa...

De repente, algo pareceu se romper no cérebro de Tommy. Ele levantou-se abruptamente:

— Saia daqui! Não está realmente se importando! Pediu-a em casamento à sua maneira fria e nojenta, mas eu a amava! Daria a minha vida e a minha alma para salvá-la de qualquer perigo! Teria ficado de lado, sem dizer uma só palavra, deixando-a se casar com você, só porque poderia proporcionar a vida que ela merecia, enquanto eu não passo de um pobre-diabo sem posses! Mas não seria porque eu não me importava com ela!

— Ora, meu caro... – começou Julius, apaziguadoramente.

— Ora, coisa nenhuma! Vá para o inferno! Não suporto sua presença aqui falando sobre a "pequena Tuppence"! Vá procurar sua prima! Tuppence é a minha garota! Sempre a amei, desde o tempo em que brincávamos juntos quando éramos crianças! Crescemos e continuei a amá-la! Jamais me esquecerei daquela ocasião em que eu estava no hospital e ela apareceu de avental e com aquela touca ridícula! Parecia um milagre ver a moça que eu amava aparecer de repente naquele uniforme de enfermeira...

Julius interrompeu-o bruscamente:

— Um uniforme de enfermeira! É isso! Oh, eu devia ser despachado para um hospício! Posso jurar que também vi Jane com uma touca de enfermeira! E isso é inteiramente impossível! Não, por Deus, não é, não! Foi ela que eu vi falando com Whittington naquela casa de saúde em Bournemouth! Ela não era uma paciente ali! Era uma enfermeira!

— Parece que ela está com eles desde o início – disse Tommy, furiosamente. – Eu não duvido de que ela mesma não tenha roubado os documentos de Danvers!

— Ela não fez nada disso! – gritou Julius. – É minha prima e é tão patriota quanto qualquer outra garota!

— Não me importo com o que ela é ou deixe de ser! – respondeu Tommy, também aos berros. – Quero é que você saia já daqui!

Os dois jovens estavam quase chegando às chamadas vias de fato. Mas, subitamente, com uma brusquidão quase fantástica, a raiva de Julius se desvaneceu. E ele disse com calma:

— Está certo, filho. Vou embora. Não posso culpá-lo pelo que acabou de dizer. E foi muita sorte você ter dito tudo isso. Tenho sido o maior idiota que se possa imaginar!

Tommy fez um gesto impaciente e Julius acrescentou:

— Calma, calma... Já estou indo embora. E vou para a estação da North Western Railway, se está interessado em saber.

— Não me interessa em absoluto para aonde você possa ir!

Julius saiu, fechando a porta. Tommy acabou de arrumar a mala e tocou a campainha.

— Leve minha mala para baixo.

— Sim, senhor. Vai embora, senhor?

— Vou para o inferno! – respondeu Tommy, indiferente aos sentimentos do empregado do hotel.

Mas o homem limitou-se a responder, respeitosamente:

— Sim, senhor. Quer que chame um táxi?

Tommy assentiu.

Para aonde iria? Não tinha a menor idéia. Além de uma determinação obstinada em vingar-se do Sr. Brown, não tinha outro plano. Releu o bilhete de Sir James e sacudiu a cabeça. Tuppence tinha que ser vingada. De qualquer forma, era muita generosidade do advogado.

— Acho que não custa nada responder – murmurou Tommy para si mesmo.

Foi até a escrivaninha. Como sempre acontece em quartos de hotel, havia muitos envelopes e nenhum papel. Tommy tocou a campainha. Ninguém atendeu ao chamado. Ele ficou furioso. Recordou-se de que havia bastante papel de carta na sala de visitas da suíte de Julius. Como o norte-americano anunciara sua partida imediata, não haveria a menor possibilidade de encontrá-lo. Além do mais, não se importaria de encontrar Julius. Estava começando a sentir-se um pouco envergonhado das coisas que dissera. O bom Julius ficara visivelmente magoado. Iria pedir-lhe desculpas, se o encontrasse.

Mas a sala estava vazia. Tommy foi até a escrivaninha e abriu a gaveta do meio. Havia uma fotografia por cima dos papéis. Ao vê-la, Tommy ficou paralisado de surpresa por um momento. Depois, pegou a fotografia, fechou a gaveta e foi sentar-se em uma poltrona. Ficou olhando para a fotografia.

Que diabo uma fotografia da garota francesa, Annette, estaria fazendo na escrivaninha de Julius Hersheimmer?

22
Na Downing Street

O primeiro-ministro tamborilou os dedos sobre a mesa de forma nervosa. Sua expressão era cansada e inquieta. Retomou a conversa com o Sr. Carter no ponto em que fora interrompida:

— Não estou entendendo muito bem. Está querendo dizer que, no fim das contas, a situação não é tão desesperadora quanto parecia?

— Pelo menos é o que o rapaz parece pensar.

— Deixe-me ver outra vez a carta dele.

O Sr. Carter entregou-a. Estava escrita com uma letra esparramada e infantil:

Prezado Sr. Carter:

Aconteceu algo inesperado que me deixou estupefato. É claro que posso simplesmente estar bancando o idiota, mas não creio que seja o caso. Se minhas conclusões estiverem certas, aquela garota de Manchester não passava de uma farsa. Tudo fora devidamente encenado para fazer com que pensássemos que o jogo estava terminado. Por isso, creio que devíamos estar na pista certa.

Acho que sei quem é a verdadeira Jane Finn e tenho inclusive uma idéia do lugar onde estão os documentos. É apenas uma suposição, é claro, mas tenho o pressentimento de que será confirmada. Seja como for, segue anexado um envelope lacrado com a indicação desse possível lugar. Vou pedir-lhe que não o abra até o último instante. Ou seja, até a meia-noite do dia 28. Compreenderá o motivo desse pedido mais adiante. Acho também que aquelas coisas de Tuppence encontradas na praia não passam de um embuste e que ela está tão afogada quanto eu. Meu raciocínio é o seguinte: como última chance, eles deixarão Jane Finn escapar, na esperança de que ela tenha recuperado a memória e corra para o esconderijo dos documentos assim que estiver em liberdade. É claro que será um tremendo risco para eles, pois Jane Finn sabe tudo a respeito deles. Mas eles estão desesperados, querendo se apoderar dos documentos de qualquer maneira. *Mas se eles souberem que os documentos foram recuperados por nós*, as duas moças estarão correndo perigo de vida. Tenho que tentar libertar Tuppence antes que Jane fuja.

Preciso de uma cópia do telegrama que foi enviado para Tuppence no Ritz. Sir James Peel Edgerton disse que poderia providenciar isso para mim. Ele é um homem terrivelmente esperto.

Uma última coisa: por favor, mande vigiar aquela casa no Soho dia e noite.

Atenciosamente,

THOMAS BERESFORD

O primeiro-ministro fitou o Sr. Carter.
— Onde está o envelope que veio anexado?
O Sr. Carter sorriu friamente.
— Está nos cofres do Banco da Inglaterra. Não vou correr nenhum risco.
— Não acha...
O primeiro-ministro hesitou por um momento, antes de acrescentar:
— ...que seria melhor abri-lo agora? Devemos garantir imediatamente a posse dos documentos. Isto é, se a suposição do rapaz for correta. E podemos manter o fato no mais absoluto segredo.
— Será que podemos mesmo? Não tenho tanta certeza assim. Há espiões por toda parte. E assim que eles souberem que os documentos estão em nosso poder, aquelas duas moças estarão irremediavelmente perdidas. Não posso fazer isso. O rapaz confiou em mim e não posso decepcioná-lo.
— Está certo. Vamos agir como achar melhor. Como é esse rapaz?
— Exteriormente, é um jovem inglês comum, não muito brilhante. Seus processos mentais são um tanto lentos. Por outro lado, é praticamente impossível desencaminhá-lo pela imaginação. Não tem nenhuma. Assim, é muito difícil enganá-lo. Rumina as coisas lentamente. Mas assim que mete uma idéia na cabeça, não a larga mais. A moça é bastante diferente. Tem mais intuição e menos bom senso. Os dois formam uma dupla que funciona muito bem. Ímpeto e perseverança.

— Ele parece bastante confiante.

— É justamente isso que me dá alguma esperança. É o tipo de rapaz hesitante que só se arrisca a dar uma opinião quando tem certeza absoluta.

O primeiro-ministro sorriu.

— E é um rapaz assim que vai derrotar o maior mestre do crime do nosso tempo?

— Exatamente. Mas, de vez em quando, tenho a impressão de ver uma sombra por trás dele.

— A quem está se referindo?

— Peel Edgerton.

— Peel Edgerton? — repetiu o primeiro-ministro, atônito.

— Isso mesmo. Estou vendo a mão dele por trás disso tudo.

O Sr. Carter bateu na carta aberta antes de continuar:

— Ele está em ação, trabalhando no escuro, silenciosa e secretamente. Sempre achei que se alguém tinha condições de derrotar o Sr. Brown, era justamente Peel Edgerton. Posso informá-lo de que ele está trabalhando no caso, embora não queira que ninguém saiba. Por falar nisso, recebi um estranho pedido dele outro dia.

— Qual foi?

— Enviou-me um recorte de um jornal norte-americano. Era a notícia do encontro do cadáver de um homem no porto de Nova York, há cerca de três semanas. Pediu-me que obtivesse todas as informações possíveis a respeito.

— E o que descobriu?

Carter deu de ombros.

— Não consegui descobrir muita coisa. O homem tinha cerca de 35 anos, estava malvestido, com o rosto bastante desfigurado. Nunca foi identificado.

— E acha que os dois casos estão ligados?

— Creio que sim. Mas posso estar errado, é claro.

Houve uma pausa, antes que o Sr. Carter continuasse:
— Pedi a Peel Edgerton que viesse até aqui. Não que possamos arrancar dele qualquer coisa que não queira nos dizer. Seus instintos legais são fortes demais. Mas tenho certeza de que ele poderá esclarecer alguns pontos obscuros na carta do jovem Beresford. Ah, lá vem ele!

Os dois homens se levantaram para cumprimentar o recém-chegado. Um súbito pensamento ocorreu ao primeiro-ministro: "Talvez seja ele o meu sucessor!"

— Recebemos uma carta do jovem Beresford — informou o Sr. Carter, indo direto ao ponto. — Esteve com ele, não é mesmo?

— Está enganado — respondeu o advogado.

— Oh! — exclamou o Sr. Carter, desconcertado.

Sir James sorriu e coçou o queixo.

— Falamos pelo telefone.

— Tem alguma objeção em nos relatar exatamente o que conversaram?

— Absolutamente. Ele agradeceu-me por uma carta que lhe escrevi. Se estão interessados, ofereci-lhe um emprego. Depois, ele recordou algo que eu lhe dissera em Manchester, a respeito do telegrama forjado que atraíra a Srta. Cowley a uma armadilha. Perguntei-lhe se acontecera algo imprevisto. Ele disse que sim, que encontrara uma fotografia na escrivaninha da suíte do Sr. Hersheimmer.

O advogado fez uma breve pausa.

— Perguntei em seguida se a fotografia tinha nome e endereço de um fotógrafo da Califórnia. Ele respondeu que tinha. Disse-me em seguida algo que eu não sabia. A moça que estava na fotografia era Annette, a francesa que lhe salvara a vida.

— O quê?

— Exatamente. Perguntei ao rapaz, com alguma curiosidade, o que fizera com a fotografia. Respondeu que a pusera no mesmo lugar em que a encontrara – o advogado fez uma nova pausa. – O que foi uma boa idéia. Aquele rapaz sabe usar a cabeça. Dei-lhe os parabéns. A descoberta foi das mais felizes. É claro que tudo mudou a partir do momento em que ficou comprovado que a moça de Manchester não passava de um embuste. O jovem Beresford percebeu isso sozinho, sem que eu precisasse explicar. Mas ele achava que não podia confiar em seu próprio julgamento com relação à Srta. Cowley. Será que eu também achava que ela ainda estava viva? Disse-lhe que, pesando-se devidamente todas as evidências, era bem possível. O que nos levou de volta ao telegrama.

— O que há com esse telegrama?

— Aconselhei-o a pedir-lhe uma cópia do telegrama original. Havia-me ocorrido que era bem possível que, depois que a Srta. Cowley jogou o telegrama no chão, alguém tivesse alterado as palavras a fim de despistar os perseguidores.

Carter assentiu. Tirou uma cópia do telegrama do bolso e leu-a em voz alta:

Venha imediatamente para Astley Priors, Gatehouse, Kent. Grandes novidades. TOMMY.

— Muito simples e muito esperto – comentou sir James. – Bastava mudar umas poucas palavras e o problema estava resolvido. Eles só esqueceram uma pista importante.

— E qual foi?

— A informação do empregado do hotel de que a Srta. Cowley seguira para Charing Cross. Eles estavam tão seguros que não se preocuparam com isso.

— E onde o jovem Beresford está neste momento?
— Em Gatehouse, Kent, a menos que eu esteja redondamente enganado.

O Sr. Carter fitou-o com curiosidade.

— Por que não foi também para lá, Peel Edgerton?
— Estou trabalhando em um caso.
— Não tinha tirado férias?
— Infelizmente tive que voltar a trabalhar. E talvez seja mais correto dizer que estou preparando um caso. Descobriu mais alguma coisa a respeito daquele norte-americano morto?
— Não, não descobri. É tão importante assim descobrir quem ele era?
— Eu sei quem ele era — confidenciou Sir James calmamente. — Ainda não posso prová-lo... mas sei.

Os outros dois não fizeram nenhuma pergunta. Tinham o pressentimento de que seria pura perda de tempo.

— O que não consigo compreender — disse subitamente o primeiro-ministro — é como aquela fotografia foi parar na escrivaninha do Sr. Hersheimmer.
— Talvez nunca tenha saído de lá — sugeriu o advogado, delicadamente.
— E o falso homem da Scotland Yard, o inspetor Brown?
— Hum, hum... — murmurou Sir James, pensativo, levantando-se em seguida. — Já lhes tomei tempo demais. Podem continuar a tratar dos problemas da nação. Tenho que voltar... para o meu caso.

Dois dias depois, Julius Hersheimmer voltou de Manchester. Havia um bilhete de Tommy em cima de sua escrivaninha:

Prezado Hersheimmer:
   Lamento ter perdido a calma. No caso de não voltarmos a nos encontrar, adeus. Ofereceram-me um emprego na Argentina e talvez eu o aceite.
   Cordialmente,

Tommy Beresford

Um sorriso estranho estampou-se por um momento no rosto de Julius. Ele jogou o bilhete na cesta de papel e murmurou:
— Ah, o maldito tolo!

23
Uma corrida contra o tempo

Depois de telefonar para Sir James, Tommy fez uma visita a South Audley Mansions. Descobriu que Albert estava de serviço e apresentou-se como um amigo de Tuppence. Albert animou-se imediatamente.

— As coisas têm andado muito quietas por aqui ultimamente. A moça está bem, senhor?
— É justamente esse o problema, Albert. Ela desapareceu.
— Está querendo dizer que os bandidos a capturaram?
— Exatamente.
— Levaram-na para o submundo?
— Nada disso! Ela está neste mundo mesmo!
— É apenas uma expressão, senhor. Nos filmes, os bandidos sempre operam no submundo. Mas será que eles a liquidaram, senhor?

— Espero que não. Por falar nisso, Albert, você tem alguma tia, prima ou avó que se possa dizer que esteja prestes a bater as botas?

Um sorriso deliciado estampou-se no rosto de Albert.

— Claro que tenho, senhor. Minha pobre tia que mora no campo está gravemente doente há muito tempo e sempre suplica por minha presença à sua cabeceira para o seu último suspiro.

Tommy assentiu em aprovação.

— Pode alegar isso como um pretexto para tirar uma licença aqui e encontrar-se comigo em Charing Cross dentro de uma hora?

— Estarei lá, senhor. Pode contar comigo.

Como Tommy previra, o fiel Albert provou ser um aliado extremamente valioso. Os dois se hospedaram na estalagem em Gatehouse. Coube a Albert a tarefa de coletar informações. Ele não teve a menor dificuldade.

Astley Priors era propriedade de um certo Dr. Adams. Era um médico já aposentado, segundo informou o senhorio, mas que ainda aceitava uns poucos pacientes. Nesse ponto, o bom homem bateu na testa com um ar de conspirador e murmurou:

— Só gente boa, entende?

O médico era bastante popular na aldeia, contribuía generosamente para os esportes locais. Era "um cavalheiro muito simpático e afável". Há quanto tempo estava lá? Há dez anos ou mais. E era também um homem da ciência. Professores e gente importante vinham de muito longe para vê-lo. Sua casa era bastante alegre, estava sempre repleta de visitantes.

Tommy sentiu algumas dúvidas diante de tanta verbosidade. Seria possível que um homem tão cordial e bem conhecido pudesse ser na realidade um criminoso? A vida dele parecia ser aberta e acima de qualquer suspeita. Não havia qualquer indício de atos sinistros. E se estivesse cometendo um gigantesco erro? Tommy sentiu um calafrio só de pensar.

Recordou-se, então, da referência aos pacientes particulares. Fez algumas indagações cautelosas para descobrir se não havia alguma paciente que correspondesse à descrição de Tuppence. Mas ninguém parecia saber muita coisa a respeito dos pacientes, que raramente eram vistos fora da propriedade. Uma descrição de Annette também não provocou qualquer reconhecimento.

Astley Priors era uma casa simpática, de tijolos vermelhos, cercada por arvoredos bem cuidados, que a escondiam de qualquer observador que passasse pela estrada.

Na primeira noite, Tommy explorou o terreno ao redor da casa, acompanhado por Albert. Por causa da insistência de Albert, arrastaram-se pelo chão dolorosamente e com a maior dificuldade, fazendo muito mais barulho do que teriam feito se caminhassem normalmente. O terreno, como o de qualquer outra casa particular depois do anoitecer, parecia inteiramente desocupado. Tommy imaginara que talvez pudesse encontrar um cão de guarda feroz. A fantasia de Albert levou-o a temer um puma ou talvez uma cobra domesticada. Mas chegaram a uma moita bem perto da casa sem serem importunados.

As venezianas da janela da sala de jantar estavam abertas. Havia um grande grupo sentado em torno de uma mesa. O vinho do Porto passava de mão em mão. Parecia uma reunião normal e cordial. Pela janela aberta, fragmentos de conversa flutuavam pelo ar noturno. Era uma discussão acalorada sobre grilos!

Tommy sentiu outra vez o calafrio da incerteza. Parecia impossível acreditar que aquelas pessoas pudessem ser outra coisa além do que pareciam. Será que ele se enganara mais uma vez? O cavalheiro de barba loura e que usava óculos, sentado à cabeceira da mesa, parecia um homem honesto e normal.

Naquela noite, Tommy teve um sono agitado. Na manhã seguinte, o incansável Albert estabeleceu uma sólida amizade com o garoto entregador da mercearia e substituiu-o em uma entrega em Astley Priors. Insinuou-se nas boas graças da cozinheira e voltou com a informação de que ela era certamente "da quadrilha". Mas Tommy desconfiou da exuberância da imaginação de Albert. Interrogado, ele não pôde acrescentar nada que apoiasse a informação, a não ser sua opinião pessoal de que não se tratava de uma mulher comum. Podia-se perceber isso ao primeiro olhar.

A substituição se repetiu no dia seguinte – para vantagem do verdadeiro entregador da mercearia – e Albert trouxe, então, a primeira informação realmente valiosa. Havia realmente uma moça francesa na casa. Tommy afastou suas últimas dúvidas. Ali estava a confirmação da teoria que formulara. Mas o tempo era cada vez mais escasso. Já era dia 27. O dia 29 seria o tão propalado "Dia do Trabalho". Os rumores eram cada vez mais intensos. Os jornais estavam ficando eufóricos. Noticiava-se abertamente a possibilidade de um golpe de Estado trabalhista. O governo nada dizia. Estava a par de tudo o que podia acontecer e se preparava para enfrentar a crise. Havia rumores de divergências entre os líderes trabalhistas. Nem todos pensavam da mesma maneira. Os mais perspicazes percebiam que a manobra proposta podia ser um golpe mortal para a Inglaterra, que no fundo todos amavam profundamente. Temiam a fome e a miséria que uma greve geral iria acarretar e estavam propensos a entrar em um acordo com o governo. Mas, por trás deles, havia forças sutis e insistentes em ação, reavivando recordações de erros antigos, condenando a fraqueza das medidas de compromisso e fomentando as incompreensões.

Tommy achava que, graças ao Sr. Carter, compreendia perfeitamente a situação. Com o documento fatídico nas mãos do Sr. Brown, a opinião pública penderia para o lado dos líderes trabalhistas extremistas e dos revolucionários. Se o documento não aparecesse, a batalha seria de igual para igual. Com o exército e a força policial leais, o governo poderia vencer... mas à custa de muito sofrimento. Tommy cultivava outro sonho extremamente absurdo. Com o Sr. Brown desmascarado e capturado, achava, certo ou errado, que toda a organização iria desmoronar de forma ignominiosa e instantânea. Era a influência estranha e onipresente do chefe invisível que mantinha aqueles homens unidos. Sem o chefe, Tommy achava que haveria um pânico imediato. E se os homens honestos pudessem decidir por si mesmos, sempre haveria a possibilidade de uma reconciliação de última hora.

"É o que se pode chamar de espetáculo de um homem só", pensou Tommy. "Basta capturar o chefe e tudo acabará."

Fora para poder executar esse projeto ambicioso que Tommy pedira ao Sr. Carter que não abrisse o envelope lacrado. O esboço do tratado era a isca que ele usaria. Volta e meia, ele duvidava de suas suposições. Como se atrevia a pensar que descobrira o que tantos homens mais inteligentes e espertos não haviam conseguido? Não obstante, Tommy se apegava tenazmente à sua idéia.

Naquela noite, ele e Albert penetraram novamente no terreno de Astley Priors. O objetivo de Tommy era encontrar algum meio de entrar na casa. E, subitamente, quando se aproximavam cautelosamente da casa, Tommy deixou escapar uma exclamação de espanto.

Em uma janela do segundo andar, havia alguém parado diante da luz, que lhe delineava nitidamente a silhueta. E era uma silhueta que Tommy reconheceria em qualquer lugar. Tuppence estava naquela casa!

Ele agarrou o braço de Albert.

— Fique aqui! Quando eu começar a cantar, observe aquela janela!

Recuando rapidamente até o caminho principal, Tommy pôs-se a cantar, em voz bem alta, enquanto andava em passos trôpegos:

Sou um soldado,
Um alegre soldado britânico,
Pode-se ver que sou um soldado por meus pés...

Era uma das cantigas que mais se ouvia no gramofone nos tempos de hospital de Tuppence. Tommy tinha absoluta certeza de que ela reconheceria a cantiga e tiraria conclusões. Ele não tinha a menor propensão para o canto, mas seus pulmões eram excelentes. O barulho que conseguiu produzir foi simplesmente formidável.

Não demorou muito para que um mordomo impecável, acompanhado por um criado de libré igualmente impecável, saísse pela porta da frente. O mordomo reclamou. Tommy continuou a cantar, dirigindo-se afetuosamente ao mordomo como "meu bom homem". O criado de libré segurou-o por um braço, o mordomo pelo outro. Levaram-no até o portão. O mordomo ameaçou chamar a polícia caso Tommy voltasse a entrar na propriedade. Foi um serviço bem-feito, de maneira sóbria e serena. Qualquer um teria jurado que o mordomo era um mordomo de verdade, que o criado de libré era um criado de libré de verdade. O único senão era o fato de que o mordomo era Whittington!

Tommy retornou à estalagem e ficou esperando pela volta de Albert.

— O que aconteceu? — indagou Tommy, ansioso, assim que Albert apareceu.

— Enquanto o levavam para fora, a janela foi aberta e jogaram algo para fora.

Ele entregou um papel a Tommy e acrescentou:

— Estava enrolado num peso de papel.

No papel, estavam rabiscadas quatro palavras: "Amanhã – à mesma hora."

— Santo Deus! — exclamou Tommy. — Descobrimos!

— Escrevi uma mensagem num pedaço de papel, enrolei numa pedra e joguei pela janela — continuou Albert, ofegante.

Tommy gemeu.

— Seu zelo ainda será a nossa perdição, Albert. O que disse na sua mensagem?

— Disse que estávamos na estalagem. Se ela conseguisse escapar, que viesse até aqui e grasnasse como uma rã.

— Tuppence saberá que a mensagem é sua — disse Tommy, com um suspiro de alívio. — Sua imaginação é delirante, Albert. Só não sei como você reconheceria uma rã grasnando, se a ouvisse.

Albert ficou abatido. Tommy procurou reanimá-lo:

— Anime-se, rapaz. Não houve mal algum. Aquele mordomo é um velho amigo meu. E aposto que ele soube quem eu era, apesar de não ter demonstrado. Eles querem dar a impressão que não suspeitam de nada. É por isso que não encontramos a menor dificuldade. Não querem me desencorajar inteiramente. Por outro lado, também não querem tornar as coisas fáceis demais. Sou um peão no jogo deles, Albert. Afinal, se a aranha deixar a mosca escapar com muita facilidade, a mosca pode pensar que foi tudo tramado. É justamente essa a utilidade do jovem e promissor Sr. T. Beresford, que apareceu no momento mais oportuno para eles. Mais tarde, porém, o Sr. T. Beresford vai acabar levando a melhor!

Tommy passou o resto da noite em um estado de relativa exultação. Tinha elaborado um plano cuidadoso para a noite seguinte. Estava certo de que os habitantes de Astley Priors não iriam interferir em suas atividades até certo ponto. Era além desse ponto que Tommy pretendia proporcionar-lhes uma surpresa.

Por volta do meio-dia, no entanto, sua serenidade foi abalada. Informaram-no que alguém desejava lhe falar. Era um carroceiro, de aspecto rude, quase inteiramente coberto de lama.

— E então, meu bom homem, o que deseja? — indagou Tommy.

— Está esperando por esta mensagem, senhor?

O carroceiro estendeu um papel dobrado, bastante sujo, por fora do qual estava escrito: "Leve isto para o cavalheiro na estalagem perto de Astley Priors. Ele lhe dará 10 *shillings*."

A letra era de Tuppence. Tommy apreciou a esperteza dela, percebendo que ele poderia estar na estalagem sob um nome suposto. Pegou a mensagem.

— É mesmo para mim.

— E os meus 10 *shillings*? — indagou o homem.

Tommy entregou-lhe o dinheiro e depois leu a mensagem:

CARO TOMMY:

Eu soube logo que era você na noite passada. Não vá esta noite, pois eles estarão à sua espera. Vão levar-nos embora pela manhã. Ouvi falar em Gales... Holyhead, se não me engano. Jogarei este bilhete na estrada, se tiver uma oportunidade. Annette contou-me como você conseguiu escapar. Ânimo!

Sempre sua,

Tommy gritou por Albert antes mesmo de terminar a leitura daquela epístola característica.

— Arrume minhas malas! Vamos partir!

— Sim, senhor.

O barulho das botas de Albert subindo a escada era estrondoso. Holyhead?, pensou Tommy. Será que isso significava que, no fim das contas... Tommy estava perplexo. Leu o bilhete outra vez.

As botas de Albert continuavam a fazer o maior barulho lá em cima. Subitamente, um segundo grito soou lá embaixo:

— Albert! Sou um completo idiota! Não precisa mais fazer as malas!

— Sim, senhor.

Tommy alisou o papel, pensativo.

— Isso mesmo, não passo de um completo idiota – disse ele, baixinho. — Mas há outro completo idiota nessa história! E finalmente eu sei quem é!

24
Julius recebe uma ajuda

Em sua suíte no Claridge's, Kramenin estava recostado em um sofá e ditava para seu secretário em um russo sibilante.

Dali a pouco, o telefone ao lado do secretário tocou. Ele atendeu, falou por um minuto e depois virou-se para o chefe:

— Há um homem lá embaixo que deseja falar com o senhor:

— Quem é?

— Disse que é o Sr. Julius P. Hersheimmer.

— Hersheimmer... — repetiu Kramenin, pensativo. — Já ouvi esse nome antes.

— O pai dele foi um dos reis do aço dos Estados Unidos – explicou o secretário, cuja função era saber de tudo. — O jovem deve ser várias vezes milionário.

Os olhos de Kramenin se estreitaram com uma expressão de satisfação.

— É melhor você descer e conversar com ele, Ivan. Descubra o que ele quer.

O secretário obedeceu, fechando a porta silenciosamente ao sair. Voltou poucos minutos depois.

— Ele se recusa a dizer o que deseja. Declarou que o assunto é particular e pessoal e que precisa vê-lo imediatamente.

— Um jovem várias vezes milionário... — murmurou Kramenin. — Traga-o até aqui, meu caro Ivan.

O secretário saiu e retornou pouco depois com Julius.

— Sr. Kramenin? — indagou o norte-americano.

O russo, examinando-o atentamente com seus olhos claros e venenosos, fez uma mesura.

— Prazer em conhecê-lo – disse o norte-americano. — Tenho um assunto muito importante a tratar, se puder falar-lhe a sós.

Ele indicou o outro com os olhos.

— Meu secretário, senhor Grieber, está a par de tudo o que faço. Não tenho segredos para ele.

— Pode até não ter... mas eu tenho – disse Julius, secamente – Por isso, agradeceria se o mandasse se retirar.

— Talvez não se importe, Ivan, de se retirar para o aposento ao lado...

— O aposento ao lado não serve – interrompeu-o Julius. – Conheço essas suítes reais... e quero que esta esteja inteiramente vazia, a não ser por nós dois. Mande-o até a loja da esquina para comprar um pacote de amendoim.

Embora não apreciasse muito a liberdade com que o norte-americano falava, Kramenin estava dominado pela curiosidade.

— O assunto que o trouxe até aqui vai tomar muito tempo?

— Pode tomar a noite inteira, caso esteja interessado.

— Está certo. Não vou mais precisar de você esta noite, Ivan. Vá a um teatro... tire a noite de folga.

— Obrigado, excelência.

O secretário fez uma mesura e se retirou.

Julius ficou parado na porta, observando-o se afastar. Finalmente, com um suspiro satisfeito, fechou a porta e voltou para o meio da sala.

— Agora, Sr. Hersheimmer, não quer fazer a gentileza de dizer o que deseja?

— Acho que não vai levar um minuto.

E no instante seguinte, com uma brusca mudança de atitude, Julius gritou rispidamente:

— Levante as mãos... ou eu atiro!

Kramenin ficou olhando para a automática por um momento, completamente aturdido. Depois, com uma pressa quase cômica, ergueu as mãos acima da cabeça. Foi nesse instante que Julius pôde avaliá-lo. O homem com quem estava lidando era um covarde miserável. O resto seria fácil.

— Isso é um ultraje! — gritou o russo, histericamente. — Um ultraje! Pretende me matar?

— Não, se baixar a voz. E não vá se aproximando de lado, sorrateiramente, da campainha. Assim é melhor.

— O que está querendo? Não cometa nenhuma imprudência. Lembre-se de que minha vida possui um imenso valor para o meu país. Posso ter sido difamado, mas...

— Acho que o homem que deixasse a luz do dia entrar em você estaria prestando um serviço à humanidade. Mas não precisa se preocupar. Não tenho intenção de matá-lo... isto é, desde que se mostre um homem compreensivo.

O russo encolheu-se diante da ameaça nos olhos de Julius. Passou a língua pelo lábios ressecados.

— O que está querendo? Dinheiro?
— Não. Quero Jane Finn.
— Jane Finn? Nunca ouvi falar dela!
— Está mentindo. Sabe perfeitamente de quem estou falando.
— Juro que nunca ouvi falar dessa moça.
— E eu lhe digo que Little Willie está louco de vontade de entrar em ação.

O russo se encolheu ainda mais.

— Não se atreveria...
— Pode estar certo de que eu não teria a menor hesitação.

Kramenin deve ter percebido uma firme convicção no tom de Julius, pois disse sombriamente:

— Supondo-se que eu saiba o que está querendo dizer... e daí?
— Irá me dizer agora, neste instante, onde posso encontrá-la.

Kramenin sacudiu a cabeça.

— Não posso.
— Por que não?
— Está pedindo algo impossível.
— Está com medo, hein? De quem? Do Sr. Brown? Ora, está apavorado! Quer dizer que existe mesmo o tal de Sr. Brown? Eu duvidava. E a simples menção do seu nome o deixa apavorado!
— Já estive com ele – disse o russo, devagar. – Falei com ele pessoalmente. Mas só depois é que soube. Era um rosto

na multidão. Não poderia reconhecê-lo. Quem é ele realmente? Não sei. Mas de uma coisa tenho certeza: é um homem que se deve temer.

— Ele nunca saberá.

— O Sr. Brown sabe de tudo... e sua vingança é imediata. Nem mesmo eu, Kramenin, escaparia.

— Quer dizer que não vai fazer o que estou pedindo?

— Está pedindo algo impossível.

— É uma pena para você mesmo – disse Julius, jovialmente. – Mas o mundo se beneficiará.

Ele levantou a arma.

— Pare! – gritou o russo, estridentemente. – Pretende mesmo atirar em mim?

— Claro que pretendo. Sempre ouvi dizer que vocês, revolucionários, não dão o menor valor à vida humana. Mas parece que há uma diferença quando se trata de suas próprias vidas. Eu lhe dei uma chance de salvar a pele, mas não quis aproveitá-la.

— Eles me matariam!

— O problema é seu. Mas uma coisa posso lhe dizer: Little Willie tem uma pontaria certeira. Se eu fosse você, preferiria correr o risco com o Sr. Brown.

— Você será enforcado se me matar – disse o russo, indeciso.

— É nisso que se engana. Está se esquecendo dos dólares. Uma multidão de advogados entrará em ação. Os médicos mais respeitáveis serão convocados para depor. E a conclusão será a de que eu estava mentalmente perturbado por ocasião do crime. Passarei alguns meses num sanatório, minha saúde mental irá melhorar e os médicos poderão declarar que estou novamente são. E tudo terminará bem para o pequeno Julius. Acho que posso suportar uns poucos meses de isolamento para livrar o mundo de você. Não se engane pensando que serei enforcado.

O russo acreditou. Como era corrupto, acreditava implicitamente no poder do dinheiro. Já lera histórias de julgamentos por homicídio nos Estados Unidos que haviam se desenrolado da maneira que Julius indicara. Ele próprio já comprara e vendera justiça. Aquele jovem norte-americano tão viril, com sua fala arrastada, tinha-o em seu poder.

— Vou contar até cinco — continuou Julius. — Se me deixar passar de quatro, acho que não precisará mais se preocupar com o Sr. Brown. Talvez ele mande algumas flores para o seu enterro, só que não poderá cheirá-las. Está pronto? Vou começar. Um... dois... três... quatro...

O russo interrompeu-o com um grito estridente:

— Não atire! Farei tudo o que quiser!

Julius abaixou o revólver.

— Eu sabia que teria juízo. Onde está a moça?

— Em Gatehouse, em Kent. A casa tem o nome de Astley Priors.

— Ela é prisioneira lá?

— Não tem permissão para deixar a casa, embora isso não causasse qualquer problema. A idiota perdeu a memória.

— O que deve ter sido terrível para você e seus amigos. E onde está a outra moça, a que vocês atraíram para uma armadilha há uma semana?

— Ela está lá também.

— Isso é ótimo! Não acha que está tudo correndo bem? E que noite maravilhosa para um passeio!

— Que passeio? — indagou Kramenin, atônito.

— Até Gatehouse, é claro. Gosta de passear de carro?

— O que está querendo dizer? Eu me recuso a ir!

– Não precisa ficar tão irritado. Deve saber que não sou criança para deixá-lo aqui. Assim que eu saísse, telefonaria para seus amigos.

Julius observou a expressão de desânimo no rosto do russo e acrescentou:

– Tudo combinado, não é mesmo? Aquela porta é a do seu quarto? Pois vá para lá. Little Willie e eu iremos logo atrás. Ponha um casaco bem grosso. Esse serve. Revestido de pele, hein? E você é um socialista! Já podemos ir. Vamos descer, atravessar o saguão e entrar no meu carro. E não se esqueça de que Little Willie estará apontado para você durante todo o caminho. Atiro muito bem através do bolso do casaco. Basta uma palavra ou mesmo um simples olhar para dos criados e haverá uma cara nova nas profundezas do inferno!

Desceram a escada e saíram para o carro. O russo tremia de raiva. Os empregados do hotel estavam por perto. Um grito aflorou a seus lábios, mas, no último instante, faltou-lhe coragem. O norte-americano era o tipo de homem que cumpriria uma ameaça.

Ao chegarem ao carro, Julius deixou escapar um suspiro de alívio. O perigo maior já passara. O medo deixara hipnotizado o homem ao seu lado.

– Entre no carro!

Ao perceber o olhar de Kramenin para o motorista, Julius acrescentou:

– Não espere qualquer ajuda do motorista. Ele era da Marinha. Estava num submarino na Rússia quando estourou a Revolução. Um irmão dele foi assassinado por sua gente. Ei, George!

– Pois não, senhor? – disse o motorista, virando a cabeça.

– Este cavalheiro é um russo bolchevique. Não queremos alvejá-lo, mas talvez não haja outro jeito. Está entendendo?

— Perfeitamente, senhor.

— Quero ir até Gatehouse, em Kent. Conhece a estrada?

— Conheço, senhor. A viagem deverá levar uma hora e meia.

— Faça em uma hora. Estou com pressa.

— Farei o possível, senhor.

O carro disparou por entre o tráfego.

Julius refestelou-se confortavelmente ao lado de sua vítima. Manteve a mão no bolso, mas sua atitude era mais cortês. E começou a falar, jovialmente:

— Havia um homem no Arizona em quem atirei...

Ao fim da viagem de uma hora, o infeliz Kramenin estava mais morto que vivo. Depois da história do homem de Arizona, houvera o relato de um episódio em São Francisco e outro nas Montanhas Rochosas. O estilo narrativo de Julius era pitoresco, senão rigorosamente acurado.

Diminuindo a velocidade, o motorista avisou que estavam chegando a Gatehouse. Julius ordenou ao russo que passasse a dar a orientação. Seu plano era seguir direto até a casa. Chegando ali, Kramenin devia pedir que lhe trouxessem as duas moças. Julius explicou que Little Willie não toleraria um fracasso. A essa altura, Kramenin era um fantoche nas mãos do norte-americano. A viagem em alta velocidade deixara-o ainda mais acovardado. Considerou-se morto a cada curva da estrada.

O carro seguiu pelo caminho e parou no pórtico. O motorista olhou para trás, esperando pelas ordens.

— Vire o carro primeiro, George. Depois, toque a campainha e volte para seu lugar. Mantenha o motor funcionando e fique preparado para sair o mais depressa possível, quando eu o avisar.

— Está certo, senhor.

A porta da frente foi aberta pelo mordomo. Kramenin podia sentir o cano do revólver comprimido contra suas costelas.

— Agora! — sussurrou Julius. — E tome cuidado!

O russo assentiu. Seus lábios estavam brancos, e a voz não era muito firme quando disse:

— Sou eu... Kramenin! Tragam a moça imediatamente! Não há tempo a perder!

Whittington tinha descido os degraus. Soltou uma exclamação de espanto ao reconhecer o russo.

— Você? O que aconteceu? Deve saber do plano...

Kramenin interrompeu-o, usando as palavras que já causaram muitos pânicos desnecessários:

— Fomos traídos! Os planos devem ser abandonados! Precisamos salvar nossas vidas! Traga a moça imediatamente! É a nossa única chance!

Whittington hesitou, mas apenas por um momento.

— Tem ordens... dele?

— Claro que tenho! Eu estaria aqui se não tivesse? Depressa! Não há tempo a perder! E é melhor trazer também a outra moça!

Whittington virou-se e entrou correndo na casa. Minutos angustiantes se passaram. Depois, dois vultos envoltos em mantos desceram os degraus e entraram no carro. O vulto menor fez menção de resistir, mas Whittington empurrou-o de forma rude, sem a menor cerimônia. Julius inclinou-se para a frente. Nesse momento, a luz que saía pela porta aberta iluminou-lhe o rosto. Outro homem que estava nos degraus, atrás de Whittington, soltou uma exclamação de espanto. O segredo terminara.

— Vamos embora, George! — gritou Julius.

O motorista pisou no acelerador e o carro deu um pulo para a frente. O homem nos degraus soltou uma imprecação. Levou a mão ao bolso. Houve um clarão e um estampido. A bala passou perto da garota mais alta.

— Abaixe-se, Jane! — gritou Julius. — Deite no fundo do carro!

Ele empurrou-a para baixo, depois ergueu-se, apontou e disparou.

— Acertou? — perguntou Tuppence, ansiosamente.

— Claro! — confirmou Julius. — Mas ele não está morto. Os canalhas custam a morrer. Você está bem, Tuppence?

— Claro que estou! Onde está Tommy? E quem é esse homem?

Ela indicava o trêmulo Kramenin.

— Tommy deve estar viajando para a Argentina. Acho que ele pensou que você tinha batido as botas. Não pare no portão, George! Isso mesmo. Eles levarão pelo menos cinco minutos para vir atrás de nós. Mas podem usar o telefone e mandarem alguém ficar na tocaia. Por isso, tome cuidado. Está querendo saber quem é esse homem, Tuppence? Deixe-me apresentá-la ao senhor Kramenin. Persuadi-o a me acompanhar nesta viagem, pois estava preocupado com a saúde dele.

O russo permaneceu calado, ainda lívido de terror.

— Mas por que eles nos deixaram ir embora? — indagou Tuppence, desconfiada.

— Acho que o senhor Kramenin pediu-lhes de um jeito tão convincente que eles não puderam recusar.

Era demais para o russo, que explodiu subitamente:

— Vá para o diabo! Eles sabem agora que os traí! Minha vida não está mais segura neste país!

— Tem razão — concordou Julius. — Eu o aconselharia a partir para a Rússia imediatamente.

— Pois então me deixe saltar deste carro! Já fiz o que me pediu! Por que ainda me mantém prisioneiro?

— Pode apostar que não é pelo prazer da sua companhia. Mas acho que já pode saltar. Só estava pensando que iria preferir que eu o levasse de volta a Londres.

— Talvez nunca chegue a Londres! Deixe-me sair imediatamente!

— Está certo. Dê uma parada, George. O cavalheiro não vai fazer a viagem de volta. Se algum dia eu for à Rússia, Sr. Kramenin, espero ter uma recepção calorosa e...

Mas antes que Julius terminasse de falar e antes que o carro parasse de todo, o russo já tinha saltado, desaparecendo rapidamente na noite escura.

— Ele estava mesmo um pouco impaciente em nos deixar — comentou Julius, quando o carro ganhou velocidade outra vez. — E nem se lembrou de se despedir polidamente das moças. Ei, Jane, agora já pode se sentar no banco!

A moça falou pela primeira vez:

— Como foi que o "persuadiu"?

Julius deu uma pancadinha no revólver.

— Little Willie é que merece todo o crédito.

— Esplêndido! — exclamou a moça, olhando para Julius com uma expressão de admiração.

— Annette e eu não tínhamos a menor idéia do que ia acontecer — disse Tuppence. — O velho Whittington disse-nos que tínhamos de ir embora imediatamente. Pensamos que fôssemos cordeirinhos a caminho do matadouro.

— Annette... — repetiu Julius. — É assim que a chama?

Sua mente parecia estar se ajustando a uma nova idéia.

— É o nome dela — disse Tuppence, arregalando os olhos.

— Nada disso! — reagiu Julius. — Ela pode pensar que é esse seu nome, porque perdeu a memória. Mas a moça que temos aqui é a verdadeira e original Jane Finn.

— O quê? — gritou Tuppence.

Mas ela foi bruscamente interrompida. Houve um estampido súbito e um bala foi cravar-se no estofamento do carro, a poucos centímetros de sua cabeça.

— Abaixem-se! — gritou Julius. — É uma emboscada! Esses sujeitos não perderam tempo! Dê tudo o que puder, George!

O carro deu outro pulo para frente. Soaram mais três tiros, mas felizmente erraram o alvo. Julius olhou para trás.

— Não vejo coisa alguma em que atirar — anunciou ele, sombriamente. — Mas acho que podemos esperar outro piquenique pela frente. Ai!

Ele levou a mão ao rosto.

— Está ferido? — indagou Annette.

— É apenas um arranhão.

A moça empertigou-se.

— Deixe-me sair! Deixe-me sair! Pare o carro! Eles estão atrás de mim! Sou a única que querem! Não podem morrer por minha causa! Deixem-me sair!

Ela estava sacudindo freneticamente a maçaneta da porta. Julius segurou-a com os dois braços e fitou-a atentamente. Ela falara sem o menor vestígio de sotaque estrangeiro.

— Sente-se, menina — disse ele, gentilmente. — Acho que não há nada de errado com a sua memória. Conseguiu enganá-los o tempo todo, hein?

A moça fitou-o, assentiu e depois desatou a chorar. Julius afagou-a nos ombros.

— Pronto, pronto. Fique tranquila agora. Não vamos deixar que nada mais lhe aconteça.

Por entre os soluços, a moça balbuciou:

— Você é norte-americano... Reconheço o sotaque... Tenho tanta saudade de casa...

— Claro que sou norte-americano. E mais do que isso: sou seu primo, Julius Hersheimmer. Vim para a Europa tentar encontrá-la. E devo confessar que não foi nada fácil.

O carro diminuiu a velocidade. George informou o motivo:

— Há uma encruzilhada adiante, senhor. Não sei qual é o caminho certo.

O carro estava quase parando. E foi nesse momento que alguém subiu de repente por trás da capota e caiu de cabeça no meio deles.

— Desculpem – disse Tommy, procurando se endireitar.

Um tumulto de exclamações confusas saudaram seu aparecimento súbito. Ele explicou:

— Eu estava escondido atrás das moitas, perto da casa. Segurei-me atrás do carro. Não pude avisar antes, pela velocidade em que estavam. Para dizer a verdade, mal consegui me segurar. E agora quero que as duas moças saiam do carro.

— Sair?

— Isso mesmo. Há uma estação perto daqui, seguindo por aquela estrada. Vai passar um trem dentro de três minutos. Poderão pegá-lo, se se apressarem.

— Mas que diabo está querendo? – perguntou Julius. – Acha que pode conseguir enganá-los deixando o carro aqui?

— Nós dois não vamos deixar o carro. Só as moças é que vão saltar.

— Você está doido, Beresford! Não pode deixar as moças irem embora sozinhas!

Tommy virou-se para Tuppence.

— Salte imediatamente, Tuppence. E leve-a com você. Faça o que estou dizendo, sem perguntas. Nada lhes acontecerá. Estão seguras. Pegue o trem para Londres. Procurem

Sir James Peel Edgerton. O Sr. Carter mora fora de Londres, mas estarão seguras com ele.

— Mas que diabo! — gritou Julius. — Você está inteiramente doido! Fiquei onde está, Jane!

Com um movimento rápido e repentino, Tommy arrancou o revólver da mão de Julius e apontou-o para ele.

— E agora, vai acreditar que estou falando sério? Saiam logo, vocês duas! E não tente impedir... caso contrário atirarei!

Tuppence saiu imediatamente, arrastando a relutante Jane.

— Vamos logo. Não há problema. Se Tommy está certo do que diz... então devemos fazer o que ele manda. Vamos depressa, ou perderemos o trem.

As duas começaram a correr.

A raiva acumulada de Julius explodiu:

— Mas que diabo...

Tommy interrompeu-o:

— Cale-se! Precisamos ter uma conversinha, Sr. Julius Hersheimmer!

25
A história de Jane

Com o braço passado em torno de Jane, quase a arrastá-la, Tuppence chegou finalmente à estação. Seus ouvidos atentos perceberam o ruído do trem que se aproximava.

— Depressa ou vamos perder o trem!

Chegaram à plataforma no momento em que o trem parou. Tuppence abriu a porta de um compartimento de primeira classe que estava vazio. As duas afundaram, ofegantes, nos assentos estofados.

Um homem deu uma olhada no compartimento e depois seguiu para o vagão seguinte. Jane estremeceu, nervosamente. Seus olhos estavam dilatados de terror. Olhou para Tuppence e balbuciou:

— Será que é um deles?

Tuppence sacudiu a cabeça.

— Claro que não! Está tudo bem agora.

Ela pegou a mão de Jane e acrescentou:

— Tommy não nos teria mandado pegar este trem se não tivesse certeza de que está tudo bem.

— Mas é que ele não os conhece como eu! – exclamou a moça, estremecendo. – Você não pode compreender! Foram cinco anos, cinco longos anos! Houve ocasiões em que pensei que fosse enlouquecer!

— Isso não tem mais importância. Está tudo acabado.

— Será que está mesmo?

O trem estava agora em movimento, avançando pela noite a uma velocidade cada vez maior. Subitamente, Jane Finn estremeceu.

— O que foi isso? Pensei ter visto um rosto... olhando pela janela!

— Não há nada ali. Veja!

Tuppence foi até a janela e baixou a cortina.

— Tem certeza?

— Absoluta.

A outra moça achou que devia dar uma explicação:

— Estou me comportando como um coelho assustado, mas não consigo me controlar. Se eles me pegassem agora...

Os olhos dela se arregalaram de pavor.

— *Não!* – implorou Tuppence. – Deite-se e *não pense*! Pode estar certa de que Tommy não teria agido assim se não estivesse absolutamente certo do que está fazendo!

— Meu primo não estava tão certo. Não queria que saíssemos do carro.

— Tem razão — murmurou Tuppence, um tanto constrangida.

— Em que está pensando? — perguntou Jane, abruptamente.

— Por que pergunta?

— A sua voz está... esquisita.

— Eu estava pensando numa coisa... Mas não quero dizer nada. Ou, pelo menos, não agora. Posso estar errada, embora não acredite muito nessa possibilidade. É apenas uma idéia que já me ocorreu há bastante tempo. E tenho quase certeza de que Tommy também pensou na mesma coisa. Mas você não precisa se preocupar agora. Haverá tempo suficiente para isso mais tarde. E pode ser até que eu esteja redondamente enganada. Agora, faça o que estou dizendo. Deite-se e procure não pensar em nada.

— Vou tentar.

As pálpebras compridas desceram sobre os olhos cor de avelã.

Tuppence continuou sentada, empertigada, quase na atitude de um *terrier* de guarda vigilante. Contra a sua vontade, estava bastante nervosa. Os olhos deslocavam-se sem parar de uma janela para outra. Já tinha verificado a posição exata da campainha de emergência. Não sabia exprimir exatamente o que estava temendo. Mas a verdade é que não sentia interiormente a mesma confiança demonstrada em suas palavras. Não que não acreditasse em Tommy, mas de vez em quando sentia-se abalada por dúvidas, sem saber se alguém tão honesto e simples como ele poderia ser um adversário à altura para a inteligência diabólica do arquiinimigo.

Se conseguissem chegar até Sir James Peel Edgerton em segurança estaria tudo bem. Mas será que conseguiriam?

Será que as forças sinistras e invisíveis do Sr. Brown já não estavam se concentrando para atacá-las? Mesmo a última imagem de Tommy, com o revólver na mão, não conseguiu tranqüilizá-la. Àquela altura, Tommy já podia estar dominado, subjugado pelas forças superiores do inimigo. Tuppence tratou de elaborar seu plano de campanha.

Quando o trem diminuiu a velocidade, entrando em Charing Cross, Jane Finn sentou-se, estremecendo.

— Chegamos? Pensei que nunca iríamos conseguir!

— Eu tinha certeza de que conseguiríamos chegar a Londres. Se vai acontecer alguma coisa, o momento é agora. Vamos sair logo. Pegaremos um táxi.

Levaram um minuto para atravessar a barreira, pagar a passagem e entrar em um táxi.

— King's Cross — disse Tuppence ao motorista.

Ela teve um sobressalto nesse momento. Um homem olhou pela janela, no instante em que o táxi arrancava. Tuppence teve quase certeza de que era o mesmo homem que as olhara no trem. E teve também a sensação terrível de que estavam cercadas por todos os lados.

— Se eles estão pensando que vamos procurar Sir James, isso os despistará — explicou ela para Jane. — Vão imaginar agora que estamos indo ao encontro do Sr. Carter. A casa dele fica em algum lugar ao norte de Londres.

Havia um engarrafamento em Holborn e o táxi teve que parar. Era justamente isso o que Tuppence estava esperando.

— Vamos saltar! — sussurrou ela. — Depressa!

Dois minutos depois, elas estavam em outro táxi, seguindo para Carlton House Terrace

— Isso deve tê-los despistado! — comentou Tuppence, satisfeita. — Não posso deixar de pensar que sou um bocado esperta! Como o motorista daquele outro táxi deve estar nos xingando! Mas anotei o número dele e amanhã lhe mandarei uma ordem de pagamento postal, a fim de que ele não tenha prejuízo, se for mesmo autêntico. Ei, o carro está derrapando!

Houve um estrondo no momento do impacto. Outro táxi colidira com o carro delas.

Num relance, Tuppence saltou. Um guarda estava se aproximando. Antes que ele chegasse, Tuppence entregou 5 *shillings* ao motorista e desapareceu no meio da multidão em companhia de Jane.

— Falta pouco agora — disse ela, pois o acidente ocorrera perto da Trafalgar Square.

— Acha que a colisão foi acidental ou deliberada?

— Não sei. Pode ter sido qualquer uma das duas.

De mãos dadas, as duas moças caminharam apressadamente. Subitamente, Tuppence disse:

— Pode ser imaginação minha, mas tenho a sensação de que alguém está nos seguindo...

— Depressa! — murmurou Jane. — Oh, depressa!

Elas estavam agora na esquina da Carlton House Terrace e sentiam-se um pouco mais animadas. De repente, um homem imenso e aparentemente embriagado barrou-lhes a passagem.

— Boa noite, moças — disse ele, a voz engrolada. — Para onde estão indo tão depressa?

— Deixe-nos passar, por favor — disse Tuppence, firmemente.

— Ora, quero apenas dar uma palavrinha à sua linda amiguinha!

O homem estendeu a mão muito firme e agarrou o ombro de Jane. Tuppence ouviu passos atrás delas. Não procurou verificar se eram de amigos ou inimigos. Abaixando a cabeça, ela repetiu uma manobra dos seus tempos de criança, acertando uma cabeçada na ampla barriga do agressor. O resultado dessa tática pouco esportiva foi imediato. Abruptamente, o homem caiu sentado na calçada. Tuppence e Jane saíram correndo. A casa que procuravam ficava um pouco mais adiante. Outros passos ecoavam atrás delas. Estavam ofegantes, respirando com dificuldade, quando alcançaram a porta da casa de Sir James. Tuppence puxou a campainha, enquanto Jane batia com a aldrava.

O homem que as detivera chegou ao pé da escada. Hesitou por um momento e nesse instante a porta foi aberta. As duas cambalearam para dentro do saguão. Sir James saiu da biblioteca.

— O que está acontecendo?

Ele se adiantou rapidamente e estendeu o braço para amparar Jane, que cambaleava, prestes a desfalecer. Levou-a até a biblioteca e deitou-a em um sofá de couro. Despejou um pouco de conhaque em um copo e obrigou-a a beber. Com um suspiro, Jane sentou-se, os olhos ainda arregalados e apavorados.

— Está tudo bem agora. Não precisa temer mais nada, menina. Está segura aqui.

A respiração de Jane foi se normalizando e a cor voltou a seu rosto. Sir James olhou para Tuppence com uma expressão estranha.

— Quer dizer então que não está morta, Srta. Tuppence, assim como o seu Tommy também não estava!

— Não é muito fácil liquidar os Jovens Aventureiros — gabou-se Tuppence.

— É o que está parecendo. Estou certo ao pensar que o empreendimento conjunto terminou com sucesso e que esta — ele virou-se para a moça sentada no sofá — é a Srta. Jane Finn?

— Sou realmente Jane Finn — murmurou a moça. — E tenho muita coisa para contar ao senhor.

— Assim que estiver mais forte...
— Não! Tem que ser agora! Eu me sentirei mais segura depois de lhe contar tudo o que sei.
— Como achar melhor.

Sir James sentou-se em uma das poltronas de couro diante do sofá. Em voz baixa, Jane começou a contar sua história:

— Vim para cá no *Lusitania*, a caminho de Paris. Pensava muito na guerra e queria ajudar, de um jeito ou de outro. Tinha estudado francês e minha professora informou que precisavam de ajuda num hospital de Paris. Escrevi uma carta, oferecendo meus serviços. Aceitaram. Como não tinha parentes próximos, não foi difícil tomar as providências necessárias. Quando o *Lusitania* foi torpedeado um homem veio falar comigo. Eu já o tinha notado antes, mais de uma vez, e havia ficado com a impressão de que ele estava com medo de alguém ou de alguma coisa. Perguntou-me se eu era uma norte-americana patriota e disse que estava levando documentos de importância vital para os aliados. Pediu-me que ficasse com os documentos. Eu deveria ficar esperando por um anúncio no *Times*. Se não aparecesse em três dias, deveria levar os documentos ao embaixador norte-americano. A maior parte do que se seguiu ainda parece um pesadelo. De vez em quando, sonho com tudo. Vou relatar essa parte da maneira mais breve possível. O Sr. Danvers pediu que eu tivesse cautela. Podia ter sido seguido desde Nova York, embora achasse que não. A princípio, não desconfiei de nada. Mas no bote, a caminho de Holyhead, comecei a me sentir apreensiva. Havia uma mulher que procurava me ajudar a todo instante e tentava fazer amizade comigo. Era a Sra. Vandemeyer. Não pude deixar de me sentir grata pela maneira bondosa com que ela me tratava. Apesar disso, sentia durante todo o tempo que havia algo nela que não me agradava. No barco irlandês, observei-a conversando com alguns homens de aparência esquisita. Pelo jeito como olhavam, compreendi que estavam falando a meu respeito.

Jane continuou seu relato:

— Lembrei-me de que a Sra. Vandemeyer estava bem perto de mim no *Lusitania* no momento em que o Sr. Danvers me entregara o pacote. Antes disso, ela tentara inclusive iniciar conversa com ele. Comecei a ficar apavorada, mas não sabia o que fazer. Pensei em ficar em Holyhead, em não ir para Londres naquele mesmo dia. Mas logo compreendi que isso seria tolice. Tinha que me comportar como se não tivesse percebido coisa alguma e esperar que acontecesse o melhor. Não via qualquer possibilidade de eles me agarrarem se me mantivesse vigilante. Já havia tomado uma precaução: abri o oleado, substituí os documentos por papéis em branco e costurei-o novamente. Assim, não teria qualquer importância se alguém me roubasse o pacote. Mas fiquei sem saber o que fazer com os documentos. Finalmente, tive uma idéia. Desdobrei-os, pois eram apenas duas folhas, e coloquei-os entre duas páginas de anúncios de uma revista. Colei as duas páginas pelas beiras, com cola tirada de um envelope. E enfiei a revista no bolso do meu casacão. Chegando a Holyhead, tentei entrar num compartimento do trem em companhia de pessoas que me parecessem direitas. Mas, estranhamente, parecia-me haver sempre uma multidão me cercando, empurrando-me na direção para a qual não desejava ir. Era algo apavorante. Por fim, acabei no mesmo compartimento da Sra. Vandemeyer. Saí para o corredor, mas todos os outros compartimentos estavam cheios. Não tive outro jeito a não ser voltar e ficar sentada lá mesmo. Consolei-me com o pensamento de que havia outras pessoas no compartimento, como um homem bastante simpático e a esposa, sentados no outro banco. Assim, senti-me quase feliz, até nos aproximarmos de Londres. Recostei-me no banco e fechei os olhos. Creio que eles pensaram que eu estava dormindo. Mas meus olhos não estavam totalmente fechados e de repente avistei o homem simpático tirar alguma coisa de sua mochila e entregar à Sra. Vandemeyer. E, ao fazê-lo, piscou para ela...

Jane seguiu em sua narrativa:

— Não posso dizer o quanto aquela piscadela me deixou aterrorizada. A única coisa em que pensei foi sair para o corredor o mais depressa possível. Levantei-me, procurando parecer natural e tranqüila. Talvez eles tenham percebido alguma coisa, não posso dizer com certeza. O fato é que, de repente, a Sra. Vandemeyer gritou "Agora!", encostando algo em minha boca e nariz, enquanto eu tentava gritar. Um instante depois, recebi um golpe violento na cabeça.

Jane Finn fez uma pausa, estremecendo. Sir James murmurou algumas palavras de simpatia. Um minuto depois, ela recomeçou a falar:

— Não sei quanto tempo passou até que eu recuperasse os sentidos. Não me sentia bem, o estômago estava embrulhado. Descobri que estava deitada numa cama imunda. Havia um biombo ao redor, mas pude ouvir duas pessoas conversando no quarto. A Sra. Vandemeyer era uma delas. Tentei escutar, mas a princípio não pude entender direito as palavras. Quando finalmente comecei a compreender o que estava acontecendo, fiquei tão apavorada que não sei como não soltei um grito. Eles ainda não haviam encontrado os papéis. Tinham descoberto as folhas em branco dentro do oleado e ficaram furiosos. Não sabiam se eu trocara os papéis ou se Danvers estava levando documentos falsos, enquanto os verdadeiros eram despachados por outro portador. Falaram em me torturar para descobrir!

Jane Finn fechou os olhos por um instante.

— Eu nunca soubera antes o que era o medo, medo de verdade, terrível, que domina inteiramente a gente. Em determinado momento, eles foram me olhar. Fechei os olhos e fingi que continuava inconsciente. Tive medo de que ouvissem as batidas do meu coração. Mas eles logo se retiraram. Comecei a pensar desesperadamente. O que podia fazer? Sabia que não conseguiria resistir à tortura por muito tempo. Subitamente, pensei na perda da memória. O assunto sempre me interessara e tinha lido bastante a respeito. Sabia perfeitamente como fingir. E se o blefe desse certo, podia me salvar. Fiz uma prece e respirei fundo. Depois, abri os olhos e comecei a balbuciar... *em francês*! A Sra. Vandemeyer contornou imediatamente o biombo. O rosto dela tinha uma expressão tão diabólica que quase morri. Mas sorri-lhe, timidamente, indagando em francês onde estava. Percebi que ela ficou perplexa. Chamou o homem com quem estivera conversando. Ele ficou parado junto ao biombo, com o rosto nas sombras. Falou-me em francês. Tinha uma voz suave e tranqüila. Mas, não sei por que, assustou-me mais que a mulher. Tive a sensação de que ele via até o fundo de mim, mas continuei a desempenhar o papel. Perguntei novamente onde estava e depois disse que havia alguma coisa de que precisava me lembrar, mas que no momento minha mente parecia estar totalmente vazia. Fui parecendo cada vez mais aflita. O homem perguntou qual era o meu nome. Eu disse que não sabia, que não conseguia me lembrar de nada. De repente, ele me segurou o pulso e começou a torcê-lo. A dor era terrível. Soltei um grito. Ele continuou a torcer. Gritei e gritei uma porção de vezes. Mas, de alguma forma, consegui só gritar coisas em francês. Não sei por quanto tempo mais conseguiria agüentar. Mas, felizmente, desmaiei. A última coisa que ouvi foi a voz dele dizer: "Não é um blefe. Além do mais, uma garota da idade dela não saberia o bastante para fazer uma encenação dessas." Acho que ele estava esquecendo que as garotas norte-americanas são mais maduras que as inglesas e se interessam mais por assuntos científicos.

A história ganhava tons cada vez mais dramáticos:

— Quando recuperei os sentidos, a Sra. Vandemeyer estava me tratando com extrema gentileza. Falou-me em francês, disse que eu sofrera um choque muito grande e estivera bastante doente. Garantiu que em breve eu estaria melhor. Fingi estar aturdida, murmurei algo a respeito do médico que me machucara o pulso. Ela ficou aliviada ao ouvir tais palavras. Ela acabou saindo do quarto. Mas continuei desconfiada e fiquei deitada por mais algum tempo. Depois me levantei e caminhei pelo quarto, examinando-o. Achei que não haveria qualquer problema se alguém estivesse me observando, pois minha atitude era bastante natural, dadas as circunstâncias. Era um quartinho miserável e imundo. Não tinha janelas, o que parecia muito estranho. Imaginei que a porta devia estar trancada, mas não tentei abri-la. Havia algumas gravuras antigas nas paredes, representando cenas do Fausto.

Os dois espectadores de Jane soltaram uma exclamação de reconhecimento simultânea. A moça assentiu.

— É o mesmo lugar no Soho onde o Sr. Beresford esteve aprisionado. É claro que, naquela ocasião, eu nem sequer sabia que estava em Londres. Havia uma coisa que me preocupava terrivelmente. Mas meu coração disparou de alívio quando avistei o casacão jogado em cima de uma cadeira, *com a revista enrolada e ainda enfiada no bolso!* Se ao menos eu pudesse ter certeza de que não estava sendo observada...

Examinei as paredes com toda atenção. Não parecia haver qualquer buraco. Apesar disso, eu tinha certeza de que devia ter. De repente, sentei-me na beira da mesa e levei as mãos ao rosto, pondo-me a soluçar: *"Mon Dieu! Mon Dieu!"* Tenho ouvidos muito aguçados. Ouvi nitidamente o farfalhar de um vestido e um pequeno rangido. Foi o bastante para mim. Tinha agora certeza de que estava sendo observada! Deitei-me na cama e dali a pouco a Sra. Vandemeyer trouxe-me o jantar. Continuava a me tratar com toda suavidade. Imaginei que haviam pedido a ela que tentasse conquistar minha confiança. Ela me mostrou o pacote do oleado e me perguntou se o reconhecia, observando-me atentamente com seus olhos de lince. Peguei-o e revirei-o entre as mãos, com uma expressão aturdida. Depois, sacudi a cabeça. Disse que tinha a sensação de que devia me recordar de alguma coisa, que tudo parecia estar voltando, mas minha mente voltava a ficar em branco antes que pudesse apreender alguma coisa. Ela me disse então que eu era sua sobrinha e que devia chamá-la de "tia Rita". Assim a chamei, obedientemente. Ela acrescentou que eu não devia me preocupar, que minha memória em breve voltaria. Foi uma noite horrível. Fiz um plano enquanto esperava que ela voltasse. Os documentos tinham estado em segurança até aquele momento, mas eu não podia correr o risco de deixá-los na revista por mais tempo. A qualquer momento podiam folhear a revista. Fiquei acordada, deitada na cama, até calcular que já deviam ser 2 horas. Levantei-me, o mais silenciosamente possível, fui tateando no escuro pela parede da esquerda. Cuidadosamente, tirei um dos quadros da parede, o de Marguerite com a caixa de jóias. Fui até o casacão na cadeira, peguei a revista e mais dois ou três envelopes que tinha guardado. Depois, fui até o lavatório e umedeci o papel pardo atrás da gravura. Já tinha arrancado as duas páginas da revista. Coloquei-as, com as folhas tão importantes entre elas, atrás da gravura e pus o papel pardo por cima, colando-o com um pouco de cola que tirei dos envelopes. Ninguém poderia reparar que eu mexera no quadro. Tornei a pendurá-lo, pus a revista no bolso do casacão e voltei para a cama. Estava satisfeita com o meu esconderijo. Eles jamais pensariam em procurar nos próprios quadros. E fiquei com a esperança de que chegassem à conclusão de que Danvers estava levando apenas papéis falsos e acabassem me deixando ir embora. Para dizer a verdade, acho que foi exatamente isso o que eles pensaram, pelo menos a princípio. O que, de certa forma, era bastante perigoso para mim. Descobri mais tarde que quase me liquidaram naquela ocasião, pois nunca chegaram a cogitar em me deixar ir embora. Mas o primeiro homem, que era o chefe, preferiu me manter viva, achando que havia a possibilidade de eu ter escondido os documentos e poder revelar onde estavam se recuperasse a memória. Observaram-me constantemente, durante semanas a fio. De vez em quando, interrogavam-me por horas e horas. De alguma forma, consegui resistir. Mas a tensão era terrível...

Jane continuou a relatar sua aventura:

— Levaram-me de volta à Irlanda, reconstituindo todo o percurso até Londres, prevendo a possibilidade de eu ter escondido os documentos *en route*. Falaram-me de uma jovem, parente da Sra. Vandemeyer, cuja mente ficara afetada pelo afundamento do *Lusitania*. Não havia ninguém a quem eu pudesse pedir socorro sem me denunciar. Se tentasse e fracassasse — o que parecia inevitável, pois a Sra. Vandemeyer parecia rica e se vestia muito bem, o que me fazia concluir que, no caso de ser a palavra dela contra a minha, ela não teria a menor dificuldade em convencer as autoridades de que eu sofria das faculdades mentais e que tal denúncia fazia parte do "complexo de perseguição" –, sentia que iria sofrer horrores indescritíveis, que se abateriam sobre mim no momento em que descobrissem que a perda de memória não passava de um blefe.

Sir James assentiu com uma expressão compreensiva, e comentou:

— A Sra. Vandemeyer era uma mulher de grande personalidade. Com isso e mais a sua posição social, não teria a menor dificuldade em fazer prevalecer a palavra dela contra a sua. Suas acusações sensacionais não receberiam o menor crédito.

— Foi exatamente o que pensei. Acabei sendo enviada para um sanatório em Bournemouth. A princípio, fiquei sem saber se era um sanatório de verdade ou apenas uma farsa. Uma enfermeira cuidava de mim. Eu era uma paciente especial. A enfermeira parecia tão simpática e normal que acabei tomando a decisão de confiar nela. Foi por muita sorte que não caí na armadilha. Uma tarde, a porta do meu quarto estava entreaberta e ouvi-a conversando com alguém no corredor. *Ela era da quadrilha!* Ainda pensavam que eu podia estar blefando e colocaram-na cuidando de mim para se certificarem. Depois disso, perdi inteiramente a coragem. Não me atrevia a confiar em ninguém. Creio que quase hipnotizei a mim mesma. Depois de algum tempo, havia praticamente esquecido que era na realidade Jane Finn. Estava tão empenhada em representar o papel de Janet Vandemeyer que meus nervos começaram a pregar-me peças. Fiquei realmente doente, passei meses imersa num estado de semiletargia. Achei que iria morrer em breve e que nada importava. Dizem que uma pessoa sã, trancada num asilo de lunáticos, pode perfeitamente acabar insana também. Acho que era isso o que estava acontecendo comigo. Desempenhar meu papel tornou-se uma espécie de segunda natureza para mim. No fim, sequer me sentia infeliz, estava apenas apática. Nada parecia ter qualquer importância. E os anos foram passando.

Jane prosseguiu:

— E um dia, subitamente, tudo começou a mudar. A Sra. Vandemeyer veio de Londres para me visitar. Ela e o médico me fizeram perguntas, cogitaram diversos tratamentos. Falaram em me mandar para um especialista em Paris. Mas acabaram concluindo que não podiam correr esse risco. Ouvi algo que parecia indicar que outras pessoas, pessoas amigas, estavam à minha procura. Soube depois que a enfermeira que cuidara de mim tinha ido para Paris e consultado um especialista, como se fosse eu. O médico submetera-a a diversos testes e verificara que a perda de memória dela era fraudulenta. Mas ela anotou os métodos dele e os reproduziu em mim. Tenho a impressão de que eu não conseguiria enganar um especialista por muito tempo. Afinal, um homem que passa a vida inteira estudando um assunto não se deixa enganar com facilidade. Mas, de qualquer forma, consegui enganá-los outra vez. O fato de eu já não me enxergar mais como Jane Finn tornou tudo mais fácil. Uma noite, levaram-me de volta a Londres, inesperadamente. Fomos para a casa no Soho. Senti-me diferente a partir do momento em que deixei o sanatório, como se algo que estivera enterrado por muito tempo dentro de mim começasse a despertar novamente. Mandaram-me servir o Sr. Beresford. É claro que eu não sabia o nome dele na ocasião. Fiquei desconfiada, pensei que se tratava de outra armadilha. Mas ele parecia tão honesto que comecei a pensar que talvez não fosse. Contudo, continuei a tomar cuidado com tudo o que dizia, pois sabia que podíamos ser ouvidos. Há um pequeno orifício no alto da parede. Mas numa tarde de domingo, chegou uma mensagem. Todos eles ficaram perturbados. Sem que soubessem, escutei a conversa. E descobri que tinham recebido uma ordem para matar o Sr. Beresford. Não preciso contar o que aconteceu a seguir, pois já sabem de tudo. Quando estávamos na porta, achei que ainda teria tempo de correr até lá em cima e pegar os documentos. Mas fui apanhada. Por isso, gritei para que ele fugisse sozinho. E disse também que queria voltar para Marguerite. Gritei o nome três vezes, bem alto. Sabia que os outros pensariam que estava me referindo à Sra. Vandemeyer, mas esperava que o sr. Beresford pensasse na gravura. Ele havia tirado o quadro da parede no primeiro dia, o que me fizera hesitar em confiar nele.

Jane Finn fez uma pausa e Sir James perguntou:

— Quer dizer que os documentos ainda estão atrás do quadro na parede daquele quarto?

— Exatamente.

A moça afundou no sofá, exausta após o esforço de relatar toda a história.

Sir James levantou-se e olhou o relógio.

— Vamos. Temos que ir lá imediatamente.

— Esta noite? – indagou Tuppence, surpresa.

— Amanhã pode ser tarde demais – disse Sir James, solenemente. – Além disso, se formos esta noite talvez tenhamos a oportunidade de capturar o grande e supercriminoso... Sr. Brown!

Houve um longo momento de silêncio, até que Sir James voltou a falar:

— Não resta a menor dúvida de que vocês duas foram seguidas até aqui. Quando deixarmos esta casa, seremos seguidos também, mas ninguém irá nos molestar. *O plano do Sr. Brown é deixar que o levemos ao lugar onde estão os documentos.* Mas a casa no Soho está sob vigilância da polícia, dia e noite. Há vários homens postados em torno dela. Quando entrarmos na casa, o Sr. Brown não irá recuar. Irá arriscar tudo, na esperança de chegar ao pavio para explodir o barril de pólvora. E vai imaginar que não corre grande risco, já que entrará disfarçado como um amigo!

Tuppence corou e depois falou impulsivamente:

— Mas há uma coisa que ainda não sabe... algo que não lhe contamos!

Os olhos dela se fixaram em Jane, na maior perplexidade.

— E o que é? – indagou Sir James, bruscamente. – Não pode haver hesitação, Srta. Tuppence. Precisamos estar absolutamente certos de tudo.

Mas Tuppence, de repente, parecia estar tendo dificuldade em falar:

— É tão difícil... se eu estiver errada... oh, seria terrível!

Ela fitava Jane, que de nada desconfiava, com uma expressão angustiada. E acrescentou, enigmaticamente:

— Você nunca me perdoaria, Jane...

— Quer que eu a ajude, não quer? – sugeriu Sir James.

— Por favor. Você sabe quem é o Sr. Brown, não é mesmo?

— Sei sim – respondeu o advogado, com um tom sério. – Finalmente eu sei.

— Finalmente? Mas eu pensei...

Ela interrompeu a frase no meio.

— Pensou corretamente, Srta. Tuppence. Há algum tempo que estou certo da identidade dele. Para ser mais exato, desde a noite da morte misteriosa da Sra. Vandemeyer.

Tuppence deixou escapar uma exclamação de alívio. Sir James continuou:

— Só havia duas explicações possíveis para a morte da Sra. Vandemeyer. Ou o cloral foi administrado por ela mesma, uma teoria que rejeito totalmente, ou então...

— Ou então o quê?

— Ou então foi administrado no conhaque que deu a ela. Só três pessoas tocaram naquele conhaque: você, eu e... o Sr. Julius Hersheimmer!

Jane Finn remexeu-se no sofá, olhando atônita para o advogado.

— A princípio, tal possibilidade pareceu-me inteiramente impossível. O Sr. Hersheimmer, como filho de um famoso milionário, era uma pessoa bastante conhecida nos Estados Unidos. Parecia impossível que ele e o Sr. Brown pudessem ser a mesma pessoa. Mas não se pode escapar à lógica dos fatos. É preciso aceitar as coisas como são. Lembre-se do nervosismo súbito e inexplicável da Sra. Vandemeyer. Era outra prova, se é que alguma prova era necessária. Depois, aproveitei a primeira oportunidade para lhe fazer uma insinuação. Por algumas coisas que o Sr. Hersheimmer disse em Manchester, calculei que tinha compreendido e agido com base na minha insinuação. Empenhei-me, então, em provar que o impossível era possível. O Sr. Beresford me telefonou e informou, o que eu já desconfiava, que a fotografia da Srta. Jane Finn jamais saíra das mãos do Sr. Hersheimmer...

Mas a moça interrompeu-o, levantando-se e gritando furiosamente:

— O que está querendo insinuar? Que o Sr. Brown é Julius... meu próprio primo?

— Não, Srta. Finn, não é seu primo — disse Sir James, inesperadamente. — O homem que se intitula Julius Hersheimmer não tem qualquer parentesco com a senhorita.

26
O Sr. Brown

As palavras de Sir James tiveram o efeito de uma bomba. As duas moças ficaram atônitas. O advogado foi até a escrivaninha e voltou com um pequeno recorte de jornal, que entregou a Jane. Tuppence leu-o por cima do ombro da moça. O Sr. Carter teria reconhecido aquele recorte. Era a notícia do homem misterioso que fora encontrado morto em Nova York.

– Como eu estava dizendo à Srta. Tuppence – recomeçou o advogado –, tomei a decisão de provar que o impossível era possível. O grande obstáculo era o fato inegável de que Julius Hersheimmer não era um nome fictício. Quando descobri essa notícia, compreendi que meu problema estava resolvido. Julius Hersheimmer havia tomado a decisão de descobrir o que acontecera com sua prima. Foi para o Oeste norte-americano, onde obteve notícias dela e uma fotografia para ajudá-lo na busca. Na véspera de sua partida de Nova York foi assassinado. Vestiram o cadáver com roupas andrajosas e desfiguraram o rosto, para evitar a identificação. O Sr. Brown tomou o lugar dele. E partiu para a Inglaterra. Nenhum dos amigos mais chegados de Hersheimmer o viu imediatamente antes da partida. E se tivessem visto, isso não teria feito muita diferença, pois a caracterização era perfeita. Desde então, o Sr. Brown é unha e carne com aqueles que estão empenhados em destruí-lo. Conhece todos os segredos deles. Só esteve muito perto do desastre uma vez. A Sra. Vandemeyer conhecia o segredo dele. E jamais poderia imaginar que iriam oferecer uma soma tão fabulosa na tentativa de suborná-la. Mas se a Srta. Tuppence não tivesse mudado de idéia, a Sra. Vandemeyer já estaria muito longe do apartamento quando lá chegássemos. O Sr. Brown percebeu que estava prestes a ser denunciado. E adotou uma medida desesperada, imaginando que não iriam desconfiar dele em sua falsa personalidade. E quase conseguiu.

— Não consigo acreditar... — murmurou Jane. — Ele parecia tão maravilhoso...

— O verdadeiro Julius Hersheimmer era, de fato, um sujeito esplêndido, Srta. Finn. E o Sr. Brown é um ator de primeira. Mas pergunte à Srta. Tuppence se ela também não suspeitava dele.

Jane virou-se para Tuppence, com uma súplica muda. Tuppence limitou-se a assentir.

— Eu não queria dizer, Jane, pois sabia que isso iria magoá-la. Além do mais, não tinha certeza. Ainda não compreendo por que ele nos salvou, se é de fato o Sr. Brown.

— Foi Julius Hersheimmer quem ajudou-as a escapar?

Tuppence relatou a Sir James os acontecimentos daquela noite, concluindo:

— Mas ainda não consigo compreender por quê!

— Não consegue? Pois eu posso perfeitamente compreender. E o jovem Beresford também pode, a julgar por seus atos. Como última chance, era preciso deixar Jane Finn escapar... e a fuga tinha que ser arquitetada de tal maneira que ela não suspeitasse que era encenada. Eles não se incomodariam com a presença do jovem Beresford nas proximidades, talvez até, se necessário fosse, comunicando-se com você. Cuidariam dele devidamente se começasse a interferir demais. E, de repente, Julius Hersheimmer entra em cena inesperadamente e salva as duas, de forma um tanto melodramática. Balas voam por toda parte... mas ninguém é atingido. O que aconteceria em seguida? Iriam direto para a casa no Soho e a Srta. Finn provavelmente confiaria os documentos à guarda do primo. Ou se o próprio Julius Hersheimmer conduzisse a busca, fingiria que já encontrara o quadro saqueado. Com certeza, ele encontraria uma dúzia de maneiras diferentes de resolver o problema, mas o resultado final seria sempre o mesmo. E tenho a impressão de que, em seguida, aconteceria algum acidente com vocês duas. Afinal, sabem demais, o que é uma tremenda inconveniência para eles. Admito que fui apanhado de surpresa em muitos pontos. Mas houve alguém que não se deixou enganar.

— Foi Tommy — murmurou Tuppence, suavemente.

— Exatamente. Quando chegou o momento de se livrarem dele... o jovem Beresford provou que era mais esperto do que imaginavam. Seja como for, não estou muito tranqüilo com relação a ele.

— Por quê?

— Porque Julius Hersheimmer é o Sr. Brown. E é preciso mais que um homem e um revólver para conter o Sr. Brown...

Tuppence empalideceu ligeiramente.

— O que podemos fazer?

— Nada, enquanto não formos até a casa no Soho. Se Beresford ainda estiver controlando a situação, não há o que temer. Se isso não acontecer e o inimigo vier à nossa procura... estaremos preparados!

Sir James pegou um revólver na gaveta da escrivaninha e guardou-o no bolso do casaco.

— Já podemos ir. Sei que nem adianta sugerir que não vá, Srta. Tuppence...

— Eu não deixaria de ir por nada nesse mundo!

— Mas sugiro que a Srta. Finn fique aqui. Estará perfeitamente segura e imagino que esteja esgotada, depois de tudo por que passou...

Mas, para surpresa de Tuppence, Jane sacudiu a cabeça.

— Não ficarei aqui! Prefiro ir junto. Aqueles papéis foram confiados a mim. Tenho que ir até o fim. E já estou me sentindo muito melhor.

Sir James mandou que trouxessem o carro. Durante a curta viagem, o coração de Tuppence batia de maneira descompassada. Apesar das apreensões momentâneas em relação a Tommy, não podia deixar de se sentir exultante. Iam vencer!

O carro parou na esquina da praça e os três saltaram. Sir James dirigiu-se até um policial à paisana que estava de vigia, juntamente com vários outros homens, e falou-lhe por um momento. Depois, voltou para junto das moças.

— Ninguém entrou na casa até agora. Estão vigiando também os fundos da casa, e por isso podem ter certeza. Quem quer que tente entrar depois de nós será preso imediatamente. Vamos?

Um outro policial lhe entregou a chave. Todos conheciam Sir James. Também tinham ordens para respeitar Tuppence. Só não conheciam a terceira pessoa do grupo. Os três entraram na casa e fecharam a porta. Subiram lentamente a escada. Lá no alto, estava a cortina rasgada atrás da qual Tommy se escondera no primeiro dia. Tuppence ouvira a história por Jane, quando a moça ainda se apresentava como "Annette". Ela olhou para o veludo rasgado e puído com o maior interesse. Mesmo agora, podia quase jurar que estava se mexendo, como se houvesse alguém ali atrás. A ilusão era tão forte que ela quase teve a impressão de enxergar os contornos de um corpo... Se o Sr. Brown – Julius – estivesse à espera...

Era impossível, é claro. Contudo, Tuppence quase voltou para entreabrir a cortina e se certificar.

Entraram no quarto-prisão. Ali não havia lugar para ninguém se esconder, pensou Tuppence, soltando um suspiro de alívio. Censurou a si mesma, com toda veemência. Não podia permitir que suas fantasias a dominassem, tinha que resistir àquela insistente sensação de que *o Sr. Brown estava na casa...* Ei, o que seria aquilo? Passos furtivos na escada? Havia mais alguém na casa! Ela estava, simplesmente, ficando histérica.

Jane foi direto ao quadro de Marguerite. Tirou-o da parede, as mãos firmes. Estava coberto por uma camada de poeira, tinha algumas teias de aranha. Sir James entregou-lhe um canivete e ela cortou o papel pardo de trás... As páginas de anúncio da revista caíram no chão. Jane pegou. Separando-as, tirou duas folhas finas, cobertas por palavras!

Desta vez não era um embuste! Era o verdadeiro tratado que estava ali!

— Conseguimos! — exclamou Tuppence. — Finalmente...

Era um momento emocionante. Ela esqueceu os rangidos tênues, os ruídos imaginários que ouvira um minuto antes. Os três olhavam fixamente para as duas folhas que Jane segurava.

Sir James pegou-as e examinou com atenção.

— É isso mesmo! — disse ele finalmente. — Este é o esboço do malfadado tratado!

— Conseguimos! — repetiu Tuppence.

Havia um tom respeitoso, quase de incredulidade, em sua voz. Sir James dobrou as duas folhas cuidadosamente e guardou-as no bolso. Depois, correu os olhos pelo quartinho miserável.

— Foi aqui que o nosso jovem amigo ficou confinado por tanto tempo, não é mesmo? — disse ele. — É um quarto realmente sinistro. Devem ter notado a ausência de janelas e a espessura da porta. O que quer que acontecesse aqui, jamais seria ouvido no mundo exterior.

Tuppence estremeceu. Aquelas palavras despertaram uma vago alarme nela. E se houvesse mais alguém escondido na casa? E se esse alguém fechasse a porta subitamente e os deixasse presos ali dentro, para morrerem como ratos em uma armadilha? Um instante depois, ela compreendeu o absurdo de tal pensamento. A casa estava cercada pela polícia. Se eles não saíssem, a polícia não hesitaria em entrar e revistá-la meticulosamente. Tuppence sorriu de sua própria tolice. Estremeceu ao levantar a cabeça, descobrindo que Sir James a fitava. Ele assentiu.

— Tem toda razão, Srta. Tuppence. Está farejando o perigo. Pois eu também estou. E o mesmo acontece com a Srta. Finn.

— É isso mesmo — admitiu Jane. — Sei que é um absurdo, mas... não consigo me controlar.

Sir James tornou a assentir.

— Está sentindo... todos nós estamos sentindo... *a presença do Sr. Brown...*

Tuppence fez um movimento e ele acrescentou.

— Não há como duvidar... o Sr. Brown está aqui...

— Nesta casa?

— Neste quarto... Será que ainda não perceberam? *Eu sou o Sr. Brown...*

Estupefatas, incrédulas, as duas moças ficaram paralisadas, fitando-o. As próprias feições de Sir James haviam mudado. Era um homem diferente que estava agora diante delas. Ele sorriu, um sorriso lento e cruel.

— Nenhuma das duas deixará este quarto viva. Acabaram de dizer que nós conseguimos. *Eu* consegui! O esboço do tratado está agora em meu poder!

O sorriso se alargou e os olhos se fixaram em Tuppence.

— Quer que eu lhe diga o que acontecerá? Mais cedo ou mais tarde, a polícia entrará nesta casa e encontrará três vítimas do Sr. Brown... três e não duas, entende? Mas, felizmente, a terceira não estará morta, mas apenas ferida. E poderá descrever com riqueza de detalhes o agressor. O tratado? Está em poder do Sr. Brown. Assim, ninguém pensará em revistar os bolsos de Sir James Peel Edgerton!

Ele virou-se para Jane.

— Conseguiu ser mais esperta do que eu. Tenho que lhe dar os parabéns. Mas jamais conseguirá repetir a façanha.

Houve um pequeno ruído atrás dele. Mas, inebriado pelo sucesso, Sir James não virou a cabeça para ver o que era. Enfiou a mão no bolso.

— Fim da linha para os Jovens Aventureiros – disse ele, erguendo lentamente a automática.

E foi nesse momento que mãos de ferro o agarraram por trás. O revólver foi arrancado de sua mão. E a voz arrastada de Julius Hersheimmer disse:

— Acho que foi apanhado em flagrante, com a boca na botija!

O sangue subiu ao rosto do advogado. Mas seu autocontrole era maravilhoso. E parecia calmo quando contemplou seus dois captores. Os olhos se fixaram por mais tempo em Tommy e ele murmurou:

— *Você!* Eu devia ter imaginado...

Vendo que ele não parecia disposto a oferecer qualquer resistência, os dois jovens o largaram. Rápida como um relâmpago, a mão esquerda, aquela em que estava o anel de sinete, foi erguida até os lábios...

— *Ave, Caesar! Te morituri salutant* – disse Sir James, ainda olhando para Tommy.

Um instante depois, o rosto dele mudou. E com um estremecimento longo e convulsivo, ele caiu para frente, enquanto um odor de amêndoas amargas impregnava o ar.

27
Uma festa no Savoy

A festa oferecida pelo Sr. Julius Hersheimmer a uns poucos amigos, na noite do dia 30, será lembrada por muito tempo nos círculos dos fornecedores de alimentos e bebidas finos. Foi realizada em uma sala particular, e as ordens do Sr. Hersheimmer foram sucintas e claras. Ele deu carta branca... e quando um milionário dá carta branca, geralmente obtém o melhor que se pode imaginar!

Todas as iguarias fora da estação foram devidamente providenciadas. Os garçons levavam as garrafas de vinhos requintados, safras antigas, com um carinho todo especial. A decoração floral desafiava as estações, assim como as frutas. A lista de convidados era pequena, mas seleta: o embaixador norte-americano, o Sr. Carter, que tomara a liberdade, disse ele, de levar um velho amigo, Sir William Beresford, o arquidiácono Cowley, o Dr. Hall, os dois jovens aventureiros, Srta. Prudence Cowley e Sr. Thomas Beresford, e finalmente a convidada de honra, Srta. Jane Finn.

Julius não medira esforços para que a apresentação de Jane fosse um sucesso estrondoso. Antes do banquete, uma misteriosa batida levou Tuppence à porta do apartamento que dividia com a jovem norte-americana. Era Julius. Ele tinha um cheque na mão.

— Pode me fazer um grande favor, Tuppence? Pegue isto e vista Jane da melhor maneira possível para esta noite. Vocês vão jantar comigo no Savoy. Combinado? Não se importe com as despesas, está bem?

— Está certo, Julius. Vamos nos divertir um bocado. Será um prazer vestir Jane. Ela é a coisa mais linda que já conheci.

— Também acho — concordou o Sr. Hersheimmer, fervorosamente.

O fervor dele provocou um brilho súbito nos olhos de Tuppence, que disse timidamente:

— Por falar nisso, Julius, ainda não lhe dei a minha resposta.

— Que resposta?

Julius empalideceu subitamente.

— Lembra... me pediu... em casamento...

Tuppence estava balbuciando, os olhos recatadamente abaixados, ao melhor estilo de uma heroína vitoriana.

— Sei que não aceitaria um não como resposta... Tenho pensado bastante a respeito...

— E...

Gotas de suor brotavam na testa de Julius. Tuppence sentiu pena dele.

— Seu grande idiota! Por que diabo foi me pedir em casamento? Percebi, logo na ocasião, que não me dava a menor bola!

— Absolutamente! Eu tinha... e ainda tenho... os mais elevados sentimentos de estima e respeito... a maior admiração por você...

— Pois são justamente os sentimentos que mais depressa se esquecem quando um outro sentimento entra em cena! Não é isso mesmo, meu velho?

— Não sei do que está falando... — murmurou Julius, ficando vermelho como um camarão.

Tuppence começou a rir e fechou a porta. Tornou a abri-la imediatamente e acrescentou, com toda dignidade:

— Moralmente, sempre irei considerar que fui rejeitada!

Quando Tuppence voltou para junto de Jane, a norte-americana perguntou:

— Quem era?
— Julius.
— O que ele queria?
— Para dizer a verdade, acho que ele queria vê-la. Mas eu não ia deixá-lo entrar de jeito nenhum. Não quero que ninguém a veja até esta noite, quando irá aparecer para todos como o rei Salomão em toda a sua glória! Vamos! *Temos que fazer compras!*

Para a maioria das pessoas, o dia 29, o tão anunciado "Dia do Trabalho", transcorreu como outro dia qualquer. Houve comícios em Hyde Park e Trafalgar Square. Procissões errantes, cantando a "Bandeira vermelha", vaguearam pelas ruas, sem rumo certo. Os jornais que tinham anunciado uma greve geral e o início de um reinado de terror tiveram que disfarçar seu constrangimento diante da não concretização das predições sombrias. Os mais ousados e espertos trataram de clamar que a paz fora obtida pela adoção de seus conselhos. Os jornais de domingo publicaram uma pequena notícia sobre a súbita morte de Sir James Peel Edgerton, o famoso advogado. Os jornais de segunda-feira publicaram reportagens sobre sua brilhante carreira. Jamais foram divulgadas as circunstâncias e causas de sua morte repentina.

Tommy acertara em cheio na sua avaliação da situação. Era um espetáculo de um homem só. Sem o chefe, a organização desmoronou. Kramenin voltou às pressas para a

Rússia, deixando a Inglaterra na manhã de domingo. A quadrilha fugira em pânico de Astley Priors, deixando lá inúmeros documentos altamente comprometedores que incriminavam a todos. Com essas provas da conspiração nas mãos e mais um pequeno diário de capa marrom, encontrado no bolso de Sir James, com um relato resumido de toda a trama, o governo convocou uma reunião de última hora. Os líderes trabalhistas foram forçados a reconhecer que tinham sido usados como simples instrumentos. O governo fez certas concessões, que foram ansiosamente aceitas. Devia haver a paz e não a guerra!

Mas o Gabinete sabia muito bem por quão pouco todos haviam escapado ao desastre total. E estava gravada para sempre no cérebro do Sr. Carter a estranha cena que ocorrera em uma casa no Soho, na noite anterior.

Ele entrara em um quartinho sórdido para encontrar o grande homem, o amigo de uma vida inteira, caído no chão, morto, envenenado por sua própria mão. Ele havia tirado o malfadado esboço de tratado do bolso do falecido e o queimara na presença dos outros... A Inglaterra estava salva!

E agora, na noite do dia 30, em uma sala particular do Savoy, o Sr. Julius P. Hersheimmer estava recebendo seus convidados.

O Sr. Carter foi o primeiro a chegar. Estava acompanhado por um cavalheiro idoso, de aspecto irascível. Ao vê-lo, Tommy corou até as raízes dos cabelos. Ele se adiantou e o cavalheiro idoso examinou-o com uma expressão apoplética.

– Ah! Então você é meu sobrinho, hein? Não parece grande coisa... mas dizem que fez um bom trabalho. No fim das contas, sua mãe deve tê-lo educado direito. Vamos esquecer o que passou, está bem? É o meu herdeiro, sabe disso. Proponho, daqui por diante, dar-lhe uma mesada... e pode considerar Chalmers Park como sua casa.

— Obrigado, senhor. É muita bondade sua.

— Onde está a tal moça sobre quem tenho ouvido falar tantas coisas?

Tommy apresentou Tuppence.

— As moças já não são mais como eram no meu tempo! — comentou Sir William, contemplando-a.

— São, sim — protestou Tuppence. — As roupas podem ser diferentes, mas elas continuam as mesmas.

— Talvez você tenha razão. Eram atrevidas naquele tempo e continuam atrevidas agora!

— Exatamente. E pode estar certo de que eu mesma sou terrivelmente atrevida!

— Não duvido! — exclamou Sir William, soltando uma risadinha e beliscando a orelha de Tuppence jovialmente.

A maioria das jovens tinha pavor do "velho rabugento", como o chamavam. A petulância de Tuppence deixou deliciado o velho misógino.

O tímido arquidiácono chegou em seguida, um pouco aturdido com a ilustre companhia em que se encontrava, contente por saber que a filha tanto se distinguira, mas incapaz de se dominar e fitando-a apreensivamente de vez em quando. Tuppence, no entanto, comportou-se admiravelmente. Absteve-se de cruzar as pernas, manteve a língua sob controle e recusou-se terminantemente a fumar.

O Dr. Hall foi o próximo a chegar, seguido logo depois pelo embaixador norte-americano.

— Já podemos nos sentar — disse Julius, depois de apresentar todos os convidados. — Tuppence, quer, por favor...

E ele indicou o lugar de honra na mesa, com um floreio. Mas Tuppence sacudiu a cabeça.

— Não! Esse lugar pertence a Jane. Quando se pensa na maneira como ela resistiu bravamente durante tantos anos, chega-se à conclusão de que não pode deixar de ser a rainha da festa dessa noite!

Julius lançou um olhar agradecido para Tuppence. Jane adiantou-se, timidamente, para ocupar o lugar que lhe era indicado. Já parecia muito bonita antes, mas agora estava deslumbrante, plenamente adornada. Tuppence fizera sua parte de maneira eficiente. O vestido de gala, feito por um dos costureiros mais em voga, tinha o nome de "Lírio Tigrino". Era todo em dourado, vermelho e marrom, dele emergindo a coluna imaculada da alva garganta da moça e a massa de cabelos cor de bronze que encimava aquele belíssimo rosto. Havia uma expressão de admiração em todos os olhos quando ela ocupou o lugar.

Não demorou muito para que a admiração dominasse a todos, e pediram a Tommy que desse uma explicação completa dos acontecimentos.

— Você foi muito reservado em toda a história — acusou-o Julius. — Deixou-me pensar que tinha ido para a Argentina... embora eu imagine que tenha tido boas razões para isso. E confesso que fiquei arrepiado com sua idéia e de Tuppence de me escolherem para representar o papel do Sr. Brown.

— A idéia não foi originalmente deles — interveio o Sr. Carter. — Foi devidamente sugerida por um mestre, o veneno sendo instilado cuidadosamente. A notícia no jornal de Nova York é que sugeriu o plano a ele. E com base nisso, ele teceu uma teia que quase o envolveu de forma fatal.

— Jamais gostei dele — disse Julius. — Senti, desde o início, que havia algo errado nele. E sempre desconfiei de que fora ele quem silenciara a Sra. Vandemeyer em um momento tão oportuno. Mas só quando eu soube que a ordem para a execução de Tommy fora dada logo depois da nossa conversa naquele domingo é que comecei a achar que era ele quem estava por trás de tudo.

— Confesso que nunca desconfiei dele — lamentou-se Tuppence. — Sempre me julguei mais esperta que Tommy... mas não resta a menor dúvida de que ele me venceu.

Julius concordou.

— Tommy é que foi o grande responsável pelo final feliz. Tenho uma proposta a fazer: não vamos permitir que ele continue sentado aí, de boca fechada. Tem que nos contar tudo!

— Apoiado! Apoiado!

— Não há muito o que contar — balbuciou Tommy, visivelmente constrangido. — Banquei o completo idiota... até o momento em que encontrei a fotografia de Annette e compreendi que ela era Jane Finn. Recordei-me de como ela gritara insistentemente a palavra "Marguerite", pensei nos quadros e... Ora, foi só isso. E é claro que repassei também todos os fatos, para descobrir em que ponto me tornara um asno.

— Continue, por favor — disse o Sr. Carter, quando Tommy deu a impressão de que iria novamente se refugiar no silêncio.

— Fiquei bastante preocupado quando Julius me contou o que tinha acontecido com a Sra. Vandemeyer. Parecia que o culpado só podia ser ele ou então Sir James. Mas eu não sabia qual dos dois. Ao descobrir a fotografia na gaveta, depois daquela história de que tinha sido levada por um tal inspetor Brown, passei a desconfiar de Julius. Mas recordei-me em seguida que fora Sir James quem descobrira a falsa Jane Finn. Não consegui chegar a uma conclusão e acabei decidindo que não podia correr nenhum risco. Deixei um bilhete para Julius, na possibilidade de ele ser o Sr. Brown, dizendo que estava de partida para a Argentina. Deixei na escrivaninha a carta de Sir James oferecendo o emprego, para que ele ficasse convencido. Depois, escrevi a carta para o Sr. Carter e telefonei para Sir James. Achei que, de qualquer maneira, o melhor era contar tudo a ele. E foi o que fiz, abstendo-me apenas de revelar o provável esconderijo dos papéis. A maneira como ele me ajudou a redescobrir a pista de Tuppence e Annette quase me desarmou. Mas não inteiramente. Fiz um esforço para continuar a pensar que podia ser qualquer um dos dois. E foi então que recebi o bilhete forjado de Tuppence... e tive certeza!

— Mas como?

Tommy tirou o bilhete do bolso e o mostrou.

— É realmente a letra de Tuppence, mas eu compreendi que o bilhete não era dela por causa da assinatura. Ela nunca escrevera seu apelido como "Twopence". Mas alguém que jamais o tivesse visto escrito poderia pensar que era assim. Acontece que Julius já tinha visto, pois me havia mostrado um bilhete dela. E Sir James nunca tinha visto. Depois disso, foi tudo muito fácil. Despachei Albert imediatamente ao encontro do Sr. Carter. Fingi que tinha ido embora também, mas voltei sem que ninguém me visse. Quando Julius apareceu de carro, compreendi que aquilo não era parte do plano de Sir James e que poderia criar problemas. A menos que Sir James pudesse ser apanhado em flagrante, eu sabia que o Sr. Carter jamais acreditaria na minha palavra apenas...

— Tem razão — confirmou o Sr. Carter, pesaroso.

— Foi por isso que mandei as moças procurarem Sir James. Estava convencido de que acabariam indo para a casa no Soho, mais cedo ou mais tarde. Ameacei Julius com o revólver porque queria que Tuppence contasse isso a Sir James, a fim de que ele não se preocupasse conosco. No momento em que as moças sumiram das nossas vistas, disse a Julius que seguisse para Londres o mais depressa possível. No caminho, contei-lhe toda a história. Chegamos à casa no Soho com bastante antecedência. O Sr. Carter estava nos esperando. Depois de combinarmos tudo, entramos e nos escondemos atrás da cortina. Os policiais tinham ordens para dizer, se fossem indagados, que ninguém havia entrado na casa. E isso é tudo.

Tommy parou de falar abruptamente.

Houve silêncio por um momento, quebrado por Julius:

— Por falar nisso, estava enganado a respeito da fotografia. Ela foi realmente tirada de mim, mas encontrei-a novamente.

— Onde? — indagou Tuppence.

— Naquele pequeno cofre na parede do quarto da Sra. Vandemeyer.

— Eu sabia que você tinha encontrado alguma coisa! — disse Tuppence, em tom de censura. — Para dizer a verdade, foi por isso que comecei a desconfiar de você. Por que não me disse nada?

— Acho que eu também estava um pouco desconfiado. Já me haviam tirado a fotografia uma vez e decidi que isso não voltaria a acontecer enquanto não a levasse para um fotógrafo e mandasse fazer uma dúzia de cópias!

— Todos nós escondemos uma coisa ou outra — comentou Tuppence, pensativa. — Acho que trabalhar para o serviço secreto faz a gente se comportar assim!

Na pausa que se seguiu, o Sr. Carter tirou do bolso um pequeno livro de capa marrom.

— Beresford acabou de dizer que eu não acreditaria que Sir James Peel Edgerton fosse culpado, a menos que o apanhasse em flagrante. E tem toda razão. Para dizer a verdade, foi somente depois que li as anotações neste pequeno livro é que passei a acreditar plenamente na espantosa verdade.

Este livro será entregue à Scotland Yard, mas jamais será divulgado. A longa associação de Sir James com a justiça torna tal divulgação indesejável. Mas para vocês, que conhecem a verdade, desejo ler alguns trechos, que podem lançar alguma luz sobre a mentalidade desse grande homem.

Ele abriu o livro e foi folheando as páginas finas, lendo alguns trechos:

"...É loucura manter este diário. Sei disso. Constitui uma prova contra mim. Mas jamais me esquivei a assumir riscos. E sinto uma necessidade premente de me expressar... Este diário será tirado do meu cadáver...

...Muito jovem ainda, compreendi que possuía faculdades excepcionais. Somente um tolo subestima sua capacidade. Minha inteligência era muito acima da média. Sei que nasci para ter sucesso. Minha aparência era o único fator adverso. Era discreto e insignificante, um tipo que se pode classificar de indefinido...

...Quando era criança, assisti a um famoso julgamento de homicídio. Fiquei profundamente impressionado com a força e a eloqüência do advogado de defesa. Pela primeira vez, tive a idéia de dedicar meus talentos a isso... Estudei o criminoso que estava sendo julgado... O homem era um tolo, fora incrível e inacreditavelmente estúpido. Nem mesmo a eloqüência do seu advogado poderia salvá-lo. Senti um imenso desprezo por ele... Ocorreu-me então que o padrão dos criminosos era muito baixo. Eram os fracassados, os marginais – a ralé, em suma – que descambavam para o crime... Era estranho que os homens inteligentes não percebessem as extraordinárias oportunidades do crime... Fiquei pensando na idéia... Que campo magnífico, cheio de possibilidades ilimitadas! Meu cérebro entrou em ação...

...Li as obras básicas sobre crimes e criminosos. Todas confirmaram minha opinião. Degeneração, doença, jamais a escolha deliberada de uma carreira por um homem inteligente. Pus-me a pensar. Supondo que minhas maiores ambições se realizassem, que eu me tornasse um bom advogado, alcançasse o auge da profissão... Depois, poderia ingressar na política, talvez mesmo tomar-me primeiro-ministro da Inglaterra. E então? Será que isso era o poder? Estaria sempre atrapalhado por meus colegas, reprimido pelo sistema democrático, do qual seria apenas o chefe nominal. Não, nada disso. O poder com o qual eu sonhava tinha que ser absoluto. Um autocrata! Um ditador! E tal poder só podia ser obtido atuando-se à margem da lei. Jogar com as fraquezas da natureza humana, depois com as fraquezas das nações, formar e controlar uma vasta organização, até derrubar a ordem existente e dominar totalmente! O pensamento me deixou inebriado...

...Compreendi que precisava levar duas vidas. Um homem como eu está fadado a atrair as atenções gerais. Devia ter uma carreira bem-sucedida, para disfarçar minhas verdadeiras atividades... Devia também cultivar uma personalidade. Escolhi como modelo um famoso advogado. Reproduzi seus maneirismos, seu magnetismo. Se eu escolhesse a profissão de ator, teria sido o maior ator do mundo! Sem disfarces, sem maquiagens, sem barbas postiças! Personalidade! Eu a visto como uma luva! Quando a tiro, volto a ser eu mesmo, insignificante, discreto, um homem como qualquer outro. Escolhi o nome de Sr. Brown. Existem centenas de homens que se chamam Brown, existem centenas de homens que se parecem comigo...

...Obtive sucesso em minha falsa carreira. Estava fadado ao sucesso. Terei sucesso também na outra carreira. Um homem como eu não pode fracassar...

...Li uma biografia de Napoleão. Ele e eu temos muito em comum...

...Dediquei-me a defender criminosos. Um homem deve cuidar de sua própria gente...

...Senti medo umas poucas vezes. A primeira vez foi na Itália. Compareci a um jantar. O professor D., o grande alienista, estava presente. Conversamos sobre insanidade. E ele disse: "Muitos grandes homens são loucos e ninguém sabe disso. Eles mesmos não sabem." Não compreendo por que ele me olhou quando disse isso. Foi um olhar estranho... Não gostei...

...A guerra me atrapalhou... Pensei que fosse favorecer meus planos. Os alemães são muito eficientes. O sistema de espionagem deles era excelente. As ruas estão cheias de rapazes vestidos de cáqui. Jovens tolos, as cabeças vazias... Mas não sei... Eles ganharam a guerra... Isso me perturba...

...Meus planos estão indo bem. Apareceu uma moça – não acredito que ela realmente saiba de alguma coisa... Mas temos de desistir da Estônia... Não podemos correr riscos agora...

...Tudo vai bem. A perda de memória é irritante. Não pode ser simulada. Nenhuma garota conseguiria enganar a MIM!...

...Dia 29... É cedo demais..."

O Sr. Carter fez uma pausa antes de dizer:

– Não lerei os detalhes do golpe que foi planejado. Mas há duas pequenas anotações sobre vocês três. Tendo em vista o que aconteceu, são muito interessantes.

"...Induzindo a moça a vir por sua espontânea vontade, consegui desarmá-la. Mas ela tem lampejos intuitivos que podem ser perigosos... É preciso removê-la do meu caminho... Não posso fazer nada com o norte-americano. Ele desconfia e não gosta de mim. Mas não pode saber. Minha armadura é impenetrável... Há momentos em que receio ter subestimado o outro rapaz. Ele não é muito esperto, mas é difícil torná-lo cego aos fatos..."

O Sr. Carter fechou o pequeno livro e murmurou:

— Um grande homem... Gênio? Ou insanidade? Quem pode dizer?

Houve um silêncio. O Sr. Carter levantou-se.

— Vou fazer um brinde. Ao Empreendimento Conjunto, que justificou enormemente sua criação sendo bem-sucedido!

O drinque foi tomado com aclamações.

— Há mais uma coisa que gostaríamos de ouvir – disse o Sr. Carter, olhando para o embaixador norte-americano. – E sei que falo também em seu nome, embaixador. Gostaria que a Srta. Finn nos contasse a história que até agora só a Srta. Tuppence conhece. Antes disso, porém, vamos fazer um brinde à saúde dela, à saúde de uma das mais corajosas filhas dos Estados Unidos, com os agradecimentos e a gratidão de dois grandes países!

28
E depois

— Foi um brinde maravilhoso, Jane – disse o Sr. Hersheimmer para a prima, ao voltarem juntos para o Ritz, no Rolls-Royce.

— O brinde ao empreendimento conjunto?

— Não... o brinde a você. Não existe nenhuma outra mulher no mundo que pudesse ter feito o que você conseguiu fazer. Foi simplesmente maravilhosa!

— Não me sinto maravilhosa. No fundo, estou apenas cansada e solitária... e morrendo de saudade da minha terra!

— Isso me leva a outra coisa que eu queria dizer. Ouvi o embaixador dizendo à esposa que esperava que você fosse se instalar imediatamente na Embaixada. Não é má idéia, mas acontece que tenho outros planos. Jane... quero que se case comigo! Não fique assustada, nem diga não agora. Não pode me amar imediatamente, é claro. Isso seria impossível. Mas eu a amo desde o momento em que pus os olhos na sua fotografia. E agora que a vi pessoalmente, estou louco por você! Se se casar comigo, pode estar certa de que não vou apressá-la... poderá levar o tempo que quiser para decidir. Talvez nunca venha a me amar. Se for esse o caso, darei um jeito de lhe devolver a liberdade. Mas quero ter o direito de cuidar de você, de providenciar tudo o que desejar.

— É justamente o que estou querendo... alguém que seja bom para mim... Oh, não tem idéia de como me sinto sozinha!

— Claro que posso imaginar! Nesse caso, está tudo combinado. Vou procurar o arcebispo amanhã e arrumarei uma licença especial para podermos casar.

— Oh, Julius!

— Não quero apressá-la, Jane, mas não tem sentido ficar esperando. Não se assuste, não estou esperando que comece a me amar agora mesmo.

A mão de Jane procurou a dele.

— Eu já o amo, Julius. Amei-o desde aquele primeiro momento no carro, quando a bala passou de raspão por seu rosto...

Cinco minutos depois, Jane murmurou:

— Não conheço Londres muito bem, Julius, mas é tão grande assim a distância do Savoy ao Ritz?

— Depende do percurso que se escolhe — respondeu Julius, calmamente. — E estamos indo pelo Regent's Park!

— Oh, Julius... o que o motorista vai pensar?

— Com o salário que lhe pago, ele sabe muito bem que é melhor não pensar por conta própria. Ora, Jane, a única razão por que escolhi o Savoy para o jantar foi porque assim teria oportunidade de levá-la de volta para casa. Eu não sabia como ia conseguir ficar a sós com você. Afinal, você e Tuppence não desgrudavam uma da outra. Pareciam até irmãs siamesas. Acho que mais um dia assim e tanto eu como Beresford ficaríamos doidos!

— Oh! Ele está...?

— Claro que está! E loucamente!

— Era o que eu pensava...

— Por quê?

— Por todas as coisas que Tuppence não disse.

— Nesse caso, você está vendo mais do que eu!

Jane se limitou a sorrir.

Nesse exato momento, os Jovens Aventureiros estavam sentados em um táxi, muito empertigados, sentindo-se extremamente constrangidos. E com uma singular falta de originalidade, o táxi deles também estava voltando para o Ritz pelo Regent's Park.

Um terrível constrangimento dominava os dois. Sem que soubessem direito o que acontecera, tudo parecia estar mudado. Não sabiam o que dizer, sentiam-se paralisados. Toda a antiga camaradagem desaparecera.

Tuppence não conseguiu imaginar nada para falar.

Tommy estava igualmente aflito.

Evitavam olhar um para o outro.

Finalmente, Tuppence fez um esforço desesperado:

— Não achou tudo divertido?

— Achei.

Outro silêncio.

— Gosto de Julius — tentou Tuppence novamente.

De repente, Tommy se reanimou e disse, em tom ditatorial:

— Não vai se casar com ele, está ouvindo? Eu a proíbo!

— Oh! — exclamou Tuppence, submissa.

— Em hipótese alguma, entende?

— Ele não quer se casar comigo. Pediu-me em casamento apenas por bondade.

— Isso não é lá muito provável!

— Mas é verdade! Julius está perdidamente apaixonado por Jane. E imagino que a está pedindo em casamento neste exato momento.

— Ela será uma ótima esposa para Julius — disse Tommy, condescendente.

— Não acha que ela é a coisa mais adorável que você já viu?

— Provavelmente.

— Imagino que você prefere algo melhor...

— Mas que diabo, Tuppence! Você sabe muito bem!

— Simpatizei com seu tio, Tommy — disse Tuppence, mudando de assunto apressadamente. — Por falar nisso, o que pretende fazer? Vai aceitar a oferta do Sr. Carter, de um cargo no governo, ou o convite de Julius, de um posto altamente remunerado no rancho dele nos Estados Unidos?

— Acho que vou continuar no velho navio, embora tenha ficado sensibilizado com a generosidade de Hersheimmer. Mas tenho a impressão de que você se sente melhor em Londres.

— Não vejo onde entro nessa história.

— Pois eu vejo!

Tuppence lançou-lhe um rápido olhar de esguelha, antes de murmurar, pensativa:

— E há também a questão do dinheiro...
— Que dinheiro?
— Vamos receber um cheque. O Sr. Carter me disse.
— E você perguntou de quanto? – indagou Tommy, sarcasticamente.
— Perguntei! – respondeu Tuppence, triunfante. – Mas não vou lhe dizer.
— Você não existe, Tuppence!
— Foi um bocado divertido, não é mesmo, Tommy? Espero que tenhamos uma porção de outras aventuras!
— Você é insaciável, Tuppence. Da minha parte, devo dizer que estou cansado de aventuras, pelo menos por enquanto.
— Hum, hum... Mas fazer compras é quase tão bom quanto... Pense só em comprar móveis antigos, tapetes, cortinas de seda, uma mesa de jantar envernizada, um divã com uma porção de almofadas...
— Espere um pouco! Para que tudo isso?
— Talvez para uma casa... mas acho que talvez seja um apartamento.
— Apartamento de quem?
— Está pensando que eu me importo de dizer, mas não me importo não. *Nosso*, é claro!
— Oh, querida! – exclamou Tommy, abraçando-a. – Eu estava determinado a fazer com que você dissesse. Eu lhe devia pelo menos isso, por causa da maneira como me censurava sempre que tentava me tornar sentimental.

Tuppence ergueu o rosto para Tommy. O táxi continuou o seu caminho, contornando o lado norte do Regent's Park.

— Ainda não me pediu em casamento – comentou Tuppence. – Ou pelo menos não o que nossas avós chamariam de um pedido de verdade. Mas depois de ouvir um pedido horrível como o de Julius, estou propensa a dispensá-lo da formalidade.

— Não vai conseguir escapar ao casamento comigo, mesmo que queira.
— Ah, como vai ser divertido! O casamento é chamado de uma porção de coisas: de abrigo, refúgio, paraíso, glória, estado de escravidão e várias outras coisas. Mas quer saber o que eu acho que é?
— O quê?
— Uma diversão!
— E uma diversão fantástica! – concluiu Tommy.

fim

ATENDIMENTO AO LEITOR E VENDAS DIRETAS

Você pode adquirir os títulos da BestBolso através do Marketing Direto do Grupo Editorial Record.

- Telefone: (21) 2585-2002
  (de segunda a sexta-feira, das 8h30 às 18h)
- E-mail: mdireto@record.com.br
- Fax: (21) 2585-2010

Entre em contato conosco caso tenha alguma dúvida, precise de informações ou queira se cadastrar para receber nossos informativos de lançamentos e promoções.

Nossos sites:
www.edicoesbestbolso.com.br
www.record.com.br

EDIÇÕES BESTBOLSO

Alguns títulos publicados

1. *Paula*, Isabel Allende
2. *Baudolino*, Umberto Eco
3. *O diário de Anne Frank*, Otto H. Frank e Mirjam Pressler
4. *O caso do hotel Bertram*, Agatha Christie
5. *O segredo de Chimneys*, Agatha Christie
6. *O poderoso chefão*, Mario Puzo
7. *A casa das sete mulheres*, Leticia Wierchowski
8. *O primo Basílio*, Eça de Queirós
9. *Mensagem*, Fernando Pessoa
10. *O grande Gatsby*, F. Scott Fitzgerald
11. *Suave é a noite*, F. Scott Fitzgerald
12. *O silêncio dos inocentes*, Thomas Harris
13. *O diário de Bridget Jones*, Helen Fielding
14. *Toda mulher é meio Leila Diniz*, Mirian Goldenberg
15. *Os 7 minutos*, Irving Wallace
16. *Uma mente brilhante*, Sylvia Nasar
17. *O príncipe das marés*, Pat Conroy
18. *O buraco da agulha*, Ken Follett
19. *O jogo das contas de vidro*, Hermann Hesse
20. *Acima de qualquer suspeita*, Scott Turow
21. *Fim de caso*, Graham Greene
22. *O poder e a glória*, Graham Greene
23. *As vinhas da ira*, John Steinbeck
24. *A pérola*, John Steinbeck
25. *O cão de terracota*, Andrea Camilleri
26. *Ayla, a filha das cavernas*, Jean M. Auel
27. *A valsa inacabada*, Catherine Clément
28. *Fera de Macabu*, Carlos Marchi
29. *O pianista*, Władysław Szpilman
30. *Doutor Jivago*, Boris Pasternak

Este livro foi composto na tipologia Minion, em
corpo 10,5/13, e impresso em papel off-set 63g/m² no Sistema
Cameron da Divisão Gráfica da Distribuidora Record.